BRASIL
FANTÁSTICO

CB034951

BRASIL FANTÁSTICO
LENDAS DE UM PAÍS SOBRENATURAL

ORGANIZADO POR

CLINTON DAVISSON
GRAZIELLE DE MARCO
MARIA GEORGINA DE SOUZA

PRIMEIRA EDIÇÃO

EDITORA DRACO

SÃO PAULO
2013

© 2013 by Christopher Kastensmidt, Andréia Kennen, João Rogaciano, A. Z. Cordenonsi, Allan Cutrim, Mickael Menegheti, Maria Helena Bandeira, Marcelo Jacinto Ribeiro, Vivian Cristina Ferreira, Renan Duarte, Antonio Luiz M. C. Costa

Todos os direitos reservados à Editora Draco

Esta publicação é uma parceria entre o Clube de Leitores de Ficção Científica (CLFC) e a Editora Draco.

Publisher: Erick Santos Cardoso
Produção editorial: Janaina Chervezan
Organização: Clinton Davisson, Grazielle de Marco, Maria Georgina de Souza
Revisão: Eduardo Kasse
Ilustração de capa: Ericksama

Dados Internacionais de Catalogação na Publicação (CIP)
Ana Lúcia Merege 4667/CRB7

Davisson, Clinton (organizador)
    Brasil Fantástico: lendas de um país sobrenatural/ organizado por Clinton Davisson, Grazielle de Marco e Maria Georgina de Souza. – São Paulo: Draco, 2013

Vários Autores
ISBN 978-85-62942-79-2

1. Contos brasileiros I. Davisson, Clinton (organizador)

CDD-869.93

Índices para catálogo sistemático:
1. Contos : Literatura brasileira 869.93

1ª edição, 2013

Editora Draco
R. Luis Tosta Nunes, 298
Jd. Esther Yolanda – São Paulo – SP
CEP 05372-170
editoradraco@gmail.com
www.editoradraco.com
www.facebook.com/editoradraco
twitter: @editoradraco

SUMÁRIO

Histórias fantásticas saindo do nosso saco folclórico André Vianco	6
A Copa dos Mitos Christopher Kastensmidt	12
O Filho da Mata Andréia Kennen	30
Entre conspirações e monstros mitológicos João Rogaciano	42
A mula do cavaleiro neerlandês A. Z. Cordenonsi	62
Amaldiçoado Allan Cutrim	92
Brasil: terra amaldiçoada Mickael Menegheti	120
A sacola da escolha Maria Helena Bandeira	134
A voz de Nhanderuvuçú Marcelo Jacinto Ribeiro	156
A bruxa e o boitatá Vivian Cristina Ferreira	188
O rapaz misterioso Renan Duarte	214
O padre, o doutor e os diabos que os carregaram Antonio Luiz M. C. Costa	224
Quem explora as matas	245

ANDRÉ VIANCO

BRASIL FANTÁSTICO

HISTÓRIAS FANTÁSTICAS SAINDO DO NOSSO SACO FOLCLÓRICO

Editora Draco

Quando o Clinton me contou sobre a antologia *Brasil Fantástico* adorei a novidade. A despeito dos autores, não conheço todos, mas sou um apaixonado pelo folclore nacional, e apesar de meus livros mais conhecidos tratarem do mito do vampiro, costumo explorar nossas criaturas mais emblemáticas em minhas histórias de terror, fantasia e aventura, sempre dando uma roupagem nova e tentando resgatar a imagem medonha de muitos desses entes quiméricos e aquele precioso e bem-vindo friozinho na barriga que eles deveriam causar ainda hoje.

Em tempos de internet, videogames e seriados mil, é um bom serviço que o contador de histórias presta, seja ele um escritor, roteirista de cinema, TV ou teatro, um ilustrador de HQs, apresentando aos leitores e espectadores contemporâneos as caras de uma boa Cuca, de um Saci-Pererê ou um Cabeça de Cuia. Esse saco do folclore nacional oferece um bocado de outras criaturas se você o sacudir, uns tantos menos ilustres que os já conhecidos Boitatás e Curupiras, ainda assim também bizarros e curiosos. A Perna Cabeluda? Está aí um bom exemplo. Alguém já ouviu falar? Basta consultar os buscadores para entender como essa lenda do folclore brasileiro começou a ser contada. Uma perna solitária e sem corpo que vivia a apavorar a população recifense, perseguindo gente pelas ruas escuras, distribuindo chutes e pregando sustos. Sacuda o saco e cai ali uma pavorosa versão de Ana Jansen, controversa senhora condenada a vagar em sua carruagem assombrada pelas ruas de São Luís por conta dos maus tratos infligidos aos seus escravos. Será verdade? Nos tempos em que nossos avós eram crianças e ouviam da boca de seus avós histórias enfeitiçadas, cheias de mistério e municiadas com toda a sorte de enredos evocados por esses seres, amaldiçoados ou não, certamente quedavam-se de cabelo em pé e olhos abertos, revivendo aquelas lendas em suas camas solitárias, quentinhas e desprotegidas na hora de dormir e curtir seus mais doces pesadelos.

Defendo muito o uso de nosso rico folclore na literatura de fantasia contemporânea. Nossos seres são muitos e curiosos. Alguns leitores, a princípio, torcem o nariz ao imaginar uma narrativa com um Saci ou com um Curupira, desconhecendo o plantel de artimanhas capazes de sair de histórias por onde eles passam. O escritor habilidoso vai tirar do leitor, com facilidade, alguns suspiros, encantos e, com um pouco de sorte, alguma agonia ao dar vida às criaturas mais sombrias do imaginário popular brasileiro. É justamente essa promessa que vem no bojo dessa safra de contos fantásticos, dando conta de boa parte do grande arsenal de mitos e criaturas folclóricas nacionais para entreter o leitor e provocar nos mais maduros a doce sensação de *déjà vú*.

O livro chega em ótima hora para flutuar acima da literatura de fantasia brasileira produzida atualmente, uma vez que a maioria de nossos autores insiste em emular sucessos estadunidenses e ingleses, infestando as prateleiras destinadas à literatura nacional com simulacros rasos de *Harry Potter*, *O Senhor dos anéis*, "Crespusculinhos" e congêneres, que já deram o que tinham que dar. Acredito que, hoje, o que mais falta à fantasia nacional é a identidade com a nossa terra, com o nosso jeito de falar, as nossas criaturas e a benéfica ousadia, a coragem, que faz o novo escritor suplantar o medo opressor de parecer estúpido e dar vazão a sua imaginação. Sem vencer essa luta, ninguém conseguirá surpreender o leitor, e autor algum alcançará o graal de todo grande narrador de histórias, que é contar um causo, ainda que habitado por seres tantas vezes visitados, com uma voz própria, com um jeito todo seu de assombrar. Entendo que essa onda de emulações seja fruto dos primeiros ensaios daqueles que um dia hão de se tornar grandes autores, pecadilhos que podem ser vencidos com o exercício do (agridoce) ofício de escrever; jornada da qual partilho e longe estou de me considerar como exemplar. Por conta dessa vontade, ver nossos bichos folclóricos ganhando território nas prateleiras de livrarias e páginas da internet, recomendo e enalteço grandemente iniciativas como essa, da antologia *Brasil Fantástico* e seus autores, e faço votos de sucesso para que não demore muito a um segundo volume nascer ou que outras manifestações com a mesma verve surjam e deem voz às nossas mais genuínas criaturas.

E chega de chacoalhar esse saco folclórico por hoje, porque o dono do saco já está aqui, resmungando e pedindo-o de volta para vagar pelas ruas atrás das criancinhas incautas.

André Vianco

BRASIL
FANTÁSTICO

CHRISTOPHER KASTENSMIDT

BRASIL FANTÁSTICO
A COPA DOS MITOS

Editora Draco

Ruivo[1] escolheu uma mesa vazia para colocar sua bandeja. Tirou os talheres do plástico e levantou-os para a primeira garfada do almoço, mas depois de olhar para o feijão, o arroz e o bife em seu prato, fez uma pausa. Todo dia ele vem a este restaurante, que ostenta a variedade de vinte pratos quentes e uma variedade de saladas. Mas todo dia acaba comendo a mesma coisa. Talvez esse fosse seu problema: falta de criatividade.

Uma explosão de ar quente veio da rua, invadindo o restaurante junto a uma horda de crianças com seus uniformes azuis e brancos. Isso significava que as aulas da escola Santo Estefano haviam recomeçado e os seus paradisíacos almoços de verão, com um salão quase vazio, haviam chegado ao fim. Sorte ter chegado antes da hora do *rush*. Ruivo inclinou seu chapéu branco de abas largas para baixo em uma tentativa de ignorar a massa caótica de adolescentes, mas percebeu que essa atitude poderia fazê-lo parecer uma espécie de pervertido olhando de rabo de olho. Seu chapéu fora de moda e o terno branco o destacavam na multidão, e sua reputação imerecida como um mulherengo degenerado o acompanhava por séculos. Tirou então o chapéu e o jogou sobre a mesa, expondo no processo seu cabelo branco e a barba vermelha brilhante. Não sabia se isso trazia mais ou menos atenção para si, porque mantinha seus olhos voltados para o almoço, não ousando olhar para cima.

Ruivo partiu seu bife e o mastigou por mais tempo que o necessário. Não estava no clima de almoço, mas estava com ainda

---

[1] Tradução de Clinton Davisson.

menos disposição para pensar no próximo jogo. Sua equipe teve tanta chance de vencer como é provável que uma nevasca caia em Salvador. Era apenas uma questão de esperar para ver o tamanho do ferro que levariam na próxima rodada. Então, ao invés de pensar sobre isso, ele tentou se concentrar em mastigar sistematicamente a comida. Enquanto pastava sua refeição, as mesas ao seu redor transbordavam de adolescentes superagitados e superestridentes.

Um grupinho nos fundos gritou tão alto que Ruivo teve que olhar para trás para se certificar que ninguém havia morrido. Na mesa havia três adolescentes, talvez com doze ou treze anos de idade. Agitavam-se em torno de um jogo de *cards*. "Deve ser aqueles tais de Yu-Gi-Gan ou Poké-Oh ou sei lá como chamam essa última leva de monstros japoneses, ele pensou". Em qualquer caso, Ruivo estava se lixando para isso e voltou-se para o almoço.

Foi então que ouviu algo que paralisou sua mão com a próxima garfada de feijão a alguns centímetros à frente de sua boca escancarada.

— Eu tenho o card da Hydra. Sentiu o drama?

— E eu tenho Thor. Ele é o mais foda! – retrucou o outro.

"Eles estão misturando mitologia nesses jogos agora?", pensou Ruivo.

— Pena que não temos mitologia legal como essa aqui no Brasil – disse o primeiro.

Ruivo quase pôs o almoço para fora. Já havia escutado essa frase um milhão de vezes e não queria ouvir mais. Pegou sua bandeja e se levantou, pronto para sair.

— E quanto ao Boitatá? – perguntou uma terceira voz.

Ruivo se sentou novamente.

— O quê? – perguntou o segundo garoto em tom de zombaria. – Aquelas paradas quando se vestem de boi e ficam zanzando na rua?

— Não, isso é Bumba Meu Boi! O Boitatá é uma serpente gigante com olhos de fogo. Ele é muito maneiro!

— Chaaaato – disse o primeiro menino. – Jörmungandr é uma serpente venenosa tão grande que envolve o mundo inteiro.

— E a Mula sem cabeça? – perguntou o terceiro garoto, exasperado. – Ela é legal, não é?

– Isso nem chega a ser um monstro – disse o garoto em segundo lugar – é só uma aberração! Thor a esmagaria com uma martelada junto com seu Bumba-Tatá.

– Na boa... – disse o primeiro menino – Nossa mitologia é uma merda!

– Não, não!

– Se são isso tudo – perguntou o segundo –, por que ninguém fez cards com eles?

– Eu não sei...

Com isso, os dois primeiros garotos riram e a discussão chegou ao fim. Quando terminaram o almoço, dois deles passaram por Ruivo de forma altiva, com a cabeça erguida. O terceiro ficou para trás. Era um garoto magro de óculos, com cabelos castanhos, que andava arrastando os pés. Não precisava ser um gênio para descobrir quem era aquele.

Tiago ficou na dele, juntando seus *cards* e negando-se a ouvir mais insultos de Pedro e João. Além de rir de seus argumentos sobre a mitologia brasileira, suas cartas eram muito melhores do que as dele, e teria que comprar mais antes do fim de semana, ou ele seria massacrado no próximo jogo. O problema é que ele não tinha um centavo. Se perguntou se poderia roubar algum dinheiro da carteira do pai sem ser pego.

Ao deixar o restaurante, seus pensamentos foram interrompidos quando alguém atrás dele gritou: "Ei, garoto! Espera!"

Virou-se e viu um cara alto, forte, com terno e chapéu brancos. Parecia um louco. Com pele morena, cabelos brancos e uma barba desgrenhada vermelha. Tiago mostrou os punhos para que o pervertido soubesse que não daria mole.

O cara deve ter entendido a mensagem, porque levantou as mãos e disse: – Calma aí! Eu só queria dizer que ouvi você falando sobre os mitos brasileiros e você está certo: nossos mitos são ótimos.

– Por que eu ligaria para o que você acha? – disse Tiago.

– Não importa o que eu penso – disse o cara com um suspiro. – Eu só estou dizendo que você não deve desistir. Um cara me disse uma vez: posso ser bem sucedido com um ou mil companheiros ao meu lado, mas se não houver nenhum, eu certamente falharei. Uma pessoa pode fazer a diferença!

– Você quem sabe, maluco.

Tiago virou-se e continuou na direção da escola, esperando que o pervertido não o seguisse. Ele teve instruções suficientes na escola e em casa, sem ter malucos na rua dizendo-lhe o que fazer.

– Espera! – gritou o homem. – Você já ouviu falar do Mapinguari?

O esquisito entendia do negócio. Tiago decidiu lhe dar uma chance.

– Sim

– E o Anhangá?

– Claro!

– Isso é ótimo. Poucas crianças na sua idade sabem alguma coisa além do Saci.

– Não sou criança, cara.

Tiago tinha treze anos e já havia passado da idade de ser chamado de criança.

– Se você diz. Olha, nós estamos tendo uma espécie de... *show* neste fim de semana.

Tiago decidiu enfrentar o esquisito e acabar com isso. – Você é algum tipo de tarado? Eu não sei que tipo de *show* você está falando, mas não conte comigo."

O cara franziu a testa sob o cabelo vermelho e entregou-lhe um panfleto. – Só pensa a respeito disso – disse ele. – Alguns fãs nos poderiam ser úteis. – Então ele se virou e saiu.

Tiago olhou para o panfleto e leu o título: A Copa dos Mitos.

– Ei, pervertido! – chamou. – Qual é seu nome?

– As pessoas daqui me chamam de Ruivo.

– Por causa da barba?

– Sim, gênio, por causa da barba. Qual é o seu?.

– Tiago.

– Esperamos vê-lo neste fim de semana, Tiago. Diga-lhes que o Ruivo te mandou e eles vão te deixar sentar com a equipe.

Tiago avistou o cartaz para o Teatro Vitória no outro lado da Rua Duque de Caxias. A fachada era pequena, espremida entre uma loja de sucos de um lado e uma farmácia do outro. Não era de admirar que ele nunca tivesse notado o lugar antes. Respirou fundo e atravessou a rua. Não tinha certeza se deveria ir àquele lugar sozinho, mas o panfleto o intrigou. Seus nervos estavam em alerta máximo e ele estava pronto para cair fora ao primeiro sinal de problemas

Do lado de fora, o lugar parecia um lixão. E o interior não estava muito melhor: um corredor de tijolos sem pintura com um balcão de bilheteria caindo aos pedaços. Ele se aproximou para encontrar o caixa, um homem velho com cabelos brancos, dormindo. Tiago tossiu e bateu no vidro.

O velho sentou-se de sobressalto.

– O que você quer? – perguntou a Tiago com uma voz que fez parecer que ele não poderia estar no lugar certo.

– Estou aqui para a Copa dos Mitos.

– Jura?

– O que quer dizer com "jura"?

– Nós não recebemos muitos espectadores para esse jogo.

– Ruivo me enviou.

– Jura?

– Você gosta dessa palavra, não é?

– Desculpe. Siga pelo corredor. Não tem taxa de entrada. Quando você chegar ao estádio, siga até o campo e vai encontrar a equipe lá."

–"Estádio?" – perguntou Tiago.

O velho recostou-se e fechou os olhos novamente. – Confie em mim.

Tiago caminhou pelo corredor escuro, imaginando se ele tinha cometido um grande erro. Ingresso grátis? Ele se sentiu mais e mais como se estivesse caindo em uma armadilha, e a cada passo, questionou se deveria voltar. Isto é, até que ele entrou no estádio.

O corredor o levou à sala mais inacreditavelmente grande que já tinha visto. A sala continha um estádio gigantesco, dez vezes o tamanho do Pacaembu, se não mais.

As arquibancadas a sua frente estavam vazias, mas as outras seções continham multidões. Sobre cada seção tremulavam bandeiras de diferentes nações, não deixando dúvidas de onde eles vieram. As seções da Grécia, Noruega e Egito estavam lotadas, só havia lugar em pé. Por trás de cada seção, havia uma única porta de saída. Havia pelo menos cem países diferentes representados. Tiago esticou a cabeça e viu a bandeira brasileira se agitando sobre ele.

"Isso é muito estranho", pensou. "Não tem como um lugar como este existir no meio de São Paulo."

Mas a curiosidade já o levara tão longe que não podia parar agora. Ele caminhou pelas arquibancadas brasileiras vazias até chegar ao campo, e viu o maluco de barba ruiva sentado sozinho no final de um banco comprido de madeira.

– Ei, Ruivo! – gritou.

Ruivo virou-se e pareceu quase ter um ataque cardíaco quando viu Tiago. Ele correu em direção as arquibancadas e abriu uma porta para Tiago descer ao campo.

– Ei, Tiago! – cumprimentou Ruivo. – Não achei que você viria. Ninguém nunca vem – sua voz sumiu quando ele olhou de volta para as arquibancadas vazias.

Tiago, porém, não estava ouvindo mais. Tinha visto algo inacreditável no lado esquerdo do campo enorme: um cavalo alado.

– Ruivo... – disse. – Aquilo é...?

– Sim.

Perto dele, ele viu uma serpente de sete cabeças.

– E aquilo é...?

– Sim.

– E...?

– Garoto – disse Ruivo, – para de perguntar.

Tiago olhou para cima e viu um homem negro do tamanho de um arranha-céu. Acabou caindo para trás.

– Gor... Gor... Gorjala – ele gaguejou.

– É um fã! – ecoou a voz do grande Gorjala. – Ele sabe quem eu sou!. O gigante sorriu de prazer.

– Deixe-me ver issssssssso – veio uma voz sibilante.

Tiago sentiu algo se enrolando a sua volta e deu de cara com uma serpente brilhante, com uma baba espessa escorrendo da boca.

– Boitatá! – gritou Tiago.

– Interesssssssante.

Um grupo de criaturas se aglomerou em torno dele, mas uma figura branca os empurrou e os afastou. A figura se revelou um alce musculoso, com chifres enormes e uma cruz em sua testa. Os olhos da criatura queimavam como tochas.

– Afastem-se! – disse o alce. – Não vamos sufocar o nosso único fã.

– Você é o Anhagá? – perguntou Tiago.

– Primeiro e único. E vou cuidar para que nenhum destes brutamontes pise em você.

– Onde estou?

– Na Copa dos Mitos, é claro!

Tiago encarou o monstro com uma interrogação no rosto.

Anhagá sorriu. – Funciona exatamente como a Copa do Mundo. Trinta e dois times se classificam para as finais, divididos em oito chaves. Cada grupo tem um cabeça de chave. Grécia, Noruega e Egito são sempre cabeças de chave, como você pode imaginar.

– Então, o Brasil já disputou uma final? – perguntou Tiago.

Um anão de cabelo vermelho e pés virados para trás deu um passo adiante. Tiago sabia que ele era o lendário Curupira.

– Nós quase não conseguimos participar dessa Copa – disse o Curupira. – Não somos os últimos colocados por milagre.

– Mas pelo menos nós estamos aqui – disse Anhagá. – Isso não acontecia há mais de trinta anos.

– E de onde é que todas essas equipes vêm? – perguntou Tiago.

– Só podem participar seres cuja classificação passou de "crença" a "mitologia" entre os seres humanos. Isso inclui o que você poderia chamar de deuses, criaturas, sejam quais forem. Isso nos mantêm ocupados, agora que ninguém acredita mais na gente.

– Então é hoje o início da Copa?

– Não – disse Curupira. – Perdemos o nosso primeiro jogo para a Coréia na semana passada.

– A Coréia?

– Sim – respondeu o Curupira, embaraçado. – Eles têm dragões e coisas do tipo, sabe?

– E o que acontece esta semana?

– Não espere muito, garoto – disse Anhagá. – Vamos jogar com o cabeça de chave do grupo, a Noruega. Eles são favoritos para ganhar tudo neste ano. E se perdemos nesta semana, estaremos eliminados.

– Quando perdermos – ressoou Gorjala. – Nós vamos ser esfolados.

– Isso não é uma atitude muito desportiva – disse Tiago.

– Eles têm deuses! – disse o Curupira. – Nós somos apenas um bando de monstros. Nem mesmo os mais durões. Nossos deuses indígenas, como Tupã, não passaram para o nível de mitologia.

– E Xangô e Iemanjá? – perguntou Tiago.

– Eles estão na delegação da Nigéria.

Tiago olhou para o grupo. Mesmo o Curupira dizendo o contrário, eles tinham alguns pesos pesados. Além do gigantesco Gorjala, eles tinham Minhocão, um verme do tamanho de um trem, e um macaco gigante de dez metros que não conseguia reconhecer.

– Quem é você? – perguntou ao gigante.

– Eu sou o Arranca Línguas – disse ele. – Minha especialidade é...

– Eu acho que posso imaginar – disse Tiago, fazendo um sinal negativo antes que o bicho entrasse nos detalhes.

– Ele não é um dos nossos mais fortes – disse Anhagá. – Mas é bom tê-lo por perto quando há alguém capaz de usar palavras mágicas no outro time.

Em seguida, vinham alguns monstros clássicos: o Mapinguari, com seu pelo espesso quase impermeável e uma boca dentuça no meio do seu estômago; a Mula sem cabeça, que expelia fogo de suas narinas inexistentes; a intimidante serpente Boitatá e um lagarto minúsculo com um diamante em sua cabeça.

– Quem é esse? – perguntou para o Anhangá, apontando para o lagarto.

– Ele é o Carbúnculo. Vem lá do Sul. Muitos homens anseiam por suas riquezas, mas para a sua sorte, ele tem poderes de confundir e desviar qualquer um do caminho.

Finalmente, havia as criaturas mais "humanas": o Curupira e a Noiva de Branco. Fiel ao seu nome, a Noiva usava um vestido branco para um casamento que nunca havia sido concretizado. Um cabelo longo e negro escorria até suas costas. Tiago nunca tinha visto uma mulher tão linda, mas olhar para ela fazia com que lágrimas brotassem de seus olhos, mesmo sem saber o porquê. Ela ficou bem longe do grupo, aparentemente envergonhada de estar ali.

– Eu pensei que a Noiva de Branco só saísse à meia-noite...

– Garoto, você está prestes a assistir a uma batalha real entre

mitologias de todo o mundo – disse Anhagá. – Você vai tentar aplicar alguma lógica aqui?
– Acho que não. Onde está o Saci?
– Ele não é um jogador confiável, perde muitos jogos. O treinador o cortou anos atrás.
– E a Iara?
Curupira tapou a boca de Tiago com a mão.
– Não mencione Iara perto do treinador – sussurrou.
– Por que não? Tiago murmurou através da mão do Curupira.
– Coisa de família, deixa quieto – com isso, Curupira o soltou.
– Eles são parentes?
– Foi ela quem o criou.
Tiago finalmente percebeu. – Ele é o Barba Ruiva – gritou. – Por que não descobri isso antes?
– Shh! – disse Anhagá. – O treinador vai falar.

Enfrentando o time número um do mundo, o Ruivo não poderia sequer fingir estar entusiasmado. Ele olhou para o banco da Noruega. Thor, com seus cabelos dourados, mostrou a pele coberta de óleo e flexionou os músculos enormes diante da multidão. Parecia mais um lutador profissional que um deus. Jörmungandr, sentado em rolos enormes, aparentava estar completamente entediado, como se tivesse coisas melhores para fazer com seu tempo. Loki contava piadas para a equipe e ria como um louco. Apenas Odin, treinador e jogador ao mesmo tempo, observava tudo no banco brasileiro, matutando com seu único olho.

Ruivo olhou para trás em direção a sua própria equipe, tão silencioso e abatido como uma festa fúnebre. – Aqui está o plano – ele começou com uma voz seca. – Eles provavelmente vão usar seus cinco jogadores de praxe. Então, nossa equipe será: Gorjala contra Jörmungandr, Mula sem cabeça contra Loki, Minhocão contra Fenris, Mapinguari contra o gigante do gelo Thrymr, e Boitatá contra Thor.

Mesmo falando isso, Ruivo sabia que não iria funcionar. Nada funciona quando você enfrenta deuses. Ele olhou em volta e ninguém parecia surpreso. Era seu conjunto padrão de entradas. Boitatá e

Gorjala não pareciam muito satisfeitos com suas funções. Ambos seriam derrotados em um minuto. Mas o que poderia fazer?

– Eu não vou mentir – continuou ele. – Lutar contra os deuses é sempre difícil. Então vamos lá e façam o seu melhor e...

– Mas mesmo os deuses têm fraquezas!

A voz era de Tiago. O garoto o havia cortado. Por um momento, Ruivo considerou a possibilidade de xingá-lo, então lembrou se tratar apenas de um garoto. Ele olhou para a sua equipe e viu choque e surpresa substituir o desânimo. O que o time precisava era de moral e algo para tirar o foco de suas mentes do massacre que se aproximava.

– Nos dê uma luz, então, garoto. Quem você mandaria para lá?

– Oi? – respondeu Tiago.

– Se você vai me interromper, é melhor ter algo importante a dizer.

– Quero dizer, Thor gosta de enfrentar serpentes poderosas, então por que colocá-lo contra o Boitatá? Vamos botar para lutar o Boitatá e o Thrymr e tentar fogo contra o gelo.

– Interessante. O que mais você tem?

– Gorjala vai fazer mais contra Fenris do que contra Jörmungandr. Tente Arranca Línguas contra Loki, que é um covarde e vai fugir ao se sentir ameaçado.

– Não tá ruim – disse o Ruivo. – Mas você está evitando falar dos mais poderosos.

– Bem... Eu ia tentar a Noiva de Branco contra Thor.

Isso levou a suspiros ao redor. A Noiva pareceu se encolher e ficar mais envergonhada do que nunca.

– Eu tô dizendo – continuou Tiago – que ela é a única com uma chance de evitar o seu martelo. E contra Jörmungandr, eu usaria Carbúnculo.

Com isso, parecia que uma revolta iria se formar. Era suicídio. Todos estavam rindo, gritando ou olhando para o garoto como se ele tivesse um parafuso solto. Todos, exceto Carbúnculo. Sua boca triangular se abriu e ele olhou para o garoto numa espécie de transe.

Ruivo abriu a boca para pôr fim à loucura, mas foi interrompido pelo pequeno lagarto.

– Eu? – Carbúnculo perguntou, olhando para Tiago. – Mas eu nunca comecei em uma partida da Copa antes!

Ruivo vislumbrou lágrimas se formando no canto dos olhos do Carbúnculo.

"Suicídio", ele pensou. Então se lembrou do que disse a Tiago, poucos dias antes: "Não importa se há um ou milhares ao meu lado, eu vou ter sucesso. Mas se não houver ninguém, eu certamente irei falhar."

– Vamos fazer isso – disse ele, jogando sua prancheta por cima do ombro. – O plano do garoto.

Tiago sentou-se com o coração na boca. Nem por um minuto ele tinha esperado que Ruivo, o lendário Barba Ruiva, ouvisse seus conselhos.

As duas equipes foram para o campo e, como Ruivo havia previsto, os nórdicos entraram com Thor, Jörmungandr, Loki, Thrmyr e Fenris para começar. Eles vieram confiantes para a beira do gramado. Thor continuou mexendo com a plateia, balançando seu martelo perto de sua virilha de forma sugestiva. Fenris e Jörmungandr abriram suas bocas enormes e arrotaram um desafio podre em direção ao lado brasileiro. O gigante Thrmyr foi o único sério do grupo, puxando a barba gelada enquanto olhava para baixo no lado brasileiro.

Do lado brasileiro, Gorjala e Boitatá pareciam nervosos, pois haviam lutado contra esta equipe antes. A Noiva de Branco continuou envergonhada. O Arranca Línguas pulava em volta numa dança de macaco feliz, obviamente emocionado por estar começando o jogo. Carbúnculo exibia uma postura orgulhosa, imóvel.

Então, em um gesto que surpreendeu a todos, Loki aproximou-se do banco brasileiro. Ele usava uma roupa vermelha e amarela elegante, que parecia algo saído dos X-Men, e portava uma espada flamejante imponente. Ruivo estendeu a mão para cumprimentá-lo, mas Loki rosnou para ele.

– Sinto muito – disse ele a Ruivo –, mas eu só aperto a mão de deuses, não de pervertidos barbudos.

– Olha – começou Ruivo – aquela história sobre eu perseguir senhoras...

Mas Loki já havia ido para longe, ficando em pé na frente de Tiago. Tiago, que se encolheu diante do deus.

— Você, rapaz — disse Loki. — Deixe esses perdedores e venha para o nosso lado. Eu vou te dar uma foto com Thor.

O coração de Tiago começou a batucar. Imagine o que João e Pedro pensariam quando ele aparecesse com essa imagem na escola na segunda-feira! Era a chance de uma vida.

Levantou-se avidamente e deu um passo em direção a Loki, mas se lembrou da Seleção Brasileira. Olhou para eles e viu que todos tinham se virado, cabisbaixos.

Tiago parou. Ele poderia ser o garoto mais legal de sua turma ou poderia ficar e investir naquilo que acreditava: uma causa perdida. Não foi uma escolha fácil.

Tiago endireitou-se e disse:

— Desculpa, Loki. Eu sou brasileiro e o meu lugar é aqui.

Gritos felizes irromperam em torno dele. Curupira até mostrou a bunda peluda na cara de Loki.

Loki sibilou e mostrou-lhes o dedo médio.

— Eu volto em cinco minutos e vamos ver o quão feliz vocês estarão depois que nós jogarmos seu time patético no lixo.

Loki retornou para o campo e os dois lados entraram em formação. O árbitro acabou sendo um ogro corpulento vindo da França. Pediu aos dois lados para apertar as mãos, mas quando ninguém se moveu, ele encolheu os ombros e soprou num chifre torto para sinalizar o início da partida.

Os dois lados se digladiaram imediatamente. Tiago tentava entender tudo, girando a cabeça de uma batalha para outra até se sentir tonto.

O gigantesco lobo Fenris e o gigante Gorjala se engalfinharam no que parecia uma batalha de um filme antigo de monstros. Em seu primeiro contato, Fenris cravou a mandíbula firmemente no braço de Gorjala, que por sua vez, saltou e arremeteu o lobo monstruoso ao chão. Boitatá e Thrmyr atingiam um ao outro com fogo e gelo, e era muito cedo para dizer quem estava vencendo essa batalha. Jörmungandr perseguia Carbúnculo ao redor da arena, mas cada vez que ele atacava, parecia atingir o lugar errado. Loki enganou Arranca Línguas atacando rapidamente, e quase tirou a cabeça do macaco com a espada de fogo, chamuscando desagradavelmente os pelos das suas costas.

Thor deu um olhar de desprezo para a Noiva de Branco, parecendo à beira de um ataque de risos. Ela, por sua vez, nem sequer tirava os olhos do chão. Por fim, jogou seu martelo sem olhar, num gesto teatral. O martelo produziu um estrondo enquanto voava em direção a seu alvo, mas a Noiva de Branco transformou-se em um ponto de luz brilhante no último momento e o martelo passou por ela, parando subitamente e retornando ao seu dono. A multidão gritou em aplausos, e Thor só pôde coçar o queixo e planejar sua próxima jogada.

Tiago voltou sua atenção para as outras batalhas e observou Thrmyr, coberto de queimaduras da cabeça aos pés, tentando fugir. Boitatá pegou o gigante e o envolveu em chamas, queimando-o e transformando-o em água e vapor. O árbitro Ogro aproximou--se dos dois e sinalizou algo com as mãos. A multidão aplaudiu empolgada.

– O que aconteceu? – perguntou Tiago.

– Boitatá matou Thrmyr! – gritou Curupira.

Tiago engoliu em seco, em seguida, virou-se para a batalha.

Arranca Línguas acenou com algo vermelho em suas garras. Tiago perguntou o que era, até que avistou Loki segurando a mão sobre sua boca sangrenta enquanto fugia.

– Arranca Línguas, seu doido! – gritou Ruivo. – Pega ele!

Loki, no entanto, desapareceu, e segundos depois, outro entrou em cena para tomar seu lugar. Parecia ser um guerreiro *viking* grisalho com um só olho e uma impressionante lança. Tiago sabia que aquele só poderia ser Odin.

Todo mundo no banco brasileiro gemeu.

– O que aconteceu? – perguntou ele.

– Você está autorizado a fazer duas substituições – respondeu Anhagá. – Se o jogador conseguir sair vivo do campo.

– Vivo? – Mais uma vez, Tiago engoliu seco e se perguntou onde veio parar.

Odin bramiu sua famosa lança Gungnir e a atirou em Gorjala. Assim como nas lendas, a lança atingiu seu alvo com precisão, e o gigante caiu com ela cravada em sua testa. O Ogro o declarou como morto.

– Oh meu Deus! – gritou Tiago, em pé. "O que eu fiz?", pensou. "Enviei essas pobres criaturas para a morte."

– Calma – disse Anhagá. – Nós reencarnamos no final da partida.

– Sério? – disse Tiago. – Você tem certeza? – seu batimento cardíaco diminuiu, enquanto tentava se acalmar. A atenção dele voltou para a partida. – Temos que fazer alguma coisa! Odin e Thor estão em campo juntos!

– Deixe isso comigo, garoto – respondeu Ruivo. Ele sinalizou e Boitatá veio descansar fora do campo. Minhocão tomou seu lugar.

– Bom trabalho lá dentro – Ruivo disse à serpente, batendo nas costas dela e, em seguida, estremecendo de dor por causa do fogo azul da criatura.

– Dessssculpa, treinador – disse o Boitatá.

Quando Odin recuperou a lança da testa de Gorjala, ele fez um gesto para Fenris ir em direção ao Minhocão. Fenris avançou, mas mancava por causa das feridas que recebeu de Gorjala. Minhocão acelerou em uma velocidade surpreendente e atirou o lobo no chão, esmagando-o. Tiago não teve que esperar a sinalização do Ogro para saber que Fenris estava morto.

Minhocão não perdeu tempo e foi para cima de Odin. O deus atirou sua lança no verme gigante. Minhocão abriu sua bocarra enorme, a lança passou por todo o seu corpo e saiu do outro lado. No impulso, a criatura saltou para frente e engoliu Odin inteiro antes de parar e se contorcer em agonia. Momentos depois, o Ogro sinalizou que ambos os combatentes estavam mortos.

– Odin sempre teve fraqueza para indigestão – Ruivo disse a Tiago com uma piscadela. Enquanto Carbúnculo continuou a confundir Jörmungandr, Arranca Línguas fez um movimento inspirado e agarrou a língua balançante da serpente, arrancando-a. O macaco-monstro passou a língua em volta do pescoço da criatura e a estrangulou. A serpente gigantesca balançou e desmoronou, esmagando Arranca Línguas no chão. O macaco, no entanto, segurou firme. Depois de um minuto agonizando, Jörmungandr parou de se mexer. Arranca Línguas abriu um largo sorriso e fez sinal com o polegar antes de também cair morto.

A multidão adorou. Quase todos aplaudiram a zebra brasileira. O banco foi à loucura, os reservas pularam e se abraçaram.

– Nós podemos conseguir! – gritou Curupira.

– Não fique tão confiante – gritou Ruivo. – Thor sozinho é suficiente para vencer qualquer batalha. Precisamos ter alguém lá para lutar com ele. Prepare-se, Anhangá, que vai ser a sua vez.

Anhangá esperava ansioso.

Ruivo gritou: – Carbúnculo, saia daí!

Carbúnculo ziguezagueou de volta para o banco. Pouco antes de alcançá-lo, no entanto, o martelo de Thor voou com trovões e relâmpagos e esmagou o lagarto. Tiago lutou para não botar o almoço para fora quando teve que limpar o sangue e alguns pedaços de Carbúnculo em seu braço.

– Droga! – disse Ruivo, batendo o pé. – Agora não tem chance.

– E a Noiva de Branco? – perguntou Anhangá. – Nós ainda podemos substituí-la.

– Ela ainda está viva? – perguntou Ruivo como se tivesse esquecido que ela havia entrado no jogo.

Como que em resposta, uma luz veio de cima. Thor, acenando para a multidão, só viu quando já estava bem diante de seus olhos. Ele deu um passo para trás, surpreso com a luz que havia se transformado na Noiva de Branco. Ela agarrou suas bochechas e o beijou.

Thor pareceu relaxar com o beijo. Talvez até tenha gostado. Quando a Noiva de Branco se afastou, ele sorriu, deu um passo para trás e caiu de costas no chão. O Ogro tocou sua cabeça por apenas um momento antes de sinalizar que estava morto e que o Brasil era o vencedor do jogo.

A multidão foi à loucura. Monstros e deuses de todo o mundo correram para o campo para felicitar os vencedores. Tiago podia ver Gorjala, Thor e todos os outros mortos se levantando lentamente, como se saindo de um sono profundo.

Curupira bateu nas costas de Tiago. – Esta é a maior virada na história da Copa dos Mitos!

A Noiva de Branco veio até ele e, pela primeira vez, sorriu.

– Não se preocupe – disse ela. – Isso não vai te matar.

Ela lhe deu um beijo carinhoso na testa e depois flutuou para longe. Tiago sentiu suas bochechas queimarem.

A equipe comemorou à sua volta. Por apenas um momento, ele

viu Ruivo dar o menor dos sorrisos, em seguida, voltou à cara áspera de treinador.

— Na próxima semana, vamos enfrentar a Babilônia. Se vocês, suas bizarrices, querem continuar a jogar, é melhor estarem prontos.

A equipe o ignorou e continuou a celebração. Ruivo voltou sua atenção para Tiago.

— Ei garoto, você vai estar de volta na próxima semana?

— Pode apostar!

Ruivo se virou para sair, depois parou e voltou.

— Eu quase me esqueci — disse ele. — Eu imprimi estas para você. Talvez você possa ganhar um pouco de respeito com os seus colegas."

Quando Ruivo saiu, Tiago folheou feliz seus novos *cards*.

Barba Ruiva apreciava tanto o seu almoço quanto ouvir o grupo de adolescentes excitados perto dele.

— Maluco — disse o primeiro garoto. — Essas criaturas têm uns atributos violentos!

— Onde podemos arrumar esses *cards*? — perguntou o segundo garoto. — Eu quero um Gorjala!

— E um Anhagá para mim! — completou o primeiro.

A voz de Tiago foi a terceira e se mostrava forte e confiante. — Venha comigo na próxima semana e eu vou lhe mostrar.

Ruivo fez uma nota mental para imprimir mais algumas cartas antes do fim de semana. Ele terminou seu almoço rapidamente e saiu. Seu apetite voltara como seu desejo de se preparar para a partida do fim de semana.

Enquanto pagava, o cara do caixa comentou:

— Tempo louco que estamos tendo neste outono, não é?.

Ruivo sorriu e respondeu:

— Os tempos estão mudando. Eu não ficaria surpreso se nevar em Salvador.

Apesar de morar na capital de Mato Grosso do Sul, Campo Grande, Jorge mantinha uma fazenda no interior do estado, nas proximidades de Miranda. Uma herança da família. Por isso, todo feriado estendido, ao invés de viajar para fora do país ou outros estados, a família ia passar o tempo no campo, aprendendo a lidar com a fazenda que produzia grãos de soja e gado. Para Jorge, seus filhos Vinícius e Diego deveriam aprender a lida da fazenda que um dia seria deles.

Diego era um total entusiasta da ideia, ou pelo menos interpretava ser para ganhar a simpatia do pai. Por outro lado, Vinícius conhecia muito bem o motivo implícito na dedicação do mais velho: os benefícios que o pai lhe dispunha. Além de Jorge custear para o rapaz de vinte anos a faculdade de agronomia mais cara do estado, ele incluíra no pacote a caminhonete turbinada com aparelho de som potentíssimo, na qual Diego amava desfilar pelas avenidas de Campo Grande fazendo badernas com seus colegas de sala. Badernas que certamente o pai desconhecia. O irmão era um típico playboy-fazendeiro-campo-grandense que apesar de ter essa "pinta" de "homem do campo", não se esforçava nem um pouco para aprender a parte séria de ser um.

Vinícius ainda estava no ensino médio. Tinha conhecimento do desejo do pai de que ingressasse em uma área na qual pudesse ajudar na fazenda. Até cogitara a faculdade de medicina veterinária.

"Você que é assim, mais sensível, poderia trabalhar como médico dos animais, enquanto seu irmão cuida da agropecuária e administra a fazenda".

O "sensível" ao que o pai se referia era por culpa do irmão, também. Diego tinha a mania de debochar dele, chamando-o de "florzinha". Tudo isso por não demonstrar o mesmo entusiasmo que o mais velho pela vida no campo. Mas isso não significava de forma alguma que desgostasse de estar ali. Ele se sentia até mais à vontade ao ar livre do que o próprio Diego, que estava sempre empertigado e de mau humor, provavelmente sentindo falta das baladas com os amigos na capital.

O mais novo só não tinha certeza sobre o seu futuro como veterinário. Gostava de animais, sim. O seu problema era o sangue. Além de imaginar em como se sentiria culpado se um animalzinho inocente chegasse a morrer por não conseguir salvá-lo. Por isso, queria seguir uma área que estivesse relacionada com seus gostos pessoais. Gostava de tecnologias, de ler, ouvir música de vários gêneros, jogar videogame e, de vez em quando, até se arriscava a escrever letras de músicas. Era a algo assim que Vinícius gostaria de se dedicar.

Porém, para o pai e o irmão mais velho, a literatura, a música ou até mesmo a área de tecnologia eram conhecimentos inúteis para quem herdaria uma fazenda. Certa vez, chegou a argumentar que preferia seguir a área da mãe: ser educador. Aquilo eriçou o irmão mais velho, que imediatamente retrucou:

"Tá vendo, velho? Esse daí tá querendo ser a filha que o senhor não teve!".

Naquela ocasião, o pai nada respondeu, resguardou-se ao silêncio e aquilo atormentou Vinícius por um bom tempo. Entendia que o irmão pegava muito no seu pé e um dos motivos era por serem filhos de mães diferentes. Diego não fazia muita questão de esconder sua antipatia por Tainará, a madrasta, ainda mais quando ela queria lhe chamar atenção por causa de suas noitadas regadas a álcool. Mesmo que a moça só o repreendesse por preocupação, alegando que ele ainda era jovem para beber tanto e era perigoso dirigir embriagado. Mas Diego negava sempre. Negava que bebia exageradamente e que saía com o carro alcoolizado. Mas Vinícius e Tainará sabiam que ele dormia em motéis ou na casa dos amigos quando enchia demais a cara para que não fosse flagrado pelo pai.

Já Vinícius se esforçava para ter um relacionamento bom e verdadeiro com o patriarca. O homem que admirava por ser intransigente, mas correto com suas obrigações e bom patrão. Jorge costumava dizer que poderia ser muito mais rico e nadar em dinheiro se sonegasse impostos. Mas preferia uma consciência tranquila pela vida toda do que momentos de luxo e exuberância com riquezas adquiridas de forma suja.

Por isso, Vinny – o apelido do mais novo – se preocupava que a sua forma de pensar e agir pudesse abalar o laço que tinha com o pai. E estava disposto a inverter aquela situação, mesmo que custasse abdicar das regalias concedidas pela mãe, como as férias em Orlando, por ter sido o primeiro da classe nos dois primeiros bimestres do ano, para estar ali, acampando no meio do mato e tendo um curso extensivo com Diego e o encarregado da fazenda de como ser um "homem-macho".

Até que não era tão torturante como parecia, pois Vinny gostava da companhia de Tenório, o empregado do pai, que contava histórias intrigantes e que prendiam a sua atenção. Mas no meio de um causo o irmão o interrompeu, chamando "o conto verídico" de "crendice idiota", deixando Tenório irritado.

– Crendices, sô? Eu que num sô besta de disacreditar num trem desses! Tudo existe nesse mundo, menino! Inté assombração!

– Você tá bêbado, Tenório... – disse Diego.

– Bebo, sim, uai! E o que tem a ver o cu com as carça? Se eu tô falano pro senhorzinho que existe é porque existe! Eu já vi com esses zóio que a terra há de comer, menino! Quando eu era piá, me perdi na floresta, fiquei chorano um tempão. Eu tava com medo di onça. Cobra eu nunca tive medo, não. Viver na lida da fazenda com os capataz faz a gente virá homi cedo! Mas di onça eu tinha medo. E comecei a chorá pruque tava escureceno. Então, ouvi uma música assobiada que começô a me dar um sono, um sono e dormi... Quando eu acordei, tinha um punhado de frutas no meu redor e uma cumbuca de madeira com água. Achei esquisito. Mas tava varado de fome e comi que nem um desembestado! Na hora que me dei por satisfeito, comecei a sentir um movimento estranho pela mata. Tinha alguém me vigiano. Aí eu preguntei: "Tem alguém aí? Eu quero ir pra minha casa, eu me perdi do meu tio."

– E alguém respondeu?– Vinícius irrompeu entusiasmado. Os grandes olhos azuis claros, que herdara da mãe, reluzindo intensamente ao brilho da fogueira crepitante.

Mas Diego se empertigou sobre o tronco de árvore onde sentava.

Levantou-se, após tomar mais um gole grande da cerveja em lata, das muitas que trouxe em um isopor, e gargalhou alto:

— Larga de ser besta, Vinny! Você tem quinze anos! Não tá mais na idade pra ficar acreditando nessas histórias idiotas! — ele berrou, terminando de entornar o líquido da latinha e indo em direção à sua tenda. Antes disso, amassou e arremessou a lata vazia na mata. — Eu tô morto, vou dormir. Não fica enchendo a cabeça de vento do meu irmão com essas histórias, não, Tenório. Ele nem vai dormir de medo, do jeito que é florzinha — e gargalhou.

Aquele deboche do irmão irritou Vinícius, que estava ali justamente para que ele parasse de fazer essas insinuações.

— Quem é florzinha aqui, Diego? Seu retardado! —praguejou. Porém, o irmão lhe respondeu apenas com um gesto obsceno com o dedo do meio. Em seguida, Diego desapareceu ao se jogar dentro da barraca.

— Esquenta com ele não, patrãozinho...

— Mas ele sempre me trata desse jeito, Tenório. Vive zombando de mim. Eu abri mão de uma viagem para outro país só para estar aqui e é isso que ganho dele? Ele me odeia porque sou filho de outra mãe. Como se eu tivesse culpa do nosso pai ter largado a mãe dele pra casar com a minha.

O homem coçou a barba rala e estalou os lábios, sentindo um gosto amargo na boca. Então, enfiou a mão no bolso da calça e pegou o cigarro de palha que havia feito pouco antes. Enrolou-o melhor e levantou-se, caminhando a passos bambos em direção da fogueira. Ao alcançá-la, acendeu-o em uma brasa e voltou a sentar, levando o cigarro à boca e sugando-o com os lábios apertados. Logo a fumaça que saiu de suas narinas ganhou os céus.

Lembrou-se da mãe do garoto e, ao observá-lo com os olhos claros, fixos em si, percebeu o quanto ele parecia mesmo com Tainará, a bela moça da cidade com a qual o patrão escolhera casar.

Não discordava totalmente de Diego. Vinícius era como uma flor do campo: delicado, em seu jeito calmo de falar, na educação que tinha, na atenção que dispunha com todos de forma igual. Além da aparência, a pele era muita clara, o rosto pálido, os cabelos castanhos, volumosos e lisos, e ainda tinha aquele par de olhos da cor do céu em dia claro. Mas, apesar de ele ser muito mais bonito que muita garota com as quais Tenório já flertara na vida, faltavam-lhe os atributos e os volumes femininos necessários para ser uma garota – pelo menos, do tipo que o homem apreciava.

Mas ele até entendia porque tinha muito macho que se arredava atrás de outro naqueles tempos. Apesar de ser xucro e rústico, aprendera com a vida que homem-macho não tinha nada a ver com a aparência, com os costumes ou com quem se deita para se aquecer nas noites de frio.

– Afinar, ninguém manda no coração... – ele acabou deixando escapar, soltando mais uma baforada de fumaça para o ar.

– Quê, Tenório?

– Né nada, não, patrãozinho. Quer que eu termine a história ou não?

– Claro que quero! – o adolescente se animou.

– Então, onde eu parei mesmo?

– Quando acordou sozinho na floresta e tinha frutas e água...

– Ah, isso... Então, eu fiquei encucado co aquilo. Alguém tinha colocado aquelas coisa ali, num é verdade? Comecei a chamá e a procurá por alguém. Mas, nada! E ainda tinha aquela bendita impressão de alguém me vigiano, num sabe? Ouvia barulho de pés correno pra lá e pra cá. Andei na mata e comecei a procurá. Vi pegadas no chão e segui as danadas. Mas parecia que eu tava andano em círculos. Até ouvi uma risada brincalhona. Era como se alguém tivesse de chacota co a minha cara. Chegou uma hora que eu cansei e sentei na raiz de uma árvore. Num vi que atrás de mim tinha uma danada de uma cobra. Quando eu percebi a presença dela, o chiado da bicha já zunia na minha nuca. Peguei um pedaço de pau no chão, eu disse que de cobra num tinha medo, já matei muita cobra na paulada, e virei com tudo pra acertá a cabeça da bicha. Mas antes que eu pudesse enxergá, um vurto saiu da floresta, correu na minha direção e me empurrou pru chão. Fiquei tonto por alguns instante e quando abri os zóio, ele tava bem na minha frente... Pele morena, olhos verdes claros que nem das folhas recém-nascida da mata, os cabelos vermeio feito fogo, erguidos pra cima, era baixo, da minha altura na época, um moleque de nove anos. Eu quase me mijei nas calças....– o homem parou para dar aquele grande bocejo. O sono estava chegando com força, adensado pelo efeito da bebida.

– E aí, Tenório? O que ele fez? Por que ele não deixou você matar a cobra? Ele é ruim?

O homem sorriu, constrangido e coçou a nuca, balançando a cabeça negativamente.

– Nada disso, patrãozinho... Ele não falava a minha língua, num sabe? Acho que falava a língua das matas. Ele falou cum a cobra e a bicha o entendeu, sabe pru quê? Pruque ela olhou pra mim como se tivesse me esnobando, isso, se é que bicho é capaz de esnobá. Aí, ela subiu pelas galha das árvore e desapareceu. Então, ele veio na minha direção, agarrou meu pulso e eu gritei. Mas o bicho usa de magia e em um segundo eu tava sendo arrastado mata adrento. Acho que a agilidade vem daqueles pé esquisito, virado pra trás. Achei que ele fosse coisa do demo e rezei um "Ave Maria" atrás do outro. Achei que ele tivesse me levano pra toca pra servir de comida e... – mais uma vez Tenório soltou um grande bocejo, e para decepção do garoto que ansiava pela sequência da história , pendeu o pescoço pro lado e caiu no sono.

– Não durma ainda, Tenório! – o garoto tentou mantê-lo acordado, sacudindo-o pelos ombros. – Conte o resto da história, por favor?

Mas em resposta o menino só ouviu os roncos estrondosos aumentarem e suspirou, ao perceber que não tinha mais jeito. Ajudou-o a se deitar no chão, frustrado por ter caído no sono na melhor parte.

– Apesar de que é só uma lenda boba... – Vinícius tentou se conformar.

Vinny foi até a tenda e buscou cobertores para agasalhar Tenório. Depois disso, suspirou longamente o ar gelado e puro, embrenhado no silêncio ausente de vozes, já que ainda era capaz de ouvir os sons da mata e do crepitar da fogueira. Percebeu, ainda sem sono, que a adrenalina da história o despertara. .

– O que eu faço agora? –perguntou-se. – Acho que vou pegar o meu jogo que está na mochila... Ai! – o adolescente tropeçou em uma das latas que o irmão espalhara pelo caminho e percebeu o quanto de sujeira Diego havia feito.

–É um babaca mesmo... Bêbado, irresponsável, chato... – o garoto resmungava, enquanto juntava as latas em um saco preto. Ao terminar, amarrou a boca do mesmo e o lançou na caçamba da caminhonete do irmão.

Esfregou as mãos, sentindo que a temperatura começava a baixar com força e determinou que era hora de entrar na barraca. Mas foi nesse exato momento que um barulho estranho chamou a atenção de Vinny, fazendo seu coração disparar. Porém, o medo o fez recordar das palavras do irmão chamando-o de "florzinha", então resolveu respirar fundo e investigar o barulho.

Contornou a caminhonete e viu a lata rolando perto da roda do carro. Voltou os olhos para a mata e percebeu as folhas farfalhando. Engoliu em seco. Imaginou que poderia ser algum animal, mesmo assim, quis se certificar. Tirou seu *smartphone* de dentro do bolso da calça e, ativando o *display* na luminosidade máxima, aproximou-se da margem da floresta.

– Tem alguém aí? – perguntou, não esperando de verdade por uma réplica.

Foi por isso que não conteve o arrepio que percorreu sua espinha dorsal quando, em resposta à sua pergunta, escutou um som agudo e fino irromper de dentro da floresta. Um assobio.

Apesar do medo que fazia seus joelhos tremerem, a curiosidade que o invadia sobrepujava o pavor de encontrar algo desconhecido.

– Se você existe mesmo, eu quero ver com meus próprios olhos – determinou para si mesmo.

Após dizer aquelas palavras, os passos motivados de Vinícius o guiaram para dentro da floresta. Imerso na escuridão, a sensação de medo se multiplicou, ainda mais quando sentiu um sopro em sua nuca que fez o arrepio que corria toda a sua coluna se intensificar. Fechou os olhos e sentiu. Ele estava próximo, rodeando-o. Era capaz de acompanhá-lo pelo pisar sobre as folhas secas no chão, pelo respirar.

– Fo- foi vo-você quem jogou a lata de volta, não foi?

Houve uma pausa momentânea e o silêncio sepulcral só era quebrado por um suave zumbido nos ouvidos de Vinícius. Mas logo uma voz sussurrada respondeu-lhe em um tom suave, calmo, mas totalmente compreensível.

– Filho da mata não confia no filho do homem. Filho do homem invade a casa do filho da mata e a destrói. Machuca a nossa família, mata sem dó. Leva dos nossos embora. Filho da mata não gostar do filho do homem porque o homem e seus filhos são ervas daninhas.

Vinícius entendera o que era dito por aquela voz tão sobrenatural e que adentrava seus ouvidos e atingia seu coração, fazendo-o disparar intensamente. Sentiu uma dor apertar em seu peito por saber do que dizia o ser misterioso. Era simples: bastava se colocar na perspectiva do mesmo e imaginar como se sentiria se tivesse a sua casa invadida e destruída por estranhos, a família morta e tudo o que tinha levado embora. A floresta é a casa de todos que nela habitam, inclusive daquele ser...

Sem compreender o que acontecia consigo, Vinícius sentiu as lágrimas mornas descerem por seu rosto.

– Por que choras, filho do homem?

– Por entendê-lo e me sentir tão impotente diante dessa verdade – explicou Vinícius, esfregando as costas da mão no rosto, envergonhado por seu pranto. Era aquela sensibilidade que tinha que aprender a controlar para o bem do relacionamento dele com o pai.

Mas Vinícius se sobressaltou ao sentir seu rosto ser tocado e o susto o fez abrir os olhos. Pôde, assim, visualizar a face do ser que lhe falava. Havia claridade, a luz da lua imponente no céu entrava por uma clareira na floresta e os vaga-lumes que dançavam em torno deles, clareavam ainda mais o cenário. Seus lábios entreabriram em surpresa ao perceber o quão diferente aquela figura era do seu imaginário e daquilo que as figuras folclóricas retratavam nos livros. O "Curupira" não era baixo como uma criança. Tinha o corpo e a expressão de um jovem adolescente, quase adulto. Não havia vestígio de pelos no rosto ou no peito desnudo. A pele reluzia o tom moreno. Os olhos lembravam-lhe os de orientais ou de indígenas, puxados e de cílios longos. Mas as íris eram no tom verde que Tenório havia descrito tão bem. Um verde claro, transparente e encantador. Os lábios eram carnudos. As sobrancelhas espessas e vermelhas no mesmo tom dos cabelos espetados para cima. As orelhas pontiagudas. O pescoço e os pulsos da criatura adornados por pulseiras e um colar feitos por sementes da floresta.

Vinícius sorriu desajeitado e ao mesmo tempo confuso com o deslumbramento que sentia diante daquele ser.

– Você é puro, filho do homem – disse ser, de repente. – Filho da mata gosta de você.

– Go-gosta...?

Vinícius prendeu o ar no peito ao ver o jovem esboçar naqueles lábios de contornos perfeitos, o mais belo sorriso que já vira na vida. Refletindo o gesto dele, também tocou o rosto da criatura, sentindo a textura suave de sua pele. Sorriu ainda mais deslumbrado e quando deu por si, notou que seus rostos já estavam tão próximos que os lábios do ser roçavam os seus...

– O que vai...

A sensação era estranha, vibrante e desconcertante. O calor que fumegou em seu rosto contrapunha o gelo do seu estômago e do ambiente à sua volta. Era uma emoção diferente de tudo que já sentira. Estava sendo beijado por um ser místico, um ser que só deveria existir nas lendas e no imaginário das pessoas.

Mas queria acreditar, naquele momento, que as lendas eram mesmo baseadas em algo real, e assim fechou os olhos, envolveu o pescoço do ser fazendo seus corpos se encostarem e aprofundou o beijo. Arrepios misturaram-se com o embrulhar do seu estômago e o bater forte do seu coração fazia sua respiração desregular. Seu avanço fora correspondido, as mãos da criatura envolveram suas costas e fora preso em um abraço apertado. O beijo prolongou-se até que um sorriso do ser fez com que os lábios se desvencilhassem.

Ao abrir os olhos novamente, Vinícius assombrou-se com a claridade, desta vez em abundância, como se a noite tivesse se tornado dia em um passe de mágica. Ele se afastou do ser e reparou que a floresta à sua volta era diferente. Havia folhas de cores distintas: azuis, rosas, amarelas. Pequenos seres e insetos voando por todo lugar, alguns tinham brilhos próprios. A água que corria em um riacho na lateral também reluzia e resplandecia uma cor púrpura. De alguma forma, em meio ao beijo, havia sido transportado para um tipo de dimensão paralela. Olhou para o ruivo que observava e o questionou:

– Por que me trouxe aqui?

– Porque filho da mata querer você, filho do homem, como esposa. A última se foi, deixando filho da mata sozinho.

Vinícius gelou e finalmente compreendeu por que recebera o beijo. Havia sido confundido com uma fêmea...

E não compreendeu por que ter sido confundido com uma fêmea o desanimou tanto.

– Está enganado, filho da mata. Eu não posso ser sua esposa, porque eu sou um homem como você.

O silêncio do ser que permanecia fitando Vinícius fez o garoto perceber que ele não lhe compreendera. Então, aproximou-se dele e retirou a camisa por cima da cabeça, mostrando-lhe o peito nu. Apanhou a mão dele e a repousou sobre o seu peito.

— Vê? Meu corpo é igual ao seu. Não podemos ser marido e mulher.

— O coração do filho do homem bater forte...

O rosto do garoto fumegou de vergonha.

— É claro. É estranho e confuso tudo isso pra mim. Principalmente por esse lugar e você terem essa beleza anormal. Meu coração tá mesmo batendo forte. E eu só queria entender por que...

Vinícius não continuou, pois a criatura tirou a mão do seu peito e envolveu sua cintura, puxando-o para junto dele e unindo-os novamente em um abraço. O filho da mata aproximou sua boca rente ao ouvido do rapaz branco e confidenciou com uma voz ainda mais suave:

— A última esposa do filho da mata era como você, filho do homem... — disse, voltando seus olhos curiosos para o ambiente e movendo a ponta das orelhas, como se captasse algo no ar. Então, afastou-se do garoto o suficiente para retirar um dos colares do seu pescoço e colocá-lo no pescoço dele. — Estão lhe procurando, é tempo de partir.

— O que é isso? — perguntou, segurando o pingente do colar, que era uma pedra muito branca.

— Uma chave para quando tiver a resposta em seu coração. Ela lhe trará até o filho da mata. Vamos! — o ser avisou, juntando ar nas bochechas e soprando uma melodia assobiada que fez Vinícius tontear.

— Espere, eu ainda não quero ir! Eu tenho perguntas... Os seus pés, não deveriam ser virado pra trás...?

— Filho da mata poder virar os pés do jeito que quiser...

Vinny ouviu a resposta, em meio ao turbilhão que lhe envolvia e fazia sua mente apagar, sendo dominada por um sono incontrolável.

— Vinny!! Vinícius! – gritava uma voz familiar.

— Patrãozinho! Onde você está? – gritava outra voz familiar.

Vinícius acordou atordoado com tanto barulho à sua volta. Zumbidos de insetos, o volume alto da balada sertaneja do toque musical do seu celular, além gritos de seu nome ao longe. Estava vestido como se tudo fosse um sonho. Sentiu a cabeça doer, mas apanhou o aparelho onde o nome do irmão brilhava e o atendeu.

— Alô?

– Onde você está?! –ouvia a voz dele tanto no fone quanto ao redor.

– Aqui! Acenou, tentando ficar de pé, quando viu o irmão e o capataz andando pela mata.

Diego correu na direção dele e a reação de Vinícius foi a de fechar os olhos temendo ser morto pelo mais velho. Mas, em vez disso, foi abraçado e notou que o irmão chorava desesperadamente.

– Seu idiota! Por que dormiu na mata? Por que fez isso? Você queria me assustar, não é?

– É que... Você disse que eu era uma florzinha...

– Porra, Vinny! Não precisa fazer uma merda dessas! É claro que eu me preocupo com você, babaca! Se eu o perdesse aqui... Eu não sei o que seria de mim...

Vinícius deu tapinhas nas costas do irmão mais velho, confuso com a reação dele, tentando consolá-lo do choro sentido. Por conta do abraço, sentiu algo por baixo de sua blusa em seu peito. Não fora um sonho. Olhou por cima e viu o capataz Tenório, que lhe deu um sorriso cúmplice.

Depois que o irmão se recuperou, os três seguiram de volta para o acampamento e Vinícius se encostou ao lado do capataz, retirando o colar de dentro da blusa e mostrando-o a ele.

– Você sabe o que é isso, Tenório?

– Sei.

– Então foi você a outra pessoa?

– Escuta, patrãozinho. Eu não vô me intrometer na sua decisão. Eu devolvi esse colar, ele num me pertence mais. Se você num percebeu, ele num envelheceu como eu envelheci. Na realidade, ele pode ter a aparência que quiser: novo, jovem, velho. Eu acho que ele num morre também. Então, pro próprio bem dele, pra ele num me ver definhar e morrer, eu devolvi o colar. Agora, a escolha é sua e num me pergunte mais nada que é constrangedor, oras!

O homem apertou o passo e saiu do alcance do garoto, que sorriu, balançando a cabeça negativamente. Se era constrangedor, é porque tinha sido uma experiência incrível e era exatamente o incentivo que precisava para aceitar a proposta de ser a 'esposa' do filho da mata.

– Mal posso esperar para encontrá-lo novamente!

JOÃO ROGACIANO

BRASIL FANTÁSTICO
ENTRE CONSPIRAÇÕES E MONSTROS MITOLÓGICOS

Editora Draco

Cheguei a Porto da Cruz[2] e a manhã já ia avançada.

Nas imediações do Solar do Engenho, vislumbrei a estalagem que procurava. Entrei. Encontrei-me num espaço escuro, deprimente e abafado. O cheiro nauseabundo e repleto de suor que empesteava o interior do albergue não se comparava ao odor dos campos agrícolas quando são estrumados. Era muito pior.

Encostei-me ao balcão, entre dois peões que festejavam ruidosamente. Cada um deles tinha uma feia e gorda marafona sentada ao seu colo. Bebiam uma zurrapa qualquer que, apenas muito vagamente, poderia ser considerada como vinho tinto.

Um sujeito entroncado, tisnado, com aspecto de pirata e cara de poucos amigos, estava sentado a uma mesa, com um bicharoco no seu ombro. Um pequeno macaco, mais propriamente um saguim. Certamente o homem teria estado na África e trouxera de lá o bicho. Bebia grandes quantidades de rum sem parecer ficar minimamente afetado. Com aquelas peculiares características seria, muito provavelmente, um marinheiro.

Noutra mesa, aninhavam-se dois sujeitos escanzelados e de enormes olheiras, com aspecto de salteadores de carruagens. Pareciam conspirar. Olhavam em volta e sussurravam, sem que fosse audível a sua conversa nas mesas vizinhas.

– Uma cerveja! – ordenei, voltando-me e dando um murro no balcão. Arrependi-me de imediato, pois o mesmo estava seboso e parte dessa imundície veio agarrada à minha mão.

---

2 O Porto da Cruz é uma vila na costa nordeste da Ilha da Madeira.

O dono da estalagem atirou um copo muito sebento para junto de mim.

– Num copo minimamente limpo, estalajadeiro! – acrescentei num rugido, antes que se atrevesse a deitar a minha bebida naquele imundo recipiente.

O homem por detrás do balcão olhou-me desconfiado. Retribuí o olhar. Trocou de copo e serviu-me bruscamente. Ficou à espera do pagamento.

Puxava eu da bolsa das moedas, quando soou uma voz por trás:

– Você não será porventura D. Leopoldo Cid?

Por instantes, fiquei paralisado ao ouvir tal delicado timbre de voz naquele rude e decadente local. Voltei-me. Fiquei extasiado. Uma jovem dama, de aspecto distinto, penetrara aquele antro imundo e dirigia-se à minha pessoa. Mirei-a de alto a baixo. O seu vestido, ricamente bordado, dava ao seu corpo um toque simultaneamente gracioso e sensual. O seu rosto, onde os seus olhos brilhavam como duas esmeraldas de um verde puro, parecia o de um anjo. As suas mãos eram brancas e delicadas, próprias de alguém com estatuto social médio ou elevado. Aparentava ter cerca de dezesseis anos, uma idade já muito casadoira, nos tempos atuais.

Encostei-me ao sujo balcão – tendo esquecido da sujidade do mesmo, que, há poucos instantes, tanto me incomodara – enquanto a olhava de frente, num misto de aprovação e desafio. Não respondi. Ia bebericando a cerveja. Reparei que em toda a estalagem reinava o silêncio e que os olhares dos ocupantes estavam dirigidos para minha interlocutora. Talvez pela sua beleza, ou talvez pelo seu aspecto senhorial, ou, quiçá, por ambos serem incomuns naquele antro.

– Por favor! – insistiu. – Você não será porventura D. Leopoldo Cid?

– Talvez… – respondi num sussurro. – Qual é a sua graça, senhorita?

Pousei o copo e, só por breves instantes, retirei o meu olhar dela. Foi o suficiente para verificar que alguns dos frequentadores daquele estabelecimento se aproximavam, com as suas intenções claramente espelhadas nos duros e sujos rostos, prontos a interpelar e acossar a minha jovem interlocutora.

– Venha comigo, peço-lhe! – continuou a jovem, indiferente aos abutres que dela se aproximavam. – Fui eu que lhe mandei o recado para vir aqui ter… Mas deveria ter-me esperado lá fora!

Sem dizer palavra, peguei-a por um braço – um pouco bruscamente, reconheço – e direcionei-a para a porta. Um dos biltres, que se aproximara, vendo escapar a sua bela presa, lançou a mão fechada em direção à minha cara. Esquivei-me, pois detesto que me estraguem o "visual", e o deitei por terra com um murro certeiro. Enxotei o pequeno macaco, que deixara o marinheiro e pulava à volta de mim e da minha ilustre companheira.

Saímos e nos afastamos daquele antro. Aguardei, em silêncio e de forma paciente, que a jovem tomasse a palavra.

– Senhor – começou –, sou dama de companhia da esposa de D. Nunes de Sá, o qual necessita dos seus préstimos como investigador.

– Temo não estar à altura de tão famoso senhor – respondi, galantemente, mordiscando uma palha. Recordava-me de ter ouvido falar desse homem, o qual geria uma das maiores e afamadas casas vinícolas de produção de vinho Madeira.

– Mas é mesmo necessário! – exclamou a jovem. – O senhor tem a casa assombrada! Pelo Cavalum[3]!

– Curioso! Nunca ouvi falar de uma casa vinícola assombrada! E pensei que o Cavalum estava preso nas grutas! – exclamei, ironicamente. – Confirme-me só o seguinte: o Cavalum de que fala não é o da lenda? O mesmo que desafiou Deus e este o mandou às urtigas?! O demoníaco bicho, juntamente com o vento e as nuvens, começou por arrasar a povoação. Depois, quando um crucifixo foi parar ao mar, foi a gota d'água: Deus ficou tão farto da brincadeira que restaurou tudo e prendeu o ignóbil bicho para sempre nas grutas de basalto de Machico[4], de onde solta urros. É isso, não é?

– É, claro! – anuiu a minha companheira, olhando-me interrogativamente.

– Então, se o bicho da lenda está preso, logo não pode ser ele a causar o pânico no centro vinícola, pois não?

– Temos uma empregada que veio do Brasil e que afirma que a casa está assombrada, não pelo Cavalum, mas por um ser terrífico, conhecido como Boitatá!

– Um boi? Um touro? – inquiri, intrigado. – Como aqueles das touradas?

---

3 Demónio lendário, em forma de cavalo, com asas de morcego, que deitava fogo pelas narinas.
4 Furnas do Cavalum.

– Não! – esclareceu a jovem. – O Boitatá é uma espécie de grande cobra que sobreviveu a um dilúvio e habitou muitos séculos na escuridão. Por isso, vê mal de dia, mas ficou com uns grandes olhos que veem muito bem de noite, que é quando aproveita para caçar!

– Não me diga que a vossa empregada viu os olhos malignos desse terrífico ser! – escarneci, procurando irritar a bela jovem.

A jovem demandou, indignada:

– Ora... Afinal, vai nos ajudar ou não?

– Calma! – pedi-lhe, tocando levemente no seu braço. – Claro que vou consigo. Daqui à casa vinícola ainda são umas duas léguas[5]. Como veio até aqui? A pé?

– De carruagem. Venha. Está mesmo ali à frente.

– Tenho o meu cavalo, ali.

– Venha comigo na carruagem, por favor. O auxiliar do cocheiro leva o seu cavalo.

Avançou de imediato. Segui na sua pegada. Conduziu-me por entre um arvoredo espesso. Ouvi um ligeiro restolhar atrás de mim. Voltei-me, tarde demais. Pelo canto do olho, ainda avistei um maço de madeira que se abatia sobre a minha cabeça.

Uma explosão de luzes brotou do nada e tornou tudo escuro ao meu redor. Afundei-me no vazio.

<hr>

Quando retomei os meus sentidos, a minha cabeça parecia querer rebentar a qualquer instante. Estava deitado de costas e, quando abri os olhos, pensei estar no paraíso: a um palmo do meu nariz estava o rosto angelical da jovem, trespassado por um esgar de aflição. Ao ver-me abrir os olhos, o esgar aflito atenuou-se e ajudou-me a sentar.

Olhei em volta. Estava dentro de uma carruagem que voava em direção à vila de Machico.

A rapariga viu o meu olhar inquiridor e respondeu à questão que eu me preparava para formular.

– Foi atacado pelas costas, mas o cocheiro estava a pouca distância

---

5 Duas léguas correspondem a cerca de 10 km.

de nós e acudiu prontamente. De chicote em punho. Afugentou quem lhe bateu.

– Viu quem foi? – inquiri, segurando a sua mão. Era suave e fresca.

– Não. Foi tudo tão rápido...

– Deve ter sido o Cavalum... ou o Boitatá... – contrapus, ironicamente.

Ficou aborrecida com a minha piada e, com brusquidão, afastou a sua mão da minha. Aproveitei para levar a mão direita à cabeça. O grande inchaço que senti conferia com os fatos que a bela donzela me reportava. Verifiquei se a minha mão vinha suja de sangue quando a retirei. Negativo. Suspirei de alívio. Pelo menos não tinha partido a cabeça. Voltei-me para a minha acompanhante.

– Para onde vamos agora, minha linda?

Não pareceu escandalizada por lhe ter chamado de "minha linda".

– Ter com o esposo da minha senhora, conforme combinamos, antes de ter sido atacado – respondeu seca e prontamente.

Acedi com a cabeça e recostei-me. Ainda me sentia atordoado. As oscilações da carruagem também não ajudavam na minha recuperação.

Ao longe, os vinhedos com as videiras alinhadas desfilavam à minha frente. Os grandes cachos que pendiam das vides vaticinavam uma boa colheita.

Quinze minutos depois, chegávamos ao grande centro vinícola do vinho Madeira, localizado em Machico[6], numa quinta vizinha do solar do Ribeirinho.

Fui, de imediato, conduzido ao interior do edifício. A jovem bateu a uma porta. Em resposta, uma autoritária voz masculina deu permissão para entrar. Entramos.

D. Nunes de Sá estava à minha frente. Compreendia agora o porquê dos seus interlocutores e adversários admirarem o caráter desse homem. A sua determinação e a sua força, que emanavam de sua austera figura, enchiam aquele aposento. Graças à sua excelente gestão, a boa fama e, como tal, a comercialização do vinho Madeira foram alargadas a todo o mundo.

---

6 Município da Madeira.

Mirou-me de alto a baixo. Um olhar repleto de autoridade, salpicado com laivos de desprezo.

– Terá de servir – comentou para si, propositadamente de forma audível. Virou-se para a jovem. – Pode sair.

A jovem, com uma vénia, saiu e fechou a porta.

O silêncio em que a sala ficou mergulhada era ensurdecedor. Depois do comentário pouco abonatório, só tinha vontade de voltar as costas ao referido senhor e deixá-lo a falar sozinho. No entanto, algo – não sei se a sua forma de falar, se algum pressentimento – me levou a permanecer. Esbocei um tênue sorriso.

– D. Leopoldo – começou por dizer, enquanto caminhava pelo aposento –, sei que o senhor tem fama de ser rude, arruaceiro e de possuir uns péssimos modos, mas também tem fama de ser um excelente investigador.

– Vejo que a minha fama me precedeu, senhor – disse, enquanto fazia uma respeitosa e cínica vénia. – Dizei o que vos atormenta.

– O centro está assombrado! – declarou em voz alta, fazendo um estranho trejeito com a sua boca.

– Pois já ouvi dizer... Pelo Cavalum! – interrompi, de forma brusca, mostrando um sorriso sardônico. – Mas nesse caso, só Deus é que pode voltar a prender o Cavalum, pelo que os serviços do pároco ou do bispo lhe serão mais úteis que os meus. Outra versão diz que é um tal Boitatá, que viajou do Brasil até aqui a Madeira...

– D. Leopoldo! Agradeço que me ouça até o fim! – gritou, indignado com a minha interrupção. Prosseguiu, baixando o tom de voz. – É o que dizem. Já ouvi essas duas versões, mas não acredito nisso. Penso que haverá uma explicação lógica para o que nos tem acontecido.

– O que se tem passado?

– No centro vinícola, os objetos são levados misteriosamente de um local para o outro, aparentemente sem explicação lógica. Os meus funcionários garantem-me que não foram eles a mudar os objetos de lugar.

Fez uma pequena pausa.

– Por vezes desaparecem pequenos objetos. Outras vezes, algumas uvas surgem roídas. Ou cachos totalmente estragados. De pura maldade! Na adega, as barricas aparecem com as torneiras abertas.

Grandes quantidades de vinho derramado! Ouvem-se ruídos estranhos. As pessoas, na sua simplicidade, repetem e acreditam no boato que alguém astuto se encarregou de espalhar: que o monstro Cavalum está de novo em liberdade e que anda por aqui! Até já há quem diga que ouviu o resfolegar do monstro! Outros dizem que viram uma cobra descomunal, possuidora de olhos enormes, flamejantes. Durante a noite, emboscada algures nas minhas vinhas! Novo período de silêncio da parte do meu interlocutor. Imitei-o, ficando também em silêncio. Por fim, continuou.

– Quero que você investigue! Mas, como compreenderá, não poderei tê-lo hospedado aqui. Terá de ficar na estalagem O Barbazul, que fica na Banda d'Além. Claro que será por nossa conta.

– Sendo assim... Vou investigar, senhor! – disse, aproveitando para apresentar os meus dispendiosos honorários.

D. Nunes de Sá nem pestanejou ao ouvir o elevado valor pretendido. Anuiu com a cabeça. O seu silêncio deu por terminada a entrevista. Despedi-me com uma vênia.

Saí do aposento. Do lado de fora, a jovem que me trouxera ali esperava pacientemente. Interroguei-me se não estaria a escutar à porta.

– Deseja almoçar conosco? – perguntou-me.

A pergunta da jovem fez o meu estômago revolver-se de fome. Fiquei esperançado que o esfaimado rugido emitido pelas minhas entranhas não tivesse sido audível.

– Ele não almoça? – interpus, pensando se deveria aceitar o convite para o almoço.

– Não a horas certas. Está sempre a trabalhar. Por vezes, esquece-se e não come durante todo o dia – respondeu-me, encolhendo os ombros.

Recusei o convite para o almoço, mas pedi uma visita guiada ao centro. Iniciamos a visita pela cozinha. Apoderei-me de uma maçã enorme, acabada de apanhar, que estava num cesto sobre uma bancada.

– Boa maçã – comentei enquanto a trincava perante o olhar reprovador da minha improvisada cicerone, cujos olhos faiscavam.

– Aqui é a cozinha, onde preparamos todas as refeições do centro. Mais à frente, podemos ver a sala de jantar e...

– Os objetos que são levados de um lado para o outro pelo

Cavalum são de que tipo? Aparecem fora do seu sítio ou também com marcas peculiares? – indaguei, interrompendo a exaustiva e aborrecida descrição.

Mostrou-se agastada com a minha interrupção. O aborrecimento fez-lhe ruborescer as faces, o que aumentou ainda mais a sua beleza. Sorri e acariciei o cabo da minha espada, tique que me acometia quando apreciava a beleza de uma donzela.

– Os objetos movidos de lugar são castiçais, livros, garrafas, taças – enumerou, já menos aborrecida. – Ah! E é verdade: também já demos com peças de fruta e legumes roídos. E desaparecem pequenos objetos. Os cachos de uvas são destruídos, as pipas são abertas…

– Com que, então, coisas roídas? E pipas abertas! – interrompi, pensativo. Se a minha teoria estava correta, então seria uma boa explicação.

– Sim, é usual ouvirem-se guinchos agudos seguidos de um silvo longo e constante. Um barulho muito estranho!

– Um silvo e guinchos… – repeti, pensativo.

Visitamos todas as dependências do centro. Da cozinha ao refeitório, passando pelas latrinas do pessoal até o lagar, passando pelas adegas. Visitamos o enólogo e o seu laboratório. O setor que trata das exportações e vendas. O armazém. Mostrou-me uma vista panorâmica dos campos vinícolas:

– Ali debaixo, castas para um excelente Sercial e um ótimo Malvasia – apontando-me um grande penhasco. – Chegaram a ser pertença de jesuítas, mas como estes caíram em desgraça nos tempos do marquês de Pombal, a família do meu Senhor ficou com os campos.

Mais à frente, apontou:

– Aqueles vinhedos ali também fazem parte das nossas vinhas daqui. Para além destes campos, temos outros, muito importantes, em Câmara de Lobos e no Funchal. Todas essas uvas são apanhadas no tempo certo para a casta e enviadas para o centro vinícola, onde são processadas.

Agradeci a visita e fui então conduzido à porta exterior do cercado da quinta, local onde me esperava o meu cavalo, trazido para ali por meios que desconheço.

Montei no meu fiel corcel e parti para uma estalagem, situada nos arredores do Funchal[7], onde preparam boas e decentes refeições.

---

7 Capital da Madeira.

O estalajadeiro, meu conhecido há alguns anos, de aventuras anteriores, recebeu-me de braços abertos. Esta estalagem, A flor do Funchal, contrariamente às restantes, era bastante asseada. A cozinheira, mulher do dono da estalagem, preparou-me um repasto delicioso e, quando acabei, estava refastelado por uma boa refeição e um excelente vinho da região, um Malvasia – por sinal, produção do centro que visitara instantes atrás – que ajudou a digestão e a minha disposição.

Resolvi sondar o estalajadeiro, que se sentara ao meu lado.

– Então, velho amigo, como vai o negócio?

– Vai indo. Agora, com isso da emigração, grande parte dos meus clientes embarcou para as Índias, para a África e para o Brasil, e fiquei com a estalagem um pouco às moscas.

– Anima-te! – exclamei. – Vais ver que isto vai melhorar.

– Dizes isso só para me encorajar! – disse, desalentado, enquanto abanava a cabeça.

Ele tinha razão. Estávamos em agosto. Corria o ano da graça de 1889, e as coisas não estavam muito famosas nem no continente, nem nas ilhas. E a solução era a emigração. Dei-lhe uma palmada nas costas, à laia de consolação.

– Tens ouvido alguns rumores estranhos?

– Rumores estranhos? – repetiu, confinando a barba. – Não mais do que é habitual. Por vezes, ouvem-se aqui conversas bizarras, mas nada de especial. É verdade... Agora espalharam por aí que uma cobra mitológica, vinda do Brasil, anda por aqui à solta... Outros dizem que é o monstro da lenda, o Cavalum, que anda à solta pelo centro vinícola de Machico. Parvoíces!

– Concordo contigo! – apoiei entusiasticamente, um pouco sob os efeitos do Malvasia. – E pessoas ou movimentações estranhas?

– Pessoas estranhas? O habitual. Ah! Mas segundo ouvi dizer, brevemente chegará ao centro vinícola de Machico uma visita importante.

– Ah, sim? Quem? – interroguei esperançoso.

– Parece que é um elemento da realeza europeia... Uma imperatriz! – sussurrou-me ao ouvido, acrescentando. – Dizem que é a imperatriz Sissi[8], que veio ao Funchal passar umas férias de descanso

---

8 Elizabeth Wittelsbach, conhecida popularmente como Sissi, foi imperatriz da Áustria e rainha da Hungria. Nascida em 1837, foi assassinada em 1898.

por causa de problemas de saúde. E que vem a Machico ver onde é feito o vinho Madeira.

– Como soubeste disso?

– Um dos homens que fazem a vindima, lá nos campos do centro vinícola, é que ouviu uma conversa entre o enólogo e o fiel do armazém, e contou ao primo que, por sua vez, contou ao peixeiro, o qual contou a mim.

Da forma como o assunto tinha chegado aos ouvidos do estalajadeiro, seria mais um boato que uma notícia. Mas poderia ter um fundo de verdade. Despedi-me do meu amigo, deixando-lhe o valor da refeição e uma generosa gorjeta.

Tomei o caminho para o centro do Funchal. Tinha de tentar falar com um outro amigo para saber pormenores sobre essa hipotética visita. Raios partam o estado desta via! Choveu e são mais lama e buracos que terra firme. O meu cavalo enterra-se cada vez mais. Será que El-Rei não mandará fazer uma estrada firme neste caminho de cabras?

Ao cabo de dez minutos, ainda ia nesses resmungos entre mim, o meu cavalo e Deus, quando, sem dar conta, caí mesmo no meio de um bando de salteadores armados com varapaus e espadas. Acariciei o cabo da minha espada. Ia ter, certamente, serviço para ela! Desembainhei-a e fiquei em guarda.

Sem uma palavra que fosse, atacaram. Empertiguei o meu cavalo e dei o primeiro golpe com a espada. Ela cantou e o seu aço rasgou o pescoço do mais afoito deles. Os outros mantiveram-se prudentemente afastados da espada e tentaram a sua sorte. À traição.

A custo, consegui rechaçar o ataque. Feito o balanço final, acabei com um arranhão no pulso e os salteadores com duas baixas definitivas, cujas almas ficaram logo ali, entregues ao criador. Os sobreviventes fugiram, exceto um, que ficou ferido numa perna. Desci do cavalo e dirigi-me a ele. Quando me viu a aproximar, ficou lívido e tentou defender-se, recorrendo à sua espada. Apontei-lhe a minha pistola. Rendeu-se, largando a espada.

– Fala – rosnei, com cara de poucos amigos. – Fala e poupar-te-ei. Fica calado e irás fazer companhia aos teus finados colegas. Mas lentamente, com umas dorezinhas adicionais.

Esbofeteei-o com as costas da mão e aguardei que falasse.

O homem acabou por falar. Começou por dizer que não sabia de nada, que era um salteador daquela zona – o que era uma enorme falsidade, pois eu conhecia a todos os salteadores da ilha, sem exceção. Só podia ser de fora.

Tive de lhe dar alguns "incentivos" para que me contasse a história verdadeira.

Segundo contou, o grupo (que chefiava) fora contratado no Continente[9], mais exatamente no Algarve, para prestar um serviço a um dado senhor conde. Não sabia o nome desse conde, nem qual era o serviço final. As ordens eram-lhe transmitidas momentos antes da execução das mesmas. Aportaram e desembarcaram no Funchal. As últimas ordens que recebera consistiam em disfarçar--se de salteador e, juntamente com os seus colegas, assaltar-me e matar-me. Para darem cumprimento a essa ordem, o grupo partira em direção a Machico, à minha procura. Quando cruzaram comigo e me reconheceram pela mancha em forma de meia-lua que o meu cavalo tem no focinho e na perna traseira esquerda, pensaram que os céus estavam por eles. Puro engano.

Aproveitei para lhe dar mais uns sopapos. Acabou por ter um avivamento de memória e informou ter ouvido falar de que iria ser assassinada uma visita real, num jantar no centro de produção do vinho Madeira. A ideia era arruinar a paz na Europa e, ao mesmo tempo, desacreditar a casa real portuguesa. Na minha mente, essas informações formaram ligação com as do estalajadeiro meu amigo. Se aquilo era verdade, o tal elemento imperial estaria em perigo. Até porque já tinham ocorrido outros atentados, e fracassados, tendo como alvo essa imperatriz. Questionei sobre a conspiração. Quis saber concretamente a data, a hora e a forma como seria executado tão pérfido plano. Não soube (ou não quis) dizer mais nada. De nada valeram os castigos que lhe infligi, os quais me abstenho de aqui referir, em virtude da ignobilidade dos mesmos.

Para além da ruína da paz na Europa, com o descrédito de Portugal, também a reputação e a produção do vinho Madeira, tão apreciado

---

9 Portugal.

no país e no estrangeiro, estavam em risco. Muitos seriam afetados com esta situação. Famílias inteiras madeirenses, que tinham a sua vida dependente da produção deste "néctar dos deuses", ficariam na miséria. Tinha de avisar o responsável do centro!

Voltei a Machico por outro caminho. Evitei as estalagens e os aglomerados de pessoas. Ao invés de viajar metido nas minhas vistosas e normais roupas, optei por colocar, por cima da minha roupa mais discreta, uma capa com um enorme capuz, o qual me ocultava as feições. Ocultei a mancha em forma de meia-lua do meu cavalo, recorrendo à lama. Quem comigo se cruzava julgava estar na presença de um vulgar peregrino ou penitente como tantos outros, que se dirigia à Capela dos Milagres de Machico.

Cheguei a Machico, já a noite caía. No centro vinícola reinava o silêncio. Temendo o pior, esporei o meu cavalo, obrigando-o a acelerar o passo e assim vencer a pouca distância que nos separava. O porteiro vigiava a entrada principal do complexo. Pedi para ser levado à presença de D. Nunes de Sá. Recusou, visto que este estava reunido com um representante real. Pedi, então, para falar com ele, assim que terminasse a reunião.

Enquanto esperava, levei a mão à minha bolsinha, e tirei algum tabaco. Depois, enrolei-o numa mortalha. Acendi o conjunto com a minha pederneira de bolso. Puxei algumas fumaças. Era agradável. E era viciante. Já mais de uma vez me ocorrera o pensamento que esse monte de ervas enroladas poderia ser prejudicial à saúde. Talvez, nos séculos vindouros, alguém venha a se preocupar com isso.

Fui interrompido em meus pensamentos pelo porteiro. Informou-me que o representante real acabara de partir e que D. Nunes de Sá iria receber-me neste mesmo instante. Fazendo eco às palavras do outro, ouvi o trote dos cavalos da escolta do representante real, que se afastavam. Deitei fora a ponta do rolo de tabaco e apaguei-a com o tacão da minha bota. Dirigi-me para a sala de reuniões, onde D. Nunes de Sá me aguardava.

Após os salamaleques habituais, dirigi-me diretamente ao assunto.

— Senhor, temo pela sua vida e pela vida da cabeça coroada europeia que vos vem visitar! Informação que V. Excelência me ocultou em nossa conversa anterior.

— Por quê? Como sabe dessa visita? — quis saber, levantando interrogativamente a sua sobrancelha direita. Olhou fixamente para mim. — Conte-me tudo!

Sentei-me sem lhe pedir licença e sem esperar que me ordenasse que o fizesse, o que ia contra todas as regras da boa educação. Mas, convenhamos, estava-me nas tintas! O que me importava era apanhar o assassino antes de este aniquilar a sua vítima.

Deitou-me um olhar fulminante pela minha insolência, mas nada disse. Simplesmente ficou à espera de que eu começasse a narrativa.

Expliquei-lhe tudo o que se passou desde que me encontrara com a sua funcionária na estalagem. Não deu quaisquer sinais de fraqueza ou de medo. Nem sequer estremeceu quando me ouviu contar os métodos utilizados para obrigar o salteador a falar.

Juntos, delineamos uma estratégia. Tínhamos de apanhar o inimigo desprevenido, pois essa seria a melhor defesa.

No dia seguinte, a armadilha foi montada. No centro vinícola, só D. Nunes de Sá e a jovem que me fora recrutar à estalagem sabiam quem eu era. Os restantes trabalhadores e funcionários do centro pensavam que eu era um empreiteiro, que iria tomar a meu cargo as obras na ala esquerda da adega principal, a qual apresentava algumas infiltrações de água.

Nessa noite de domingo, o representante real na Madeira, a imperatriz Sissi e o seu anfitrião, D. Nunes de Sá, a sua esposa, o enólogo, bem como todos os funcionários do centro, jantariam juntos. Nesse jantar, estariam todas as pessoas ilustres de Machico, Funchal, Câmara de Lobos e arredores. Depois, a visita real retirar-se-ia para a zona destinada aos visitantes, onde repousaria algumas horas. Seguidamente, partiria para o Funchal, iniciando a viagem nessa noite e evitando possíveis atentados pelo caminho.

Quando a visita real chegou, o mesmo foi anunciado com pompa e circunstância:

— Sua Excelência, altíssima imperatriz da Áustria e digníssima rainha da Hungria, Sua Alteza real Elizabeth Wittelsbach, Sissi!

Todos ficamos deslumbrados com a beleza e o porte maravilhoso de Sissi.

O jantar correu de forma correta e ordeira. Toda a comida era provada na cozinha e na sala do banquete, imediatamente antes de ser servida. Não houve qualquer tentativa de envenenamento. Como a segurança fora reforçada, também não houve qualquer intrusão no banquete.

Mantive-me literalmente nas sombras. Comi qualquer coisa na cozinha e dediquei-me a ouvir as conversas no salão, na cozinha, nos corredores. Enfim, fiquei a saber as últimas coscuvilhices. Observei atentamente os convivas, os senhores, os funcionários e os trabalhadores. Tudo parecia estar dentro da normalidade.

Finalmente o banquete foi dado como terminado. A imperatriz agradeceu publicamente a forma como a tinham recebido e teceu rasgados elogios ao trabalho realizado no centro vinícola e "ao excelente vinho Madeira, cuja altíssima qualidade era mui apreciada em todo o mundo". Posto isto, retirou-se e preparou-se para tomar rumo dos seus aposentos. D. Nunes de Sá olhou para mim e fez o sinal combinado. Dirigi-me imediatamente para os aposentos de Sissi. Logo depois chegou a imperatriz com a sua guarda. Entrou e viu-me. Fiz um sinal e então toquei na tocha que pendia da parede esquerda, e esta rodou sobre os seus eixos, deixando descoberta uma passagem secreta. Saí pela passagem e repus a parede no lugar.

Sentado na cama, aguardei pacientemente. As horas passaram sem que nada acontecesse. Talvez me tivesse enganado. Estava já para desistir, quando um ruído peculiar me chamou a atenção: guinchos agudos. Algures dentro do quarto.

Puxei da espada e observei o quarto. Localizei o local de onde vinham os guinchos. Provinham de cima, dos respiradouros que este e os outros quartos possuíam e que constituíam um autêntico labirinto ao longo da enorme casa até ao exterior. Fiquei alerta. Acendi um pequeno candeeiro, esperançoso que a torcida não fizesse fumo nem deitasse cheiro que me denunciassem.

Poucos instantes depois, do respiradouro, surgiu um pequeno símio. Reconheci-o de imediato: era o pequeno saguim que vira na estalagem. Ao ver-me à sua espera, ficou desconcertado e temeroso e largou o objeto que trazia em sua pequena pata.

Antes que fugisse, mostrei-lhe um objeto que tinha na minha mão.

Imediatamente, ficou cativado pela quinquilharia de metal que brilhava à luz do candeeiro e quis roubá-la. Atirei-a para dentro de uma gaiola. Após uma pequena hesitação, o pequeno saguim seguiu na pegada do objeto. De um salto, fechei a gaiola com o macaco capturado no seu interior. Fiquei exultante: uma das ameaças – a mais inofensiva, diga-se de passagem – estava controlada.

Peguei no objeto que o pequeno ser tinha deixado cair. Era uma pequena sineta dentro de uma diminuta sacola. Removi a sacola e agitei a sineta. Fiquei espantado, pois o som produzido por tão pequeno objeto ecoou formidavelmente naquele quarto. Agitei-o um pouco mais. Aguardei.

Um silvo começou por se fazer ouvir junto do respiradouro, por onde tinha vindo o macaco. Parecia uma revoada de ar que circulava nos respiradouros, ou o som que se espera ouvir quando uma casa está assombrada pelo Cavalum ou pelo Boitatá.

Posicionei-me sem ruído com a minha espada à espera da assombração. Respirei fundo e aguardei.

O enorme e escorregadio ser, que se materializou do respiradouro, colocou-se de pé, ficando do meu tamanho. Era uma enorme e negra cobra-capelo!

A naja olhava-me ameaçadoramente, tendo inchado o pescoço e procurando atacar-me. Sabia estar em maus lençóis, pois se aquele monstro conseguisse me morder, eu ficaria paralisado e morreria sem qualquer hipótese de salvamento.

A cobra-capelo atacou. Esquivei-me do traiçoeiro ataque. Bati com a espada em seu nariz, causando-lhe dor, mas evitando matá-la. Bati novamente e ainda outra vez.

Finalmente, a cobra bateu em retirada. De um salto, o ágil réptil voltou a entrar na conduta de ventilação e fugiu do campo de batalha. Fiquei sozinho, sentado no chão, respirando ofegantemente. Ouvia o bater acelerado do meu coração e transpirava abundantemente por todos os meus poros.

Fez-se silêncio. Passou-se algum tempo. Um grito estridente e agonizante cortou o silêncio e cessou logo de seguida.

Saí do quarto a correr.

D. Nunes de Sá estava no corredor de acesso ao quarto onde eu me encontrava. Num ápice, coloquei-o ao corrente do que se passara. Enquanto isso, deslocávamo-nos em direção ao local de onde tinha vindo o grito.

Um grupo de pessoas amontoava-se à porta dum dos aposentos do centro. O ambiente estava pesado. Tétrico. Uma das funcionárias chorava copiosamente e apontava para o interior desse quarto. Entrei, secundado pelo responsável do centro.

A cena que se nos deparou era chocante: um corpo feminino completamente retorcido e transfigurado estava caído no chão, guardado pela enorme naja, sibilante. Sucumbira devido ao potente veneno do réptil. Puxei da espada e aniquilei o réptil, cortando seu pescoço. Morreu, contorcendo-se.

D. Nunes de Sá examinou o transfigurado corpo e informou que a vítima da cobra-capelo era aquela jovem que me tinha ido buscar à estalagem.

Mais uma peça desse intricado quebra-cabeça ficou no seu devido lugar.

No dia seguinte à tragédia, logo pela manhã, estávamos eu e D. Nunes de Sá reunidos num salão privado do centro vinícola.

D. Nunes de Sá tomou a palavra:

– Fui agora informado que prenderam o marinheiro. Aquele que você viu na estalagem e para o qual nos alertou. Também me informaram que a imperatriz chegou ao Funchal sem outros percalços.

Assenti com a cabeça, sem nada dizer. Eu tinha razão: o marinheiro, dono do macaco e da cobra, estava metido naquela conspiração. O mesmo marinheiro que me agrediu quando saí da estalagem, procurando amedrontar-me e impedir que aceitasse investigar o caso que D. Nunes me proporia.

– Também descobri que a dama de companhia da minha esposa era amante do marinheiro – continuou D. Nunes de Sá. – Foi ela que preparou tudo para o macaco.

– Quando entrou em ação – continuei a história –, o saguim foi treinado a passear nos respiradouros que existem pelas várias divisões do edifício principal do centro e entre edifícios até chegar àquele aposento onde ficam os hóspedes ilustres. Na noite fatal, o saguim foi para o quarto onde supostamente a imperatriz estaria. No quarto, teria de tirar a sineta da sacola e tocá-la algumas vezes. Fiz uma pausa para respirar. Verifiquei que D. Nunes prestava muita atenção à narrativa. Continuei.

– Capturei o pequeno e inocente saguim. Propositadamente, toquei a sineta. Como resultado, apareceu aquele monstro demoníaco.

– Como? – interrogou o responsável do centro.

Expliquei:

– As cobras seguem muito bem as vibrações que captam. E esta estava intensivamente treinada em seguir as vibrações produzidas por aquela sineta.

– Então quer dizer que o macaco deveria tocar a sineta no quarto da imperatriz para a serpente o seguir? – questionou o outro. – E não havia o perigo de a cobra atacar o pequeno saguim?

– Não, senhoria! A serpente só entraria em ação após o pequeno macaco chegar ao seu quarto. Até essa altura, a mesma estava encerrada numa caixa e na posse da jovem. Ao ouvir o som da sineta, a cobra-capelo seria solta e seguiria as vibrações sonoras. O macaco teria já fugido pela porta ou pela janela do aposento. Entretanto, a cobra chegaria ao quarto de sua excelência, morde-la-ia e fugiria. Nunca ninguém saberia como a imperatriz morrera. Pensariam certamente tratar-se de um ato do Boitatá ou do Cavalum, o cavalo-demônio.

– Que era a história que a jovem contava pelo centro e por toda a ilha! – concluiu o responsável do centro vinícola. – Mas por que razão a cobra a atacou?

– Isso também posso explicar, D. Nunes de Sá. – repliquei enquanto tossia, procurando aclarar a garganta. – Aliás, creio ter sido o causador dessa situação. Para saber quem controlava a cobra-capelo, não a matei logo que apareceu no quarto. Ao invés, bati repetidamente em seu nariz. O réptil ficou enfurecido e bateu em retirada. Fugiu para junto da dona e descarregou nela a raiva que tinha acumulado.

– E quem quis assassinar a imperatriz Sissi? Quem estava por detrás do marinheiro e da jovem?

– Um dos salteadores que me atacou, aquele que interroguei, referiu-se a um conde... Talvez um inimigo do Reino... – declarei, inclinando-me para a frente. – Mas, quem quer que seja, será

ENTRE CONSPIRAÇÕES E MONSTROS MITOLÓGICOS 59

certamente alguém com elevado poder económico, pois os meios envolvidos requerem um elevado financiamento!

– Talvez nunca venhamos a saber – replicou D. Nunes de Sá. – Mas pelo que o marinheiro contou, terá sido muito provavelmente alguém a mando de reinos inimigos. Não esqueceis que a paz da Europa está muito instável!

A conversa continuou durante algum tempo. Depois dos agradecimentos, fui generosamente recompensado pelo meu interlocutor. Saí do belo centro com a bolsa recheada e com uma satisfação descomunal: tinha evitado que assassinassem Sissi, deslindado um mistério e a minha reputação ficou em alta.

Deixei o meu cavalo levar-me ao seu ritmo e a escolher o caminho, enquanto me deleitava com as vistas magníficas dos campos verdejantes e do contraste que faziam com o oceano ao longe.

De súbito, o meu alazão ficou nervoso e começou a relinchar aflitivamente, recusando-se a continuar. Desci da sua garupa e afaguei-lhe as crinas, murmurando palavras ternas, procurando acalmá-lo. Olhei em redor, levando a mão à espada, procurando destrinçar qual seria a ameaça que a minha montada pressentira. Não tendo avistado nada, preparava-me para de novo montar, quando, de repente, vi algo inusitado: um grossíssimo corpo mosqueado de uma monstruosa serpente, que descia de uma árvore próxima e esgueirava-se para dentro de um covil. O estranho réptil demorou alguns minutos a enfiar todo o seu corpo na loca. Cautelosamente, desloquei-me até a entrada da toca e espreitei para dentro. Era uma cova profunda e escura. De súbito, a escuridão interior foi rasgada por chamas intensas. Uns olhos gigantescos e flamejantes pareciam ocupar todo o covil, e olhavam-me ameaçadores e irados. Preparavam-se para investir sobre mim. Não hesitei: dei um salto para trás, corri para o meu cavalo, montei e saí dali a galope. Umas léguas à frente, parei o cavalo e atrevi-me a olhar para trás. Estava ofegante. Mas tinha conseguido fugir daquele monstro que estava no covil! Agora tinha mais uma certeza: o mitológico Cavalum, se existe tal ser, estará encerrado para sempre nas profundezas das grutas. Mas o mitológico Boitatá existe mesmo. Saiu do Brasil… e anda à solta pela ilha da Madeira!

A. Z. CORDENONSI

BRASIL FANTÁSTICO
A MULA DO CAVALEIRO NEERLANDÊS

Editora Draco

13 de agosto de 1829, Vila de Holambra Sulista, Rio Grande do Sul

A chegada de novos colonos sempre foi motivo de festa para a pequena colônia neerlandesa encravada na encosta escarpada da serra gaúcha. A Vila de Holambra Sulista sempre recebia muito bem seus novos moradores, pois já há muito era sabido que as promessas dos governantes "brazileiros" eram infundadas em grande parte, e mais de uma família mal tirara o pó das roupas antes de escapar para lugares menos inóspitos. Afinal, as terras prometidas para os novos colonos, quando muito, traduziam-se em pedaços íngremes de chão, cobertos por mata fechada. Só com muito custo era possível aplainar a terra, transformando-a em um sítio cultivável.

As doenças da região também atacavam os novos colonos, mal acostumados às pragas de ratos, gafanhotos e mosquitos, que disseminavam moléstias nos mais novos e nos de constituição mais franzina. Não era sem motivo que a colônia ficara conhecida como "Cemitério das Mulheres".

Mas isso era assunto para mais tarde, porque aquele era dia de festa e o padre da Igreja Protestante, irmão Helmuth, não queria estragar a chegada dos seus novos congregados com assuntos tão melancólicos. Assim ele o fez, e na pregação do dia anterior, aconselhou, em tom de aviso, a não travar comentários maliciosos sobre a terra ou suas agruras, pois "Deus não dera a língua aos homens para dizer mal de quem lhe provê o sustento", dissera-lhes. E assim foi feito, e no dia seguinte, somente as bandeirolas vermelhas, azuis e brancas e as flores alaranjadas preenchiam a vila de ruas lamacentas.

"Eis uma coisa danada de bonita de se ver", pensou José João Reis Queimado, o Zé Tropeiro, um sujeito alto, de constituição fina e braços fortes, que circulava pelas colônias da redondeza negociando o transporte dos excedentes até o Porto dos Casais, na colônia açoriana que ficava às margens do Rio Guaíba.

Mulato de nascimento, fez seu próprio caminho como comerciante e, depois, mercador, apesar da desconfiança inicial incutida nos colonos de pele alva, principalmente os neerlandeses e os hessenos. No entanto, sua palavra era forte como o ferro, e com o passar do tempo, mostrou-se confiável. Desta feita, por mais de uma vez ele já fora visto jantando à mesa das famílias dos colonos, afinal, era considerado um "preto bom", alcunha que discutiam em voz baixa, trocando sorrisos condescendentes. Mesmo agora, quando a idade já avançara quase ao meio século de vida, o mercador continuava forte e trabalhador, apesar da vista cansada lhe pregar peças uma hora ou outra.

De todo modo, Zé Tropeiro nunca perdia a oportunidade de estar presente à chegada dos novos colonos, afinal, normalmente a ocasião se traduzia em festejos, muitos destes só possíveis pela extensa rede comercial do mercador mulato. Além disso, e isso era algo que ele nunca confidenciara para qualquer um, lhe fazia gosto ver a expressão de espanto dos novos moradores ao perceber a presença de um negro no meio daquelas gentes tão brancas. Assim, ele vestia sua principal fatiota, botava um chapéu de couro de lebre na cabeça e não se furtava de ficar entre as autoridades, procurando a companhia do presidente da câmara municipal, dos padres ou até mesmo de algum agrimensor que circulasse por ali a demarcar as novas rotas. E com eles puxava prosa na frente dos novos colonos, em bom português ou mesmo alemão, que falava com alguma dificuldade.

Com as botas negras luzidas enfiadas na lama remanescente da garoa fina que findara junto à madrugada, Zé Tropeiro esperava as carroças dos colonos ao lado do irmão Helmuth e de Marco Vershor, o filho mais velho do fundador da colônia Holambra Sulista, um sujeito de braços fortes e sardas espalhadas pelas faces tão vastas quanto as castanheiras que circundavam o povoado. De

64 A. Z. CORDENONSI

modo diverso de Zé Tropeiro, Vershor trajava suas tradicionais vestes neerlandesas, as calças negras encobrindo os grandes tamancos avermelhados e o casaco cinza combinando com o chapéu cru. Isso aprendeu com seu pai, que lhe incutira a ideia de trazer familiaridade aos novos moradores para que não achassem que estivessem chegando a uma terra de selvagens.

Perto das horas segundas, um pouco antes do meio-dia, as carroças empoeiradas e os cavalos suarentos surgiram no horizonte, atravessando o mar de árvores nativas que ainda sobreviviam ao surto colonizador que desmatara boa parte da serra gaúcha. Zé Tropeiro abriu um sorriso ao ver suas carroças; ele deixara seu principal encarregado, Joaquim da Cruz, se fazer presente às negociações quando da chegada do Vapor Constelação, que partira há várias semanas do Porto de Santos. Pelo que percebia, sua confiança na habilidade do empregado se fizera plenamente justificada.

Pouco depois, os novos colonos pulavam para fora das carroças e se aproximaram do irmão Helmuth e do presidente Vershor. O religioso deu as boas-vindas aos colonos, que lançavam olhares espantados para todos os cantos, decerto aliviados ao ver as casas de madeira construídas no mesmo estilo dos Países Baixos, mas ainda desconfiados ao se encontrarem em terras novas. Muitos, como Zé Tropeiro já adivinhara, olhavam espantados para ele, e mais de um lhe encarava da cabeça aos pés, notando as vestes vistosas, trocando comentários baixos entre si. O mercador não se furtou de abrir um sorriso de dentes brancos e alinhados.

Depois da saudação do irmão Helmuth e um pouco antes da missa que ele preparara para a recepção dos novos colonos, o presidente Vershor puxou uma mesa tão grande quanto pesada e a instalou bem no meio da rua, a fim de receber os documentos e conferir os detalhes. Era um trabalho burocrático e aborrecido, mas precisava ser feito, e Vershor conduziu-o da mesma forma que lidava com seus negócios: direto e sem rodeios. Ao seu lado, postou-se o irmão Helmuth, que memorizava os nomes dos seus novos congregados e lhes dava as boas-vindas a cada um, conversando com as crianças e apaziguando os temores íntimos dos mais novos. Mais atrás, Zé Tropeiro permaneceu por ali, também a memorizar os nomes, pois, mais cedo ou mais tarde, muitos ali careceriam dos seus préstimos,

A MULA DO CAVALEIRO NEERLANDÉS 65

e ele se orgulhava de conhecer cada um dos seus clientes pelo nome de batismo. Junto a ele, estava Jan Vriesman, um rapazote de vinte e poucos anos, filho de uma família de construtores de móveis, habilidoso na arte do entalhe e que muito gostava de prosear com o mercador, pois, assim como ele, lhe inflava no peito o gosto pela viagem. Por mais de uma vez, o jovem mancebo pedira autorização dos pais para conhecer o Porto dos Casais, mas sempre sua requisição fora negada, o que já causara um ou outro aborrecimento no seio da família.

– Nome? – perguntou o presidente Vershor para a primeira família.

– Robin Geus, Aaghie Geus e meus dois filhos, Arnout e Christoffel – respondeu um homem de cabelos tão louros quanto o trigo, apontando para a sua mulher e dois garotos que mal pareciam se sustentar em pé, tamanha a exaustão em seus olhos.

O presidente anotou os nomes, conferiu os documentos que lhe foram apresentados e lhe entregou o ofício de posse do lote reservado para a família Geus, dispensando-o com um gesto impaciente. E assim, a fila de colonos foi se apresentando para a autoridade de Holambra Sulista. Vieram os Nilsterooy e seu casal de filhos; os Carthrin, um casal jovem, sem filhos e que exibia um sorriso que contrastava com o tom taciturno dos demais ("Lua de mel", resmungou Zé Tropeiro para Jan, cujas faces se avermelharam como um pimentão); a numerosa família De Boer, com seis filhos e uma matrona tão gorda quanto um leitão, que respondeu na frente do marido, um sujeito mirrado e de mãos finas. Por fim, se aproximou a última família.

Ele era um sujeito alto e magro, de cabelos espetados e avermelhados, óculos e um nariz adunco, comprido e fino. Seus modos eram um tanto delicados e era mais do que óbvio que pouco lhe apeteciam os trabalhos manuais. Ou Zé Tropeiro estava muito enganado, ou aquele homem era um mestre-escola, e isso era algo raro naquelas redondezas. O homem se aproximou e se apresentou para o presidente.

– Ichabod Crane, caro senhor. E minha esposa, Katrina Crane, e seu irmão, Abraham Van Tessel.

Jan soltou um suspiro alto quando a jovem senhora levantou o queixo para se apresentar ao presidente Vershor. Mesmo este não conseguiu sufocar totalmente o ar de espanto. A sra. Crane era, sem sombra de dúvida, a mulher mais bela a se aproximar da colônia de Holambra Sulista, e Zé Tropeiro, que conhecia toda a região, não se furtaria a lhe honrar o título de mais bela que já conhecera. Os seus traços delicados eram preenchidos pela pele alva e sem manchas que se espalhava pelo rosto afilado, os olhos eram grandes e amendoados, e os cabelos esvoaçavam um tom dourado que pareciam tecidos em fios de ouro. Mas o que lhe adornava a aparência era o tom melancólico, que parecia ter sido esculpido em mármore e que penetrava na alma daquela mulher de maneira a exalar tal sentimento de forma abrupta a todos os presentes.

Houve alguns minutos de silêncio incômodo enquanto todos encaravam a jovem senhora, até que seu irmão soltou um espirro assustado, o que aparentemente quebrou o feitiço. Atabalhoado, o presidente Vershor deixou cair parte dos seus papéis e um documento meio enlameado foi entregue ao sr. Crane, contendo o número do seu lote e uma razoável localização do mesmo. Com um sorriso agradecido, o sr. Crane conduziu sua esposa para junto dos demais colonos, seguido rapidamente pelo cunhado, que andava com o rosto cravado no chão e uma expressão dura nas faces. Zé Tropeiro enfezou levemente o rosto em tom interrogativo.

– Rapaz acanhado, não lhe parece? – perguntou Jan em tom baixo, enquanto o jovem Van Tessel cruzava com os passos duros, os longos cabelos avermelhados soltos ao vento.

– Estranho é o que me parece – resmungou Zé Tropeiro.

– Não percebo...

– Estranho suas roupas, senhorzinho Jan – continuou ele, o que de fato, era verdade. Eles não vestiam as tradicionais roupas neerlandesas, como alguns colonos o faziam, nem as vestes de viagem, as fatiotas ou as mangas compridas. Na verdade, pareciam muito com os próprios colonos de Holambra em seus dias de trabalho. As botas de cano alto, a casaca curta, as mangas esbranquiçadas. Se Zé Tropeiro não tivesse visto com seus próprios olhos, juraria que aquela era uma família que já havia se estabelecido há muito nas colônias americanas.

De um jeito ou de outro, com certeza era uma família que ele gostaria de ficar de olho, pensou com seus botões, com um sorriso bobo no rosto ainda marcado pela beleza ímpar da sra. Crane.

25 de outubro de 1829, Taverna Não-me-toque, Vila de Holambra Sulista

Zé Tropeiro tomou o seu terceiro copo de aguardente. O dia fora quente e a subida até a Vila lhe cansou até os ossos. Fazia quase dois meses desde que estivera ali pela última vez, quando da festa da chegada dos novos colonos. Ainda era cedo para voltar, e até mesmo seu capataz, Joaquim, o lembrara disso, mas o mercador dispensara o comentário com um dar de ombros. Afinal, já não era mais moço, e o que conseguira na vida deveria ser gasto de alguma forma. Mesmo com a desculpa de que precisava ver se achava algum negócio por ali, o desejo íntimo no seu coração era botar os olhos novamente na bela senhora que ali fizera seu lar.

Não que no velho comerciante tivessem brotado ideias juvenis, pois há muito já se convencera que o casamento não o apetecia, e a bem da verdade, fora uma ou outra mucama que conhecera nas cidades maiores, os prazeres da cama nunca foram prioridade para Zé Tropeiro. De todo modo, agora podia se dar ao luxo de algumas extravagâncias, e a presença da bela senhora, que lhe apertava o coração, era uma destas que lhe acometia de tempos em tempos. No entanto, conhecia seu lugar e sabia que, se quisesse saber como andava a jovem senhora, carecia de ser discreto.

– Aguardente das Minas Reais – comentou com Rijkard Koeman, o dono da taverna, enquanto encarava o resto do líquido transparente no copo. – É o melhor de todo o estado, lhe asseguro.

– Preciso acreditar no que dizes, meu caro – respondeu o rechonchudo comerciante –, já que és tu mesmo que me abasteces da bebida – concluiu, com uma piscada de olhos.

Zé Tropeiro deixou que um esgar de sorriso lhe cobrisse a face, dando de ombros. Eram três horas após o meio-dia e, como era de se esperar, a taverna estava vazia. O mercador escolheu aquela hora de forma proposital. Koeman provavelmente não teria nada a fazer, e um pouco de prosa não faria mal. De todo modo, fora ele, provavelmente só o irmão Helmuth conhecia mais sobre o que se passava na Vila. No entanto, não convinha conversar com o religioso sobre alguns assuntos.

– Como se assentaram os novos colonos?

Koeman terminou de limpar uns copos e se abancou perto da mesa.

– Muito bem, na maioria. Tu bem o sabes como são os primeiros meses. Mas Deus foi justo e somente a menina dos Nilsterooy acabou na sua última moradia.

– Diarreia?

– Se esvaiu como um saco de farinha furado.

Zé Tropeiro atirou o resto do aguardente no chão em sinal de respeito. Há muito ele sabia que a meninada que descia dos navios era a primeira a deixar seu sangue naquela nova terra. Mesmo assim, ainda lhe condoía no coração a morte de uma criança. Quando jovem, viu mortes sem par quando ainda era escravo. Seus irmãos e seus amigos, sem exceção, morreram na fazenda Santo Inácio, quase na fronteira com a Cisplatina. As condições de lá eram tão horríveis que, quando o velho barão faleceu, o jovem que o sucedeu acabou se apiedando dos poucos sobreviventes. Foi assim que, com a tenra idade de treze anos, José Queimado se viu alforriado e dono de duas mulas que o senhorzinho lhe dera. Agora comandava uma tropa de mais de cinquenta aparelhos, entre cavalos, mulas e carroças, empregando quase quarenta ex-escravos que comprara e alforriara um por um. Nunca mais viu o jovem barão e tal falta de consideração lhe trazia um desconforto esquisito no peito, que ele de vez em quando afogava no aguardente. No entanto, sabia que não poderia voltar àquelas terras onde vira sua infância se esvair em sangue.

– Dois meses... – resmungou ele, para afastar aqueles pensamentos.

– Estão ainda a destroçar o mato.

– Deveras – concordou Koeman. – Lenha há à vontade por estes tempos, pois tombam árvores diariamente. As que não serviram para as casas estão rachadas, se lhe interessa.

Zé Tropeiro dispensou o assunto com um aceno, como Koeman já imaginava. O transporte na serra era um negócio caro. Lenha não era algo que valeria a pena levar de um lado para o outro.

– O que vou carecer é de material para abastecer as moradias. Pregos, martelos, ferramentas em geral – comentou o Koeman.

– Montamos uma lista, então – concordou o Zé Tropeiro.

– Tenho certa urgência, pois quase me esvaziaram o estoque.

A MULA DO CAVALEIRO NEERLANDÊS **69**

O atravessador franziu o cenho e cutucou o copo, que foi rapidamente preenchido pelo aguardente. Ele conhecia com detalhes praticamente todo o comércio da serra, pois era um dos únicos abastecedores da região, e não era raro ele saber com mais precisão a quantidade em estoque de cada vendinha do que o próprio proprietário.

– O sr. Crane está a construir uma bela casa, quase um palacete, eu diria – comentou Koeman como que respondendo à pergunta não formulada do Zé Tropeiro.

– É verdade?

– Não há dúvida disso – continuou o comerciante, também se servindo de uma dose do aguardente. – Ele contratou a maioria dos varões, pagando-lhes para roçar o mato e abrir a clareira, coisa que o rapazote não parece aprovar.

– O jovem Van Tessel?

– O próprio – confirmou Koeman, erguendo as duas grossas sobrancelhas. – Dizem que ele supervisiona tudo com os olhos cheios de rancor, gritando em alto e bom tom com todos que se desviam do caminho, mesmo que seja por um milímetro. A carroça onde dorme sua irmã permanece afastada, e ai de quem se aproxima.

– Amor fraterno, então – resmungou Zé Tropeiro de um jeito desconfiado.

– É o que dizem. Mas não percebo sentimentos tão altos vindos daquele tipo. Quando por aqui estiveram, ele tratou a irmã com um desdém reprovável, mesmo para com uma mulher.

– E que mulher! – arriscou, o mercador, um comentário desabusado, levantando os olhos cansados.

Koeman se permitiu inchar o peito e fazer um leve aceno com a cabeça, não ousando traçar em palavras o que lhe passava pela cabeça.

– De todo modo, me parecia mais que ele nutria ódio pela irmã do que um amor genuíno. E seu jeito não caiu bem na comunidade, por assim dizer. Muitos, apesar de gratos pela oportunidade de emprego, já não enxergam com bons olhos o empreendimento do mestre-escola. A colheita há de ser prejudicada e já há alguns muxoxos a respeito, mas o brilho do ouro está falando mais alto.

– Ouro, é? – disse Zé Tropeiro, tentando transparecer ao mínimo a excitação estranha que lhe incomodava o estômago.

– Moedas tão grandes quanto dobrões, é o que lhes digo – confirmou Koeman, coçando o pescoço suado pelo calor primaveril.

– E então se trata de um mestre-escola? – perguntou Zé Tropeiro, confirmando aquilo que já suspeitava.

– É como ele se apresentou, e não vejo motivo para dúvidas – respondeu o taverneiro, com certo orgulho na voz. – Diz que pretende abrir uma escola assim que terminar sua casa, e há muita excitação na Vila por causa disso. Há alguns dias, até uns hessenos da Vila Murick acá se bancaram para saber da novidade.

– Ah, então é esta a causa das marcas que vi na face sul da taverna? – perguntou Zé Tropeiro, perspicaz. – Tencionas ampliar o empreendimento para uma pousada, pois sim?

Koeman abriu um sorriso torto.

– Nada lhe escapa, pelo que percebo – resmungou ele, um tanto desconcertado. – Não tenho como negar que a ideia me atrai, afinal, o aluguel de quartos para jovens rapazes me traria um lucro estável, por assim dizer. No entanto, ainda estou há pensar no assunto, e creio que sou o único na Vila a ter vislumbrado a oportunidade, por assim dizer.

Zé Tropeiro engoliu o resto do aguardente de uma só vez.

– Estás seguro vosso segredo, mestre Koeman. Meu interesse é o comércio, e só posso ver com bons olhos que amplie vossos negócios. Não lhe trairia a confiança de modo desavergonhado.

Koeman avaliou rapidamente a face do mercador e acabou concordando com ele com um aceno, enchendo novamente os copos como que para selar o acordo tácito entre os dois homens.

– E a minha lista?

Sem pestanejar, Zé Tropeiro puxou o seu inseparável caderno de notas, preenchendo rapidamente o pedido de Koeman com uma caligrafia grosseira, porém, precisa. Depois que terminou, passou os olhos na lista, mas não precisou fazer nenhum comentário.

– Necessitas de um adiantamento, é claro.

Zé Tropeiro abriu um sorriso claro enquanto Koeman desaparecia para dentro da venda, retornando depois com algo brilhando entre as mãos. O mercador levantou os olhos e, mesmo com quase meio século de experiência nas costas, viu-se passando a língua entre os lábios. O taverneiro, que o conhecia há quase trinta anos, não conseguiu suprimir um sorriso leve.

– É uma das moedas do sr. Crane, é claro – disse, atirando displicentemente a pesada moeda sobre o tampo da mesa de araucária. Ela tilintou levemente até que Zé Tropeiro a agarrasse.

Ele passou os olhos sobre a face anversa, as vistas cansadas lutando para perceber a efígie de uma mulher de turbante que estampava a moeda, assim como o ano da cunhagem e uma sigla: S.H. Havia algo escrito no bordo superior, mas parecia ter sido raspado. Do outro lado, havia o desenho de um pássaro, quase irreconhecível, pois a moeda havia sido completamente arranhada, impedindo que alguém vislumbrasse o que havia escrito ali anteriormente. Zé Tropeiro, com um olhar interrogativo, passou o dedo nas ranhuras feitas de forma grosseira.

– Ele nos pagou pelo peso – disse Koeman. – As suas moedas estão todas desse jeito, pelo que percebi.

– Não são neerlandesas – afirmou o mercador.

– De fato. Disse ele que recebeu o ouro pelas suas posses nos Países Baixos quando vendeu sua propriedade.

Zé Tropeiro concordou com um aceno, apesar da sua cabeça dar reviravoltas. As moedas haviam sido raspadas... Mas por quê?

14 de dezembro de 1829, Vila de Holambra Sulista

O mercador acabou voltando à Vila bem antes do previsto, mas desta feita, Joaquim não teceu nenhum comentário, pois a encomenda de Koeman era grande e urgente, o que lhe garantiria bons lucros. Mais estranho era que Zé Tropeiro quisesse ele mesmo fazer a entrega, mas tal fato não era raro, e como ele já previra, não chamou a atenção de ninguém o fato de que o velho negro fizesse a penada viagem até o alto da serra para entregar tão importantes materiais. Na verdade, quem fora surpreendido era o próprio mercador, pois encontrou já duas unidades da nova pousada de Koeman montadas e em pleno funcionamento.

Acostumado a dormir ao relento, junto aos seus empregados, não se furtou de se agraciar com a novidade, e se bandeou para a taverna do neerlandês, agora Pousada e Taverna Não-me-toque. A cama era simples, mas o colchão era mole, como lhe aprazia. Não havia banho quente, coisa que Zé Tropeiro só vira no Porto dos

Casais, mas o desjejum e a janta eram bem aprazíveis, e a conversa com Koeman, sempre estimulante.

– Há de me deixar empobrecido com estas regalias – resmungou em tom brincalhão quando se instalou no quarto simples cujas tábuas ainda rescindiam o frescor do pinho.

O taverneiro abriu um sorriso largo e entregou-lhe uma vela para que ele passasse a noite.

– Vela de sebo branco – comentou o mercador. – Coisa fina.

– Chega acá por mãos muito boas – respondeu Koeman, em tom de chacota. Os dois homens trocaram olhares divertidos e Zé Tropeiro acabou passando a melhor noite que já tivera por aqueles lados.

No outro dia, já reestabelecido com um desjejum variado, pôs-se a perambular pela Vila, pois o ano já findava e sabia que muitas famílias estavam a contar seu dinheiro para decidir onde investir os lucros parcos. Com a sua caderneta, anotou pedidos dos diversos tipos, e com um sorriso, dirigiu-se a passos rápidos para a recém-construída casa da velha matrona, a sra. De Boer, que lhe mandara chamar por um dos seus filhos menores.

A nova casa era grande e espaçosa, como não poderia deixar de ser, pois ali habitavam o casal, seus seis filhos e mais uma criada. O soalho era varrido à exaustão. Mesmo com poucas semanas, as tábuas já estavam riscadas. Quando Zé Tropeiro passou pela soleira, sentiu um agradável cheiro de jasmim que provinha de floreiras sem conta espalhadas por toda a casa. Como já previra, foi recebido pela matriarca, a sra. De Boer, cercada pelos filhos mais velhos. Do franzino sr. De Boer, não se via o menor sinal.

– Boas tardes, sra. De Boer – cumprimentou o mercador, retirando o chapéu de forma elegante e mirando diretamente os olhos da matriarca. Há muito aprendera nos negócios que, com pessoas de alta têmpera, o melhor era mostrar-se da mesma constituição.

A sra. De Boer encarou o comerciante de alto a baixo, e se por acaso nutria reservas pela sua cor, guardou seus sentimentos dentro do seu enorme vestido preto.

– Boa tarde! – disse ela em um português muito bom, apesar de carregado de sotaque. – És tu a quem chamam de Zé das Mulas?

O mercador lançou um sorriso enviesado. Aquela não era uma mulher a quem enganasse com facilidade, e decerto, há muito já sabia que a alcunha não lhe era agradável aos ouvidos. Pigarreando levemente, ele se esticou antes de responder.

— Meu nome é José João Reis Queimado e sou um comerciante estabelecido em Porto dos Casais — disse em um tom de quem desdenhava a pequena Vila. — Meus amigos me conhecem por Zé Tropeiro; meus clientes, por Seu José.

O filho mais velho da matrona inflamou o rosto, mas um olhar agudo da sra. De Boer o manteve em silêncio. Zé Tropeiro abriu um sorriso vago, imaginando se aquele meninote tencionava mesmo lhe afrontar. Sem querer, viu-se passando o dedo na lâmina afiada da adaga que sempre trazia consigo.

— Muito bem, seu José — continuou ela depois de se servir de um copo de água gelada da qual não ofereceu ao mercador. — Vamos aos negócios, pois o tempo me é precioso.

Zé Tropeiro concordou com a cabeça e, em silêncio, anotou o pedido da Velha Matrona. Depois, fez um cálculo rápido e deu seu preço. A sra. De Boer não regateou, nem ao menos piscou os olhos, o que confirmava as suspeitas do mercador. Ela sabia muito bem dos negócios do Zé Tropeiro e os preços que praticava.

— Necessito desses itens com certa urgência, pois aquele mestre-escola acabou com o estoque do armazém...

— Mestre-escola? — repetiu ele.

— O sr. Crane, como bem o sabes — disse a velha matrona em tom ácido, como que dispensando a fingida ignorância do atravessador. — Só Deus sabe para que precisa de um palácio em terras brasileiras.

— Ouvi que tencionava abrir uma escola — comentou Zé Tropeiro, abandonando o tom desinteressado.

— Também ouvi este absurdo. Ridículo, é o que lhes digo — retrucou, dando de ombros enquanto tomava mais um gole para espantar o calor infernal. — E pra que tamanha casa, se aquela mulherzinha horrível não faz de lá seu lar?

— A sra. Crane não mora lá? — perguntou, espantando.

— É quase como se não morasse — respondeu a velha matrona com um gesto irritado — Passa mais tempo na igreja do que em casa, e as pessoas já estão a falar.

— Há muita maldade no olhar alheio — disse Zé Tropeiro em tom ácido, o que a surpreendeu. Não tencionava defender publicamente a sra. Crane, mas não conseguiu se controlar. Infelizmente, a velha matrona era demasiada esperta para não perceber o tom do mercador.

– Rá! Mais um enrabichado. Viram meus filhos, o que lhes digo? – falou, apalpando a cabeça de um deles. – Se até os pretos estão atrás dela...

Zé Tropeiro apertou os lábios e manteve a expressão dura. Quando falou, sua voz saiu áspera e seca.

– Creio que estamos entendidos. Providenciarei vossa encomenda com brevidade. Com sua licença – e, sem outras palavras, afastou-se o mais rápido possível da casa da família De Boer, deixando a velha matrona tagarelando com seus filhos.

Zé Tropeiro sentiu um calor infernal subir pelo seu estômago, que não tinha relação com a temperatura no alto da serra. Bufando baixo, ele subiu a via nova e lamacenta até a Rua do Comércio. Enquanto se decidia se valia a pena continuar a perambular pelas redondezas, ele viu, ao longe, a porta lateral da igreja se abrir. O mercador consultou o relógio de bolso e franziu o cenho, pois faltava um quarto ainda para o meio-dia, horário um tanto impróprio para visitas ao irmão Helmuth.

Qual não foi a sua surpresa ao notar que quem escapava para o sol escaldante não era nada mais nada menos que a sra. Crane, enrolada em um vestido negro e branco e botas de cano alto que desapareciam em seus tornozelos. Ela continuava tão bela quanto no dia em que a conhecera e tão melancólica que somente a visão do seu cenho parecia carregar as dores do mundo. Uma lágrima teimosa escorreu pelo rosto do velho mercador.

Mas aquele momento compassivo fora fugidio. Pois ali, à vista de todos, o irmão Helmuth se despedia da bela senhora, e para espanto de Zé Tropeiro, levou as duas mãos da sra. Crane à boca, beijando-lhe os dedos.

O mercador esfregou os olhos e, por um momento, chegou a cogitar que a sua mente estava a lhe pregar peças, afinal, a papagaiada da sra. De Boer lhe deixara irritado, e somado ao desconforto, sua vista já não era mais a mesma. Decerto estava enganado. Não deveria ele, matuto velho e experiente, cair na conversa fofocada daquelas velhas invejosas.

Era isso, sem dúvidas. Imaginou algo que não acontecera! Então, com um engasgo forte que lhe desceu corroendo a garganta seca, um pensamento lhe penetrou fundo na mente como uma faca banhada em ácido: e se ele não estivesse enganado?

Madrugada de 15 de dezembro de 1829, Vila de Holambra Sulista

Zé Tropeiro acordou assustado. Comera pouco no jantar, o que provocou até um muxoxo de indignação da sra. Koeman, resmungando sobre as pessoas que não sabiam reconhecer o valor de uma refeição, e demorara mais do que o costume para dormir. O colchão mole da Pousada Não-me-toque já lhe parecia cheio de nós, e as paredes de madeira, de algum modo, passaram a provocar uma sensação de sufocamento. Chegara a cogitar de se bandear para o estábulo e ir dormir com os seus rapazes, mas achou que não devia esta desfeita ao sr. Koeman. De todo modo, quando adormeceu, a noite já ia alta e a vela estava quase a se extinguir.

Desta feita, não foi sem razão que o velho mercador saiu às apalpadelas pelo corredor recém-construído da pousada, tentando identificar de onde provinham aqueles gritos horríveis que tinham o arrancado da cama e que alvoraçara boa parte da vila. Encontrou com o sr. Koeman, já na porta da taverna, as chaves na mão e um velho bacamarte encostado na parede. Os dois trocaram um olhar severo antes do taverneiro escancarar a porta e, com a arma em punho, avançar contra a escuridão iluminada parcamente por uma lua brilhante que lançava sua luz prateada por entre sombras escuras.

Como imaginou, não foram somente ele e o taverneiro que se espantaram com os rugidos. Zé Tropeiro, mesmo à meia-sombra, conseguiu distinguir o velho Yohannes e seu filho mais velho, Derrick; o manco Edwart, que perdera um pé durante a abertura do roçado do sr. Neskees; Arjen Vriesman e seu único filho, Jan, que lançou um aceno breve para o mercador; e até mesmo o irmão Helmuth, metido em um camisão comprido, cujas barras varriam a poeira manchada pelo orvalho da madrugada.

E ali, no meio da Rua do Comércio, meio escondido entre duas touceiras altas, havia alguém gemendo e babando, envolto em trapos, tão sujo quanto um cão sarnento. Não levou mais do que um segundo para Zé Tropeiro reconhecer aquele que fazia tão triste figura.

– Anton Van de Water! – gritou o velho Yohannes, irritado, segurando uma bengala na mão de um modo nada amistoso. – Bêbado desgraçado! Pra que tinha que acordar a Vila inteira, filho de uma mula?!

Anton levantou o rosto e, por um momento, Zé Tropeiro encarou aqueles olhos baços pelos anos de bebida. Em sua vida, conheceu muitos que haviam perdido a luta contra o aguardente. Aquele era um caso diverso da maioria, mas não necessariamente singular, pois o homem nascera de boa família, tivera boa educação, mas gastou tudo no jogo e nas mulheres depois que se viu órfão. Com a falta do dinheiro, foram-se os amigos e só ficaram as dívidas. Tiraram-lhe tudo, menos a vida, que ele fazia esvair em cada garrafa derramada. No entanto, não via ali os olhos de um homem encharcado pelo aguardente. O que ele percebia era o mais profundo e obstinado terror.

Com as mãos trêmulas, o bêbado inveterado se arrastou para perto dos colonos, mas todos se afastaram como que temessem ser infectados por algo maligno. O único que se manteve em sua posição, em uma pose quase estoica e obstinada como convinha à sua vocação, foi o irmão Helmuth. Com um suspiro fundo e cansado, ele se abaixou para perto de Anton, ajudando-o a se levantar.

– Irmão, irmão... – balbuciou ele, as mãos lamacentas e andrajosas agarradas ao pijamão alvo do padre.

– Vamos, Anton. Um banho frio lhe trará de volta a razão – disse como quem já repetira o discurso vezes sem conta.

– Não! Não! – protestou ele, retirando um último átimo de forças e se lançando para os lados. – Vocês precisam saber! Todos vocês!

– Saber o que, desgraçado? Que andastes se afogando em um tonel de aguardente de novo? – vociferou o velho Yohannes.

– Não! Eu não bebi nadinha hoje, nem um golinho. Koeman, meu bom homem, você é minha testemunha que não pus meus pés na taverna hoje!

Koeman empertigou o bacamarte e, com sua voz grave, confirmou a história de Anton.

— Arranjar a água-do-diabo nunca foi problema pra ti, desgraçado! – resmungou Yohannes.

Anton baixou a cabeça, fazendo um aceno afirmativo repetidas vezes, como que tentando convencer a si mesmo e a todos de suas palavras.

– Não vou negar, mestre Yohannes. Não vou negar. Suas palavras contêm a mais pura verdade. Tens razão, tens razão... – repetiu Anton, batendo no próprio peito com as mãos inchadas como um lunático. – Minha vida eu afundei no copo do aguardente e nos lençóis das rameiras.

– Sr. Anton! – exclamou o irmão Helmuth, com as faces abraseadas.

– Não posso me furtar da verdade! Não mais, irmão! Pois hoje eu vi Satanás! E eu o expulsei da minha frente, como também agora bano toda a minha vida regressa!

Houve um momento de um silêncio estupidificante nos presentes. Anton era conhecido por suas lorotas, e suas histórias inchavam sobremaneira sob o efeito nocivo do álcool. No entanto, tal afirmação estava mais próxima do reino das fábulas, das quais poucos dos ali presentes tiveram contato em suas próprias vidas.

– E levanto-me eu para ouvir tais disparates... – resmungou Arjen, balançando a cabeça, gesto seguido pelo próprio filho.

– Não são disparates! – gritou Anton, encolerizado. – Juro pela alma da minha mãe! Que Deus a tenha.

– Tu não teve mãe, filho de uma égua vesga!

Anton encarou o velho Yohannes com uma fúria assassina nos olhos que fez Zé Tropeiro passar a mão novamente na adaga que trazia presa à cintura. Contudo, o bêbado parecia ter coisas mais importantes a lidar do que com os insultos do idoso e sua bengala. Ele passou os olhos por todos, mas como já era esperado, não encontrou nada mais simpático do que um ou dois sorrisos indulgentes.

O irmão Helmuth suspirou fundo e decidiu pôr panos quentes na discussão.

– Pois então, afirmas ter visto Satanás? – perguntou, recebendo um aceno vigoroso como confirmação. – E de que consistia essa visão?

Anton comprimiu os olhos e, com a voz bem mais baixa, falou, quase num resmungo.

– Eu vinha pela Picada Café, pois já tinha saído do lote do sr. Schuurman, logo após o jantar...

– E o que fazia lá, inútil? Estripastes a família daquele bom homem para roubar suas parcas economias?

Anton levantou o queixo, ofendido.

– O sr. Schuurman me contratou para construir a cerca da nova divisa, pois os colonos que recém-chegaram não conhecem o lugar. Antes de sair, ele me convidou para cear, o que fiz de bom grado.

O velho soltou um muxoxo alto, incrédulo.

– Então o sr. subia pela Picada Café? – interferiu o irmão Helmuth, voltando ao assunto.

– Sim. Quando já estava próximo ao largo da Paroquinha, notei uma movimentação estranha no mato que cercava a trilha. A noite se calou e eu estaquei no meio da picada.

Zé Tropeiro se viu aproximando-se do sujeito, curioso. Não considerava a si mesmo um sujeito supersticioso, mas já vira e ouvira coisas em suas andanças por aquelas terras que deixariam de cabelo em pé o mais incrédulo dos mortais.

– Enquanto pensava no que havia se sucedido, por entre duas araucárias, eu ouvi um relincho. Era um som alto e forte, como de um baio resfolegado, mas mesmo assim estranho, quase como se ele estivesse guinchando. Eu parei, apavorado, quando vi a respiração ofegante do animal atravessar as folhas e tornar densa a névoa que se acercava à trilha.

Agora todos prestavam atenção e o silêncio dava uma áurea espectral à narrativa do homem.

– Então ele surgiu, entre as brumas que fediam um cheiro forte e decomposto. As quatro patas trotavam devagar. Os cascos hediondos lascando o chão com um ritmo metálico, de onde partiam faíscas fantasmagóricas que riscavam a escuridão. Ele era negro como a noite, mas eu vi o aparelho de arreios e freios prateados como a lua. O seu dorso era estranho e protuberante e se emaranhava com o lugar de onde estaria a crina.

Anton parou por um momento, como que para recuperar o fôlego. Foi o suficiente para que Zé Tropeiro, que mal respirava para acompanhar a narração pormenorizada do sujeito, falasse pela primeira vez.

– Lugar de onde "estaria" a crina, você disse?

O bêbado baixou a cabeça, murmurando quase em um sussurro.

– Havia pouca coisa a se ver ali, pois de onde estaria a cabeça, só restavam chamas.

– O animal estava em chamas?! – repetiu Jan, espantado.

– Não! – respondeu-lhe de bate-pronto, encarando novamente a pequena multidão. – Somente da sua fronte partiam as labaredas demoníacas que encobriam todo o resto.

– E o que se sucedeu? – perguntou o irmão Helmuth, que parecia subitamente interessado.

– Ele se aproximou e me ajoelhei, prostrado, certo de que tinha comprado minha passagem para o inferno de onde viera o seu anjo da morte para me carregar.

Anton encarou a todos e seus olhos já não estavam mais baços.

– A besta se aproximou e eu senti as chamas queimarem tufos do meu cabelo. Então, eu rezei... Rezei como nunca tinha rezado a ninguém! Eu gritei e urrei, pedindo perdão pelos meus pecados! Gritei a Deus e suas hostes celestiais, e elas me atenderam!

O som estridente da voz de Anton ecoou pelas ruas vazias e feneceu no meio da madrugada. Sem delongas, ele continuou.

– Então a besta se afastou e eu fui tomado pela força divina. Ela quis subir a picada em direção à vila, mas eu não permiti!

Aparentemente, tal asseveração fora demais para o velho Yohannes, que cuspiu no chão com raiva.

– Esta é a bobagem mais ridícula que eu já ouvi em toda a minha vida!

Anton se virou para o interlocutor com uma fúria que faiscava em seus olhos.

– Me acusas de mentiroso?! Pois aqui está a prova do que falo!

E, dito isso, ele arrancou os trajes andrajosos que lhe cobriam o fronte, deixando o peito nu à mostra. E ali, afundado junto ao esterno, estava uma marca indelével e inconfundível, chamuscada de um vermelho sangue e de um negro queimado, do casco de uma besta de grandes proporções que parecia ter sido marcada a ferro em brasa no pobre homem.

Um a um, todos os presentes se aproximaram daquela horrível marca, não ousando tecer nenhum comentário. Irmão Helmuth perdeu completamente a cor e, por muito pouco, não foi necessário carregá-lo até perto do próprio homem. Não havia dúvidas, pensou Zé Tropeiro com seus botões. Se as palavras de Anton careciam de credibilidade, o mesmo não poderia se dizer daquela queimadura, que era verdadeira como o céu que lhe cobria a cabeça.

— A besta me marcou quando eu me interpus entre ela e a Vila. Satanás me acertou, mas eu me mantive firme mesmo sob tal agonia. Infelizmente desfaleci. Quando recobrei os sentidos, ela havia desaparecido. Corri até aqui para dar o alarme, mas pelas expressões de espanto em vossos rostos, creio que foi desnecessário. O anjo da morte retornou ao seu covil.

Pouco havia a dizer depois disso. O irmão Helmuth se recobrou do seu estado de torpor e se ofereceu a dar pouso ao pobre diabo. Aos poucos, todos voltaram às suas casas, remoendo sozinhos os acontecimentos da noite. Zé Tropeiro passou o resto da noite em claro, matutando sobre as palavras de Anton.

Ao amanhecer, tomou seu desjejum em silêncio, e mesmo após uma longa conversa com Koeman, que levantara hipóteses das mais factíveis às mais absurdas sobre a marca no esterno do bêbado inveterado, não alterou em nada o plano que delineou durante a sua vigília noturna.

Depois de dispensar seus carregadores para que iniciassem a difícil travessia até o litoral, Zé Tropeiro tomou caminho diverso, descendo pela via secundária, conhecida pelos colonos apenas como Picada Café. Ele andava com cuidado, e apesar do sol escaldante e dos bichos que serelepeavam por ali, o mercador sentia um desconforto lhe atacar a boca do estômago.

Nas cercanias da Paroquinha, perto do cemitério, Zé Tropeiro diminuiu a passada em busca das provas que imaginava encontrar ali. Não demorou muito para achar o que tencionava.

Com o cenho franzido, ele se agachou perto do caminho de terra e barro, riscando com a sua adaga as marcas enegrecidas deixadas por um grande animal de quatro patas que queimara o solo com o ferro e fogo dos seus cascos de metal.

21 de janeiro de 1830, Vila de Holambra Sulista

Mal passara um mês quando Zé Tropeiro retornou à Vila, chegando nos limites perto do meio-dia. Infelizmente, a atmosfera que o esperava confirmava os seus piores temores. Não havia vivalma nas vielas, e mesmo na Rua do Comércio, poucos eram os que circulavam abertamente sobre o céu, e os que faziam, não cumprimentavam os seus vizinhos, a cabeça abaixada, os passos firmes e a tensão presente no ar como uma bruma densa, porém invisível.

Mordendo os lábios, dirigiu-se rápido à Taverna Não-me-toque, e com um que de espanto no rosto suado pelo sol, encontrou o local vazio como se estivesse no horário da missa.

O sr. Koeman levantou os olhos, sobressaltado, quando ouviu a porta ranger, e com um misto de alívio e preocupação, cumprimentou efusivamente o velho mercador com um sorriso maníaco no rosto.

— Vossa senhora finalmente envenenou alguém com sua comida? — perguntou em tom de gracejo, com o intuito de quebrar a tensão.

— Antes fosse, meu caro. Antes fosse... — respondeu-lhe o taverneiro com o cenho franzido de preocupação enquanto servia dois copos de aguardente.

— Que passa, então? A Vila mais parece um cemitério...

— E seus colonos, mortos que ainda não se assentaram no chão.

Zé Tropeiro se engasgou com a bebida.

— Não diga tais coisas!

— Mas é a expressão da mais pura verdade — rebateu o sr. Koeman, engolindo toda a sua bebida e se servindo de mais uma dose. Com o canto do olho, Zé Tropeiro notou as suas mãos trêmulas e a expressão empapuçada. Não havia dúvida de que o aguardente andara fazendo o seu maldito trabalho por ali.

— Estão todos mortos, mas não do jeito que pensas — continuou o taverneiro, abaixando-se para falar mais perto do mercador. — Estão mortos de medo e já não confiam em mais ninguém.

Zé Tropeiro engoliu o resto da sua bebida e fez um gesto para que o amigo continuasse.

— Depois daquela noite, quando encontramos Anton estirado na praça com aquela marca demoníaca no peito, coisas estranhas começaram a acontecer em nossa Vila.

— Deveras?

— O filho mais velho do sr. Otter foi atacado quando voltava do trabalho. Ele não se lembra de nada, pois o bandido lhe pegou pelas costas, o covarde. Mas há duas marcas queimadas com o fogo do inferno em suas costas. Duas marcas de ferraduras tão grandes quanto pratos!

Zé Tropeiro franziu o cenho e fez um gesto compreensivo, instilando o amigo a continuar.

– Depois foi a sra. Yohannes que disse ter visto a tal criatura rondando a sua casa a altas horas da noite. A pobre mulher levou um susto tão grande que até hoje não consegue pôr os pés para fora de casa.

– E o que ela viu?

– O mesmo bicho enorme, negro como breu, com fogo saltando da fronte e o dorso grande como uma corcunda. Disse ela que ele relinchava como um tropel de cavalos e que de suas patas partiam labaredas que tocavam fogo no mato – Koeman passou a língua nos lábios e, servindo-se de uma nova dose de bebida, continuou.

– E agora, há uma semana, a desgraça finalmente se abateu sobre nós. Cornelius Van de Meurs, aquele solteirão que morava perto da família De Boer, foi achado morto no mato. Decapitado!

Zé Tropeiro pegou ele mesmo da garrafa de aguardente, se serviu de uma dose e engoliu tudo como que para deglutir aquela narrativa. Ele coçou os cabelos esbranquiçados, tentando achar algum sentido naquilo.

– Ainda há mais...

O mercador engoliu em seco e ergueu uma sobrancelha.

– Havia marcas de queimaduras no mato seco, marcas de ferradura tais quais as cravadas na pele do pobre Anton. E o pior, meu caro, é que a cabeça desapareceu!

– A cabeça?!

– A cabeça do pobre Cornelius. Sumiu! Não há sinal dela. O homem acabou enterrado sem a própria cabeça.

Aquilo foi o suficiente para o Zé Tropeiro, que assentiu levemente e, com a desculpa de se recompor para o almoço, sumiu para o quarto que alugara, onde lavou as faces com sofreguidão. Entendia agora, da forma mais horrível possível, o estranho estado de torpor e tensão que parecia ter coberto a Vila de Holambra Sulista como uma mortalha.

Após o repasto, fez as entregas da tarde. Foi recebido de formas diversas: alguns, desconfiados, mal lhe abriam a porta para que entregasse suas coisas; outros, aliviados, se desfaziam em salamaleques por verem um rosto conhecido; todos, sem exceção, muito

A MULA DO CAVALEIRO NEERLANDÊS 83

assustados. Mais de uma vez lhe perguntaram sobre como proceder para retornar ao Porto dos Casais e quanto estaria disposto a cobrar para levar todos os seus pertences.

Ao final do dia, retornou à taverna, onde jantou novamente sozinho. Pelo que Koeman relatou, os negócios iam de mal a pior. Desde a estranha morte de Cornelius, ninguém mais se atrevia a sair à noite, e mesmo ao meio-dia, preferiam preparar sua própria comida na segurança dos seus lares.

– Se a situação perdurar, perco o negócio em poucas semanas – desabafou ele, entristecido.

Assim, não foi sem um grande sentimento de penúria e preocupação que Zé Tropeiro se recolheu ao quarto que lhe fora destinado, as conversas do dia ainda lhe perturbando a mente. Demorou-se a dormir, e quando o fez, o sono não durou mais do que um quarto de hora.

Acordou com a gritaria, mas desta vez, não eram urros incompreensíveis ou palavras desconexas que irromperam pela madrugada. Era mais uma cantoria, seguida de gritos de ódio e palavras de ordem que pareciam ter sido arrancadas dos recônditos dos círculos infernais de Dante.

Zé Tropeiro se levantou num átimo, agarrado à adaga que mantivera por perto durante a noite, à precaução. Sentiu a garganta secar e as mãos úmidas quando tocou o trinco de latão da porta. Depois de espiar por uma fresta que entreabriu, saiu passo a passo para o interior da taverna, onde encontrou o sr. e a sra. Koeman de camisolões. O taverneiro trazia seu bacamarte e espiava pela janela com o cenho franzido.

– É o desgraçado do Anton de novo – murmurou para a esposa, que fez o sinal da cruz sobre o peito.

– Estarás bêbado novamente? – perguntou Zé Tropeiro.

– Não. Não bebeu mais desde aquela noite. Dedica-se à causa diversa, por assim dizer. Veja! É melhor observar com seus próprios olhos.

Zé Tropeiro se aproximou com os passos rápidos, empurrando para o lado a grossa cortina de lã e espiando lá fora. Havia um grupo de umas quinze pessoas, a maioria colonos antigos, mas havia também algumas famílias novas. Estavam lá o sr. e a sra. Van

Morbeeck com seus dois filhos, a velha matrona De Boer, acompanhada do marido raquítico, a família Yohannes, a família Otter e a família Van Koot. Todos traziam archotes em suas mãos e se vestiam de camisolões brancos, andando de um lado para o outro enquanto cantavam uma prece antiga que o mercador não conhecia. Ao centro, estava Anton, enrolado em panos tão alvos quando a lua prateada, trazendo um crucifixo enorme de madeira pendurado junto ao pescoço. Era ele que gritava:

– Deus Altíssimo, nosso protetor e padroeiro, que leva os homens a serem salvos e chegarem ao conhecimento da verdade. Eis a palavra de Deus para sempre, que se fez carne, que foi perdido para a salvação de sua inveja e de nossa nação, ele que se humilhou até a morte, não deixará que as portas do inferno prevaleçam sobre nós!

E enquanto gritava, Anton saltava de um lado para o outro, tal como um fauno em volta de uma fogueira, os olhos saltados de fanatismo e brilhantes sob a lua avermelhada.

– É assim há várias noites – comentou Koeman com desprezo. – E a cada entardecer, angaria mais adeptos para as suas pregações sem sentido. O irmão Helmuth já o ameaçou de excomunhão, mas a comunidade está revoltada com o seu comportamento.

Zé Tropeiro se virou para o taverneiro, sem entender. Koeman respirou fundo antes de responder.

– Anton culpa o irmão Helmuth e a sra. Crane pela aparição da besta. Para ele, a sua relação incestuosa abriu as portas do inferno e trouxe o Anjo da Morte para a nossa Vila.

O mercador se sentiria menos chocado se o taverneiro tivesse anunciado que queria se transformar em uma galinha. Com a voz ácida e afiada tal qual um navalha, ele sibilou.

– Decerto, não conluie com tal disparate?

– Por quem me tomas? Acaso achas que sou homem de fazer ouvido mole às fofocas de lavadeiras? – perguntou o taverneiro com o rosto inchado pela cólera.

– Apazigua teu coração, não foi minha intenção afrontar-te – respondeu o Zé Tropeiro com um gesto sereno. – É que me custa a acreditar que alguém desse ouvido a um bêbado.

– O diabo... Ai, mulher! – gritou, ao receber um tapa da esposa – É que os dois não agiram como inocentes. Sei que ela tinha um grande pesar no coração, pois mais de uma vez o irmão Helmuth cá esteve para se confessar no aguardente. No entanto, os encontros se tornaram por demais repetitivos e sempre quando a igreja estava vazia.

Zé Tropeiro mediu aquelas palavras, compreendendo parte do que se passava. O povo estava com medo e as palavras inchadas de Anton não contribuíam para que o calor se apaziguasse em seus corações. No entanto, tinha medo do que poderia se suceder.

Nisso, um grito agudo cortou o horizonte, silenciando Anton e seus acólitos. Logo a massa de colonos corria morro acima, seguida de perto pelo Zé Tropeiro e o sr. Koeman. Mais pessoas se juntaram à correria, e logo quase toda a comunidade de Holambra Sulista circulava uma pequena clareira onde, no centro, o sr. e a sra. Vriesman seguravam o corpo de Jan, o sangue esparramado pelas touceiras, formando um grande semicírculo de onde jorrava o líquido rubro do toco ensanguentado onde, outrora, existia o pescoço ereto do jovem mancebo.

Por um momento, somente o choro desconsolado dos pais podia ser visto enquanto a sra. Vriesman agarrava a mão do filho, uivando de dor enquanto o seu marido tentava a todo custo afastá-la daquela imagem macabra. Horrorizados, ninguém notou quando Anton adentrou a clareira, e muito menos se importou quando ele escancarou as roupas do cadáver. Ali, à vista de todos, a marca da pata enegrecida lhe cobria todo o dorso.

– Vejam! – gritou Anton. – Vejam! Observem! É a marca dela! É a marca da concubina de Satanás! A marca da vergonha! Quantos mais morrerão enquanto esta pústula estiver sangrando nossa Vila?

Os acólitos gritaram e uivaram, agora o resto dos colonos se uniu em sua fúria.

– Queimem a bruxa! Matem a meretriz!

Zé Tropeiro avançou um passo e foi seguro pelo taverneiro, que lhe lançou um olhar de advertência, o que ele desprezou. Antes de sequer pensar no que estava fazendo, o mercador saltou para a clareira e acertou um soco potente no queixo de Anton, que estatelou-se no chão.

Então o falso pregador gargalhou, levantando-se com dificuldade enquanto enfiava o dedo no rosto de Zé Tropeiro.

– Homem impuro! Filho de Satanás! Não és o ungido de Deus! Não recebe sua graça, pois não é homem. Filho do Breu é o que és! Da Escuridão! És o Negro da Morte!

Zé Tropeiro puxou a adaga, mas não teve tempo de usá-la. Alguém o atingiu na cabeça e ele piscou duas vezes antes de desmaiar no chão encharcado pelo sangue rubro do seu amigo Jan.

Madrugada de 22 de janeiro de 1830, Vila de Holambra Sulista

O mercador levou a mão à cabeça, sentindo a têmpora latejar. Ele levou vários minutos para entender o que se passava e onde estava, e quando o fez, a urgência o acometeu e ele tentou se levantar. No entanto, suas forças lhe faltaram, e Zé Tropeiro se deixou cair novamente sobre um sofá. Só então ele percebeu que estava de volta à taverna. Ao seu lado, com um balde d'água e um pano úmido nas mãos, estava a sra. Koeman.

– Que se sucedeu?

– Recebeste uma cacetada do filho mais velho da sra. De Boer – respondeu-lhe a mulher do taverneiro. – Caíste e eu e meu marido o trouxemos para cá.

– E onde está o sr. Koeman? E a multidão?

– Eles se reuniram na igreja e o meu marido para lá se foi. Não sei de mais nada – respondeu de modos quase ríspidos, como se a ausência do marido fosse, de algum modo, culpa sua.

Antes mesmo que o Zé Tropeiro intentasse falar alguma coisa, o sr. Koeman irrompeu porta adentro, branco como uma cera de gordura de carneiro.

– Estão mortos! Eles os mataram!

A sra. Koeman gritou para dentro, escondendo-se dentro do pano enquanto o mercador fazia força para se sentar.

– Quem está morto? A sra. Crane?

– E o irmão Helmuth! Anton os atravessou com um florete antigo que aquele desgraçado do Yohannes exibia de um lado para o outro – respondeu o taverneiro, puxando o aguardente e tomando um grande gole direto da garrafa. – Eles a arrastaram para a igreja junto com toda a colônia. O padre tentou impedir a execução e acabou empalado juntamente com ela.

— E o sr. Crane?! Nada fez, o maldito?! E aquele irmão dela, imprestável de uma figa?

— O sr. Crane esboçou uma reação, mas foi contido pelos filhos da maldita sra. De Boer — rosnou, com desprezo. — Já o irmão dela... Bem, este ficou olhando para ela durante todo o tempo, com um ar de quem já previra o seu fim bem antes dos acontecimentos de hoje.

Zé Tropeiro sentiu um ódio profundo arrancar-lhe o sopro de vida que ainda trazia no peito. Ele queria pular, gritar, bater em alguém. Queria espancar Anton até que ele virasse apenas uma massa sangrenta no chão. Queria apenas correr para fora dali, correr para sempre, fugindo daquela maldita sensação que parecia rasgar-lhe em dois.

— Hannah, querida, você precisa me ajudar. As coisas se sucedem sem compreensão e eu preciso tirar as crianças de lá. Venha, meu amor. Me ajude a tirá-los daquele matadouro.

Trêmula, a sra. Koeman acompanhou o marido de volta para a igreja enquanto o mercador se arrastava até uma cadeira. Seu coração batia forte, mas seus músculos pareciam ter se transformado em geleia. Respirando fracamente, ele espiou pela janela. Lá fora, banhada apenas pelo luar, a igreja exibia clarões por entre suas janelas fechadas, de onde os archotes iluminavam os presentes que pareciam ainda discutir em altos brados.

Então, um clarão difuso surgiu no horizonte, próximo à via de Picada Café. Zé Tropeiro apertou as vistas cansadas e tentou ignorar a dor atroz que sentia na cabeça, mas tudo que ele percebia era um vulto estranho se aproximar. Pouco depois, as chamas irromperam e, pela primeira vez, o mercador viu a besta com seus próprios olhos.

Zé Tropeiro se agarrou à cadeira, mal respirando, enquanto o animal relinchava como um demônio, o seu passo ligeiro se transformando em um rápido galope, a pele negra e lustrosa banhada pelas chamas que partiam da fronte e seu dorso descomunal balançado ao sabor do vento. A cada galope, o animal parecia mais furioso, e de suas patas desprendeu um cheiro de enxofre e queimado que marcou a terra, deixando um rastro demoníaco para trás. Quando a besta estava se aproximando, ela se virou para a taverna, como que encarando o mercador, que sentiu o coração parar por um momento. Uma dor aguda lhe acometeu no peito e ele sentiu o corpo amolecer. Com o resto das suas forças, ele se segurou no parapeito da janela. A besta passou ao largo da taverna em seu trote ligeiro. Foi então que ele notou algo estranho. Aquilo era um animal, sem dúvidas, possivelmente um cavalo. O dorso estranho não era realmente um dorso. Parecia mais com algo agachado junto ao animal, como um... Então o cavalo parou junto à entrada da igreja. E ali, refletido nas chamas que subiam do demônio, alguém se levantou. Havia uma pessoa sobre o dorso do animal, vestindo trajes tão negros quanto o cavalo, encobertos por uma capa luzidia que se agarrava ao suor escorregadio do equino. E então, Zé Tropeiro percebeu que as chamas não provinham da cabeça do animal, que jazia intacta com seus freios prateados que deslizavam até os arreios e as rédeas. O cavalo resfolegava e de suas narinas provinham jorros esfumaçados, ocultando os olhos longilíneos que brilhavam sob a luz prateada da lua. As labaredas, porém, queimavam incólumes, partindo do tórax do homem-demônio.

Com as suas botas negras, ele subiu calmamente os degraus da igreja, desembainhando uma espada reta, longa e afiada. As portas se escancararam. A última coisa que Zé Tropeiro ouviu foi o grito da multidão sob o trabalho sinistro desempenhado pelo gládio mortal do cavaleiro sem cabeça.

23 de janeiro de 1830, Horas Terceiras, Vila de Holambra Sulista

Os primeiros fiapos de fumaça foram avistados logo após o meio-dia na colônia hessena de Vila Murick. Por algum tempo, os moradores se reuniram na praça para decidir o que fazer; por fim, formaram um pequeno grupo para subir até a colônia neerlandesa. Chegaram lá quase ao final da tarde e encontraram a Vila abandonada. Com os corações temerosos, subiram até a Rua do Comércio, onde encontraram somente os restos calcinados da igreja.

Uma rápida inspeção nos escombros só mostrou o pior. Corpos e mais corpos estavam espalhados pelo local. Homens, mulheres, crianças e velhos, todos mortos, decapitados, as cabeças desaparecidas emprestando um tom apocalíptico à desgraça que ali se sucedera.

– Krins, veja só isso – sussurrou o jovem Jan-Ole Sptiznamem.

Krins, o líder do grupo de busca, se aproximou com os passos incertos, suas botas altas procurando por espaços limpos no meio do sangue coagulado. Ao chegar junto do amigo, não conseguiu segurar um assobio de espanto, mesmo frente a toda aquela desgraça. Junto ao patíbulo, perto de onde ficava a entrada da sacristia, jaziam dois corpos, abraçados. A de um homem muito alto e gordo e de uma mulher vestida com trajes negros. Um florete enferrujado trespassava o casal.

– Eu conheço este sujeito... – resmungou Jan-Ole, olhando apavorado para a cena. – Era o irmão Helmuth, o padre daqui.

Krins agarrou o braço do amigo.

– Estás a gracejar? O que dizes, homem? Como podes ter certeza se o maldito corpo não tem cabeça?

– Ele casou meus dois irmãos mais velhos antes que o padre Hübner chegasse à colônia. Eu o reconheceria em qualquer lugar.

Os dois se encararam e, sem trocar mais nenhuma palavra, deixaram os escombros da igreja, perturbados. Por mais algum tempo, eles vasculharam as casas da Vila, mas somente o vento encanado os recebeu. Por fim, encontraram Zé Tropeiro na taverna.

O mercador estava delirando de febre, seu corpo convulsionava e ele balbuciava palavras incompreensíveis.

– Eu o conheço... – resmungou Jan-Ole, se aproximando.

– Eu também. É o Zé das Mulas, não é?

– Mula... Mula... – murmurou o mercador.

– Você sabe o que aconteceu, homem? – perguntou Krins, espantado que o homem ainda tivesse forças para falar.

– Homem... Ela... O padre...

Os dois hessenos se entreolharam, nervosos.

– O que houve na igreja, Zé das Mulas?

– Mula... Mula... Morte...

– Sim, todos morreram! A igreja foi destruída pelo fogo – insistiu Krins, irritado.

– Fogo... Todos mortos...

– Do que está falando, homem?

– Homem... Não... Sem cabeça... Diabo...

Krins perdeu a paciência. Perturbado e irritado com tudo o que viu, ele agarrou o mercador, gritando-lhe nas faces.

– O fogo foi ateado mais tarde, desgraçado! Eles foram decapitados. Por quem, Zé das Mulas?

– Mula... Mula... Sem cabeça! – balbuciou José Queimado, antes de soltar seu último e derradeiro suspiro.

ALLAN CUTRIM

BRASIL FANTÁSTICO
AMALDIÇOADO

Editora Draco

Nada de mais aconteceu desde que chegaram nesta colônia. Pelo menos é o que dizem.

Nunca fez diferença para mim. Já nasci aqui, então minha vida sempre foi assim. Talvez fosse melhor ter continuado, apesar do horror do sábado à noite.

Todos os dias eu ia ajudar meu pai com o serviço na fazenda. Ele não era um dos senhores mais ricos, e apesar de ter alguns escravos, acabava tendo serviço para fazer se quisesse pagar os impostos da Coroa.

O pior é ter de aguentar ele falando toda manhã, igual a uma velha que mesmo depois de morta continua a ficar na mente dos conhecidos, embaixo de um sol de rachar a cabeça até os ossos, sobre como a vida era melhor em Portugal e etc.

Meu pai não é dos mais pacientes, por isso finjo que concordo com ele. Mesmo com o sol nos açoitando sempre, gosto do calor. Não conseguiria viver em outro lugar além daqui.

O nome original da colônia não permaneceu por muito tempo, durou tanto quanto um inseto. O terceiro nome foi o que persistiu. Ao que parece, também é o nome de uma árvore daqui.

Nossa vila não é de grande importância, considerando as terras mais ricas. Por isso alguns nativos vendem frutas e outras coisas bem interessantes em troca de itens nossos sob o acordo: "Não se envolva com nossos assuntos". Curto e direto.

Já ouvi falar que não é em todo lugar que existem acordos assim. A maior parte ataca os nativos como se não fossem iguais a nós, ficando por isso mesmo, feito uma cicatriz. Felizmente isso nunca aconteceu na nossa vila. Aproveito as frutas diferentes que eles trazem. Pelo menos é uma distração para ignorar o caos em casa todo sábado.

Nesse dia não temos muito trabalho na fazenda. Já que acaba mais cedo, meu pai vai ao bar se encontrar com os amigos e minha mãe conta algumas histórias – das quais já sei o final feliz e previsível – depois de termos uma aula tão interessante quanto um funeral, dada pela professora particular que ela chama de vez em quando.

A dona Silva é bem velha, quase cadavérica, a pele toda enrugada e tem uma verruga que mais parece um parasita. Não sei pra que ela fala tanta besteira. Nunca entendi por que sou uma das poucas crianças com uma "professora". Mas se fosse só isso, não estaria reclamando.

Não importa se está calor ou não. Quando escuto o barulho da porta batendo com força tarde da noite, feito uma sentença de morte, e minha mãe trancando todos os quartos, parecendo mais uma prisioneira aceitando o próprio destino, sinto frio, a garganta seca, os ossos fazem barulho enquanto se mexem e tenho a impressão que vão quebrar. E não consigo dormir até acabar.

Meu pai chegou. O carrasco, cheirando a uísque. Isso parece acontecer desde sempre. Ele chega, minha mãe nos tranca e pede para não tentarmos sair e eles discutem. Não, discussão é pouco. Sempre gritam mesmo. Quando ele chega assim, parece que sempre tem algo pra ser discutido. Eu ouço uma pancada, parece ter acertado em mim mesmo e destruído o pouco de calma que ainda tinha. Depois vêm os gritos, ainda mais altos. Mesmo quando não são tão altos, ainda parecem que vão estourar meus ouvidos. Não posso fazer nada, estou trancado. E finalmente, o silêncio. Eles foram dormir. Isso quando minha mãe não fica caída em algum cômodo da casa. Por mais de uma vez, perguntei-me se não estava morta.

É por isso que nunca troco muitas palavras com meu pai. Nossa conversa de todo dia se resume a alguns monossílabos (aprendi algumas palavras bem úteis semana passada com a dona Silva) e alguns acenos.

No domingo de manhã, vão todos pra igreja como se nada tivesse acontecido. O sol e a paz da vila enganam tão bem quanto um gato que chega perto de você pra roubar seu lixo. Às vezes minha mãe usa algum acessório pra esconder certas feridas. Eles são vistos como a família modelo de oito filhos. Ou quase. Meu silêncio e amizade com os nativos parecem incomodar todo mundo da vila. Assim como as palavras que uso, "incomuns pra uma criança", como dizem. Tinham que estranhar outras coisas, com certeza. Ah, sim. É exatamente o que você entendeu. Antes de mim, meus pais tiveram sete filhas. Não me pergunte como eles conseguiram. Quando eu cheguei, quatro já tinham se casado e mudado de casa. Só tem três em casa agora. Dessas três, há um par de gêmeas que dividem um quarto do outro lado do corredor. Elas têm dezessete anos. Uma das gêmeas já está recebendo visitas de outros homens. Não vai demorar muito até ela sair de casa também, levada pra longe do carrasco. A terceira filha que ainda vive em casa divide o quarto comigo. É mais velha do que eu, mas é a mais nova das garotas. Se chama Francisca, mas acho muito estranho chamar pelo nome completo, por isso chamo de Fran. Além da minha mãe, é a única pessoa com quem converso de verdade. Dona Silva não conta, já sou obrigado a responder tudo o que ela pergunta nas aulas.

Mesmo o nome completo da Fran não me agradando muito, ainda é melhor do que o meu. Meus pais nunca disseram quem escolheu esse nome. Nunca vi ninguém que o ouvisse e não baixasse ou arregalasse os olhos por um instante, ou tivesse a respiração desregulada por uma fração de segundo. Ainda assim, é melhor me conhecer. Prazer. Me chamam de Maledi. É um apelido, assim como Fran pra Francisca. E hoje é meu aniversário de treze anos. Tenho minhas próprias teorias quanto ao meu nome completo. Dizem que meu pai costumava estudar latim. E em um de seus momentos de bebedeira, decidiu pelo meu nome. O pior é que ninguém contestou o nome incomum que ele me deu.

As comemorações aqui em casa são sempre à noite. Minha mãe cozinha uma torta com bastante açúcar, alguns biscoitos e serve suco de abacaxi naquela jarra enorme. Sempre é aqui em casa, mesmo pras minhas irmãs casadas. É uma tradição. No aniversário delas, vem a família do noivo e o padre. Poucos escravos daqui também trabalham na festa. Geralmente conseguem uma comida diferente da habitual, mesmo comendo em um lugar diferente. E geralmente sou eu quem arranja às escondidas pra eles. Em todos os aniversários das minhas irmãs, o tempo estava bom e morno, tão aconchegante quanto uma flor. E em todos os anos que fazem meu aniversário, chove. Dessa vez não foi diferente.

A tempestade estava terrível. Nos primeiros aniversários ainda tinha gente que vinha, mas conforme o tempo foi se passando, as chuvas pareciam ir piorando. Naquele ano, só estava o pessoal da nossa fazenda mesmo, nem o padre veio beliscar alguma coisa dessa vez. Cantaram parabéns, mas não deu pra ouvir muito bem por causa dos trovões. Não que eu estivesse prestando atenção. Comemos em silêncio. Eu conseguia ver a veia da testa do meu pai saltada, queria saber com o que o carrasco tinha se aborrecido dessa vez.

Quando fomos deitar, a chuva ainda não dava nenhum sinal de que ia acabar antes do sono chegar. Deitei na minha cama e Fran na dela, mas eu não tinha um pingo de sono.

Desta vez eles não tinham trancado a porta. Dava pra ouvir uma conversa baixa vindo da cozinha, como escravos na senzala. Esperei as pancadas e os gritos. Era sábado, e aposto que meu pai estava mal-humorado porque não foi ao bar hoje. Mas os gritos e barulhos não vieram dessa vez.

Saí do quarto e cheguei mais perto da porta da cozinha. Andando vagarosamente e controlando minha emoção, tentava ouvir melhor o que estavam falando. Os trovões deram um tempo, mas a chuva continuou. Melhor, assim não me ouviriam chegar.

– O que quer dizer Bernardo? Ele é nosso filho! – a voz da minha mãe parecia assustada.

– Só estou dizendo que o garoto anda mais estranho que o habitual. Conversa demais com os escravos e nativos e não troca uma palavra decente com o próprio pai. Tenho certeza que todos na vila concordam – ele tomou fôlego. – Devíamos ter parado depois da sétima filha – disse depois de alguns segundos de pausa. Parecia arrependido, isso não combinava nada com ele.

– Foi você quem insistiu em um filho homem! De todo o jeito, não adianta nada ficar nervoso agora – o tom da minha mãe continuava cheio de cuidado, assustada feito gado antes da morte. Ela não merecia isso.

Mas espera... Ela estava concordando com meu pai?

Eu não ouvi a conversa do começo, mas eu sabia: o carrasco

estava com algum problema comigo. Isso eu já esperava. Quanto à minha mãe... Ela nunca faria nada contra mim. Certo?

Comecei a suar frio. Tinha a impressão de que algo ruim estava pra acontecer dali pra frente.

– Você é quem sabe. Se acredita ser o melhor... – minha mãe disse algo que não consegui escutar. Colei o ouvido na porta de novo, esquecendo a cautela e o silêncio, esperando entender melhor o que estava havendo.

– Amanhã é domingo, o padre fará o necessário, tenho certeza que fará.

"Maldição!", pensei. Não tinha ouvido a parte mais importante. Seria melhor eu tomar cuidado com o padre Victor. Ele nunca foi muito com a minha cara.

Percebi tarde demais o som de passos. Tanto da porta da cozinha, quanto atrás de mim. Eu estava nervoso. Meu coração batia mais alto que um tambor dos nativos. Afinal, eu fui descuidado nos últimos segundos. Quando a porta se abriu, eu caí pra trás, com o suor frio ainda escorrendo pelo rosto. Alguém me segurou antes de eu bater no chão, e encarei o carrasco. Parecia ao mesmo tempo assustado e furioso. Eu era bem capaz de mostrar a mesma cara, talvez já estivesse fazendo isso.

– Eu disse que podia deixar comigo, mano – era Fran quem falava. Ela tinha me segurado.

– Já não é hora de dormirem? – meu pai falou pra nós, apesar de estar olhando só pra mim.

– Desculpa, eu estava com fome. O Maledi se ofereceu pra vir trazer alguma sobra da festa.

Deu pra ver a boca dele tremer quando minha irmã falou "festa", mas só o que disse foi:

– Peguem algo rápido e depois vão deitar. Podem comer no quarto. Eu e sua mãe estamos ocupados.

– Sem problemas! – Fran respondeu sorridente. – Pode me esperar no quarto, maninho – completou, piscando pra mim. E como sempre, me salvando do confronto, mas eu sabia que aquilo não duraria pra sempre.

Quando finalmente ela entrou, estava trazendo um pedaço imenso de torta. Eu já sabia que ela ia comer tudo sozinha. Não é sempre, mas de vez em quando Fran come muito.

– Você deveria tomar mais cuidado. Se não fosse minha fome, não ia ter ninguém pra te salvar – ela falava de boca cheia enquanto eu olhava a chuva que ainda caía lá fora.

– Obrigado, Fran – eu disse com a voz baixa. Ainda estava preocupado com a conversa da cozinha.

– Oi? – ela perguntou. Os trovões recomeçaram, então não consegui me ouvir.

– Eu disse obrigado – repeti mais alto e olhando pra ela. – É bom ter pelo menos uma irmã boa – terminei com um meio sorriso.

– Sempre que precisar, Maledi – sorriu.

Mal terminou de comer e Fran já dormia tão profundamente que, se não estivesse dormindo de barriga pra cima, podia dizer que estava morta. No entanto, dava muito bem pra vê-la respirando.

Quando o silêncio voltou, não consegui parar de pensar nos pedaços da conversa da minha mãe com o carrasco na cozinha. Os dois iam fazer alguma coisa comigo. Óbvio. Mesmo que o padre Victor fosse chamado – e ainda mais por não confiar nele –, eu continuava tremendo. Tinha a impressão de algo estar errado. Não confiava em mim mesmo pra deixar tudo certo, digo, já me contive desde quando eu nasci. Sempre tive a impressão que em alguma hora o carrasco não ia acordar nesta casa. Comecei a pensar em como isso aconteceria. A chuva e o quarto escuro só pioravam a situação.

Por enquanto, achei que o melhor era eu dormir. Talvez eu tivesse entendido errado e amanhã tudo estaria bem. Doce ilusão.

Olhei uma última vez pra Fran. Iria dizer boa noite mesmo que ela não ouvisse. Foi quando senti meu coração quase parar. A boca ficou seca. Sentia minha língua mais parecendo um pedaço de carne podre. Mesmo na escuridão do quarto, eu conseguia vê-la.

Em cima da Fran, de pés descalços e pisando com muita força na barriga da minha irmã, estava uma velha magra, tão magra que ficava fácil ver os seus ossos. O cabelo branco e enorme flutuava pra várias direções como se estivesse embaixo d'água. Não dava pra ver muito além disso na escuridão do quarto, mas tenho certeza que a velha era muito mais cadavérica que a dona Silva. Ela estava em cima da Fran. Da minha irmã. O meu ponto de equilíbrio naquele lugar. Desse jeito ela não ia conseguir respirar.

Eu estava com medo. Mas seja lá quem era, ou como tinha entrado na casa, eu precisava tirar aquilo de cima da Fran. Mas antes que eu pudesse me mover, a velha virou a cabeça pra mim. Não era humana. Ela virou completamente a cabeça, do mesmo jeito que uma coruja faria. Não ouvi o pescoço quebrar. Ela ainda estava lá. Seus olhos estavam vermelhos feito sangue. Sua expressão era demoníaca. Olhou pra mim e sorriu mostrando todos os dentes. Foi mais do que qualquer coisa que já tinha visto. Com certeza não era humana. Chamei por ajuda. Alguém tinha que ser útil ali, pelo menos minha mãe. Talvez não tivesse me traído, afinal. Chamei todo mundo que vivia na casa. Tudo o que a velha fez foi gargalhar. A risada era tão aguda que mais parecia uma bruxa. Mesmo não enxergando bem, tive a impressão que a garganta dela ia rasgar. Queria que isso acontecesse. Queria não ter congelado. Ter feito alguma coisa.

Quando todo mundo chegou no quarto, a velha ainda estava saindo pelo teto, do jeito que somente um fantasma faria. Só minha mãe chegou a tempo de ver alguma coisa. Eu estava sentado no chão. O medo e a surpresa me paralisaram – ou talvez tenha sido a velha fantasma mesmo. Eu estava tremendo, meus olhos contraídos de horror tentando conter as lágrimas. Porque eu já sabia: Fran estava morta.

O dia seguinte chegou triste. Não consegui dormir no quarto, fiquei na sala. Só vieram buscar o corpo da Fran hoje. A tempestade tinha deixado toda a estrada transformada em lama.

Minha mãe estava com um vestido preto, saindo com o pessoal que tomaria conta do funeral. Precisava falar com ela ou pelo menos sair com ela. Não ia aguentar aquela casa sem nenhuma das duas. Algo ruim poderia acontecer.

– Mãe, onde está indo?

– Vou encontrar seu tio na vila vizinha. Talvez ele tenha mais dinheiro para o funeral da Fran – ela falava com a voz baixa, mas parecia assustada. Quem não estaria?

– Eu podia... – fui interrompido antes de terminar.

– É melhor ficar com seu pai. Ele vai precisar de ajuda no trabalho – ela disse.

– Senhora Mônica, eu fiquei sabendo do ocorrido... Sinto muito por sua perda. Se pelo menos a Pisadeira não tivesse... – era o padre Victor quem tinha aparecido. Chegou falando muito, igual a um papagaio, como sempre. Mas foi interrompido pela minha mãe.

– Não se preocupe com isso, padre. Já está na hora de sairmos, certo?

Era impressão minha ou ela estava com pressa? Não sei o porquê, mas ela agia de forma muito estranha nos últimos dias.

Fiquei sabendo que o padre Victor foi acompanhar minha mãe até a vila vizinha porque era o único que conhecia o caminho além dos nativos. Mas os índios não eram muito bem recebidos nas terras do meu tio. Por isso, a única opção era o padre. No seu lugar, ficou Eduardo. Ele sempre cuidava das coisas quando o padre saía por algum motivo. Era melhor Victor voltar logo. Eduardo não duraria muito tempo tomando conta de tudo. Era inexperiente e costumava beber de vez em quando. Já passou por algumas situações constrangedoras na nossa vila. O povo não o respeitava muito.

Depois da minha mãe sair, meu pai me chamou para o trabalho. O serviço foi fora do comum. Ele não abriu a boca em um só instante. Mas eu percebia que me encarava toda hora. Às vezes com raiva, outras, um pouco assustado. Não me importava saber qual o problema dele comigo, também não gostava dele. Talvez estivesse estranho por conta da morte da Fran. Ele não viu a velha, é claro. E não acreditaria em mim se eu dissesse. Seja lá o que iriam fazer no domingo, teriam de esperar até semana que vem. Talvez mesmo em morte, minha irmã teria me salvado uma última vez. Pergunto-me o que aconteceria daqui pra frente.

Hoje era o dia em que os nativos vinham visitar a vila pra trocar algumas coisas. Geralmente vinham sempre um ou dois. Às vezes homens, noutras mulheres e, quase nunca, um casal. Dessa vez veio só um homem.

– Vá fazer algo de útil e troque um pouco da última colheita com ele – disse o carrasco apontando pra perto de casa. Ele não suportava as visitas deles, ficaria melhor na vila do meu tio.

Fui até eles sem nem olhar na cara do carrasco. Até que aprenderam a falar português muito bem. Sempre gostei de falar com eles, ao contrário dele. Pelo que percebi, o índio já sabia da Fran.

– É uma pena, Maledi, por sua irmã – ele disse. As lágrimas saíram dos meus olhos enquanto eu segurava a careta. Não ia aceitar fazer aquilo perto do carrasco, mas com ele ainda era aceitável. Pelo

ALLAN CUTRIM

menos o "pai" já estava longe. Então o choro veio mais rápido do que imaginei.

Se alguém poderia saber mais sobre aquela velha estranha, era alguém como ele. Um nativo. Às vezes até o padre o consultava. Pelo menos eu sabia o nome do que veio nos visitar hoje: Cauã. Já nos conhecíamos bem o suficiente pra chamar um ao outro pelo primeiro nome.

– Cauã, preciso da sua ajuda – falei enxugando o rosto, tentando manter algum orgulho.

– Quer alguma fruta diferente? – ele falou, mas eu sabia que tinha entendido e só estava tentando desviar do assunto. Cauã era bem fácil de se perceber as intenções.

– É sério. Você conhece bem sobre espíritos e algumas esquisitices. Já falei disso antes com você.

A resposta foi só um olhar de piedade. Estava preocupado comigo. Mesmo assim, continuei:

– Cauã, o que você sabe sobre a "Pisadeira"? – fiz questão de lembrar o nome dito pelo Victor. Ele engoliu em seco antes de responder.

– Sua irmã...? – ele começou, mas o interrompi de novo. Fiz que sim com a cabeça. Ele suspirou devagar. – Ela comeu demais antes de dormir e ficou de barriga pra cima, né?

Tá, eu fiquei assustado, não tinha como ele saber disso.

– Bem...

– Só não faça a mesma coisa e você vai ficar bem. Sério. É melhor não se meter nesse assunto.

A frase do acordo veio à minha cabeça: "Não se envolva com nossos assuntos".

Ele começou a virar as costas pra ir embora, mas eu o segurei pela mão:

– É sério, Cauã. Eu preciso entender o que houve! – para que eu possa me vingar, mas essa parte não falei em voz alta. Ele massageou a testa.

– Hoje vocês têm festa no lugar da cerimônia de domingo, certo?

– Não mude de assunto.

– Não estou. Vocês têm ou não?

– Bem... Sim – era festa de junho. Nessa ocasião sempre tinha evento na vila, dança, música com sanfona, alguns doces e balões que normalmente só eram feitos em junho. – E o que isso tem a ver?

– Se eu fosse você, esqueceria o assunto e ficaria com meu conselho. Mas se quer mesmo levar isso adiante... Na festa de hoje, procure um homem fora do comum, do tipo que você nunca viu na sua terra e que esteja atrás de alguma mulher. Acho... Ah, sim! Ele vai estar de chapéu. Pergunte pra ele. Ameace tirar o chapéu e ele vai te falar tudo o que você quiser – ele terminou com o mesmo olhar piedoso.

"É impressão minha, ou todos estão me tratando diferente desde o aniversário?", pensei.

Agradeci e ele foi embora, com a troca já feita.

– Por que demorou tanto? – meu pai perguntou, nervoso como sempre.

– Tive que procurar a entrega– disse sem muita atenção. Ele respondeu com uma bufada.

– Apresse-se. Temos de acabar isso antes da festa de hoje.

E foi o que eu fiz.

A noite chegou e a festa ocorria como se nada tivesse acontecido na minha casa. Chegamos, o carrasco, eu e minhas irmãs (as gêmeas). Minha mãe ainda não tinha voltado. Minhas outras irmãs casadas também estavam lá. Meu pai só disse para nos cuidarmos e foi falar com as pessoas que ele conhecia. Menos mal, assim não me atrapalha. As gêmeas se dispersaram depressa. Uma foi ver os balões, e a outra... Perdi de vista. Mas não estava preocupado com ela.

Comecei a prestar atenção em todos os homens da festa. A dica do chapéu que Cauã me deu não foi nem um pouco útil. Todos usavam chapéu naquela festa, com algumas poucas exceções. Eu, por exemplo.

Ainda assim, estava sendo fácil reconhecer os rostos. Gabriel, Pitágoras, Luiz, Rafael... Até agora só pessoas que conheço. Só porque não falo com elas não significa que não conheço os nomes. Lembro-me de cada pessoa pela cara que elas fazem quando descobrem que me chamo Maledi (na verdade quando sabem o nome completo; ao menos poderia ter um nome "português"). Gostaria de saber o significado do meu próprio nome, mas agora tenho coisas mais importantes pra pensar.

Enquanto andava atento aos rostos, não vi a mão me puxando feito um gancho. Quando percebi, já estava em um lugar qualquer, em uma roda com fogueira onde um velho contava as lorotas da noite. Que ótimo.

Daniela, minha irmã que eu tinha perdido de vista, havia me puxado:

– Para de andar pra lá e pra cá sem nada pra fazer. Venha ouvir o velho Arão. Essa história parece boa.

Tinha mais alguém com ela. Mas antes que prestasse atenção no homem que a acompanhava, Arão começou a falar com aquela voz de narrador sobre uma lenda da nossa vila:

– Depois do primeiro contato com os nativos, nossa vila ganhou proteção. Eles nos davam não apenas comidas exóticas, mas conselhos para impedir de sermos destruídos pelas criaturas maléficas de Xandoré, o deus do ódio – ele tomou fôlego enquanto todos diziam "ooooh". Não era tão absurdo acreditar naquilo depois do que eu vi. As crenças dos índios eram bem interessantes agora. – No princípio, quando os navegadores chegaram ao novo mundo, um deles ouviu com atenção as histórias dos nativos, anotando-as pela primeira vez em um livro, ao qual chamou de "Libro Maledictus", traduzido do latim mais tarde para "Livro Maldito". Disseram naquele dia, que quando um dos conselhos for desobedecido, haverá uma maldição sobre a vila, na qual a única esperança é liberar o poder do mesmo "Livro Maldito". Mas não se sabe o preço que o leitor pagará...

Nisso ele fez aquele truque em que a fogueira fica bem maior e a sombra da pessoa dobra. Todos aplaudiram o truque de mágica e ele agradeceu de forma teatral.

– Aposto que sei o preço a ser pago – o cara falava enquanto brincava com o rosto dela. Era tosco, mas minha irmã estava tontinha por ele.

– Sabe? – ela falou com os olhos brilhando. – Você tem de me contar, Dante!

Minha irmã consegue ser muito fácil. Não sei como ainda não fez besteira. O nome do homem, Dante. Nunca ouvi antes. Nunca o vi. O chapéu dele estava molhado por algum motivo... Tinha de ser ele.

– Bem, eu posso te dizer se você me der algo em troca – ele sussurrava com o rosto bem perto do dela. Fiquei com náusea. Nessas horas meu pai nunca aparece. Então, tinha que ser eu.

– Daniela! O carras... Digo, nosso pai tá te chamando. Melhor ir atrás dele antes que ele chegue. Sabe como costuma aparecer do nada – interrompi o momento dos dois.

Minha irmã me passou o olhar mais assassino que eu já tinha visto, mas depois suspirou e disse:

– Já volto, Dante. É melhor eu resolver isso antes que meu pai surte.

– Leve o tempo que precisar, amor.

Quando ela já não podia me ouvir mais, comecei a falar com o tal de Dante. Daniela já ia fazer besteira mesmo. Eu tinha de me concentrar no que é importante.

– Olá! – tentei não vacilar a voz. Ele era mais alto do que eu. Tinha de soar confiante. Pensei no ódio da Pisadeira. Isso ajudou.

– Dante, né? Nunca te vi aqui antes.

Ele me olhou de cima antes de responder, deu uma risadinha de escárnio:

– Trabalho o dia inteiro fora da vila garoto. Perto do rio. Pouca gente me vê.

– Entendi. Muito prazer, senhor – talvez educação funcionasse. – Me chamam de Maledi – cumprimentei, estendendo a mão.

Diferente do que eu esperava, não houve sobressalto. Ele me olhou como se me conhecesse e soubesse sobre mim. Apertou minha mão com firmeza e com um sorriso assustador.

– É um prazer conhecê-lo, Maledi. Imagino que queira minha ajuda, certo? – ele perguntou enquanto apertava minha mão, com um sorriso de quem sabe das coisas. Um pouco macabro. Um pouco falso.

– Bem... Sim.

– Não precisa me ameaçar com algo do tipo "vou tirar seu chapéu". É só perguntar – ele colocou as mãos atrás da cabeça, confiante.

Não fazia ideia de como ele sabia de tanta coisa. Mas tinha que me concentrar, pela Fran. Guardei a minha suspeita e perguntei:

– Você conhece a Pisadeira? Por acaso sabe algum jeito de destruí-la?

Ele riu.

– A Pisadeira é uma velha vingativa e bem chata de conversar, se você quer saber. Mas ela já tá morta. Você pode chamá-la de "demônio", se quiser. Não é possível matá-la, mas tem um jeito de dar uma surra nela e afastá-la da vila, se estiver interessado...

"Já é alguma coisa", pensei. – Diga.

– Aquele velho na fogueira sabe das coisas. Se quiser se vingar da Pisadeira, procure sobre ela no "Livro Maldito". Ele é cheio de marcações. Você só precisa pegar a marcação dela, é fácil reconhecer. Mas tem coisas muito interessantes, se quiser ver mais – ele terminou com aquele sorriso de novo.

"O Livro Maldito", pensei. "Não dá pra confiar nesse cara, ele parece ser do tipo que engana muita gente. Mas tenho que vingar a morte da Fran...". – Onde acho o livro? – falei quase com autoridade. Ele ergueu uma das sobrancelhas, mas continuou com o mesmo tom.

– Não o carrego pra todo lado desde que deixou de ser minha responsabilidade. É muito valioso. E se acontecesse algo com ele, o novo responsável poderia se encrencar, sabe? – ele pigarreou. – Mas não é mais problema meu. Vocês não têm cemitérios aqui, têm?

Eu sabia que ele não era da vila. Se fosse, não perguntaria isso. Quem ou o que era esse homem?

– Temos. É um pouco isolado, mas o líder da vila do meu tio ajudou a construir. Não queimamos mais os corpos aqui – expliquei em tom baixo.

– Ótimo! Então vai ser mais fácil. Nessa vila deve ter algum túmulo com o nome de "Pedro". Deve ser um túmulo bem surrado, ele não era muito querido. O livro tá perto da tumba, é só pegar.

"Por que ele não tira aquele sorriso do rosto?!"

– E desde quando o livro tá em segurança naquele cemitério?!

– Vocês não o visitam muito. Mas quanto a isso, pouco me importa. Ele não é mais minha responsabilidade – ele respondeu, sério.

O sino da igreja começou a tocar, a festa já estava no fim. Não ia demorar muito pro sol nascer.

– Ah, que ótimo!. Daniela deve ter se perdido. Agora não vou ter mais tempo – Dante falou com raiva. – Da próxima, tenta ser mais rápido, Maledi. – Foi estranho ele mudar de atitude tão rapidamente e dizer o meu nome. – Avisa sua irmã que tive de ir. Vou procurá-la como combinamos antes.

– Tá bem...

– Boa sorte, garoto! E não tenha o sangue sugado – ele riu alto quando terminou de falar, enquanto andava pra longe, se afastando da vila.

– Espera, Dante! Quem é você? Como assim "sangue sugado?!" – gritei sem sair do lugar.

As pessoas que saíam da festa me olharam assustadas pelo canto do olho. Eu não era de falar muito, ainda mais alto daquele jeito.

– Alguém parecido com você no futuro, ou quase – ele falou enquanto foi embora.

Tentei segui-lo, mas acabei perdendo ele de vista. Quando estava voltando pra vila, ouvi o barulho de alguém pulando no rio.

A manhã chegou triste e nublada. O carrasco ficou irritado com minha saída da vila, jurou que me daria uma surra na próxima. Pensei em confrontá-lo, mas era melhor acatar. Ele era bem mais alto, mais forte, eu só iria apanhar mais. Teria que esperar pra pôr ele no lugar.

Dessa vez o carrasco realmente estava zangado. Não seria fácil conseguir uma saída pro cemitério de dia em plena segunda-feira. Só um idiota iria pra lá à noite depois de ver uma assombração matar a irmã. Tínhamos muito trabalho e minha mãe ainda não tinha voltado. Me pergunto como impediriam o corpo de apodrecer...

Com a cara carrancuda, nós dois continuamos o serviço em silêncio. Tentei ser o mais rápido possível. Às vezes as gêmeas ajudavam, mas hoje arranjaram compromisso com o padre substituto. Só o meu pai para acreditar nisso...

Foi então que, de súbito, uma ideia surgiu enquanto eu divagava. Quando o sol dizia ser mais ou menos três horas da tarde e ainda faltava serviço pra fazer, arrisquei minha ideia:

– Pai?

Ele grunhiu em resposta.

– O padre Eduardo me chamou pra capela hoje. Ele disse que minha mãe havia pedido pra eu ir lá o mais rápido possível. Parecia importante – disse me esforçando pra tudo aquilo soar verdadeiro.

– Certo – ele pareceu pensativo. – Só sua mãe pra escolher o mesmo dia pra todos deixarem o trabalho só pra mim e os escravos. Azar o deles. Vão trabalhar até tarde hoje! Eu e sua mãe vamos ter uma conversa séria. Chispa daqui, moleque!

ALLAN CUTRIM

Assim que passei a portela da fazenda, me senti culpado. Não só tinha complicado as coisas para os escravos, como sabia muito bem o conceito de "séria conversa" do carrasco. As lágrimas de ódio correram silenciosas, mas minhas pernas pareciam ter vida própria. Seguiam para o cemitério em ritmo acelerado. Tinha de voltar antes de escurecer.

Quando finalmente cheguei ao cemitério, as fracas sombras que o sol conseguia fazer através daquele dia cinzento me diziam que ainda não passava das quatro da tarde. Menos mal. A vila era pequena, o cemitério também. Não havia mausoléus, só covas rasas e mal cuidadas. O lugar inteiro era podre, na verdade, e pouco visitado. Se Fran fosse enterrada aqui, isso teria que mudar.

A única pessoa que costumava visitar o cemitério de vez em quando era a dona Silva. Até hoje não sei quem morreu pra ela.

Fui passando pela estrada, quando entrei no cemitério. O cheiro denso do lugar era quase insuportável, já nem havia flores, ninguém as trazia. Andei o mais rápido que pude entre as lápides, lendo todas procurando o túmulo do tal Pedro.

Demorou um pouco. Só o vi quando estava prestes a desistir. Estava quase no final do cemitério. A pedra com o nome era gasta, mas não por conta do tempo, parecia ter sido arranhada várias vezes por alguém. Estranho.

Não só isso. Todas as pedras com nomes tinham a terra um pouco mais elevada porque os coveiros não eram profissionais, ficava fácil saber onde os mortos estavam enterrados. Mas em frente ao túmulo de Pedro, a terra estava lisa. Não crescia uma única erva daninha. Não havia elevação. A única coisa que existia ali era uma rachadura. Como se só o lugar onde estava, ou deveria estar, o caixão dele tivesse secado e ficado sem vida.

Irônico. Um pouco nauseante. Mas não tinha muito tempo. Comecei a procurar perto da tumba que mais parecia maldita, como o livro. Vi alguma coisa. Capa dura e marrom. Muito velho. Mas antes que esticasse a mão para pegá-lo, ouvi um grito de pura agonia. Igual ao de uma pessoa que leva uma flechada no coração.

Prendi o ar e me virei o mais rápido que pude. Vi a dona Silva, agoniada, paralisada de medo diante de um homem sem quase nenhum cabelo, com o corpo completamente podre, de cor esverdeada, possuindo muitas veias à mostra. Vermes saíam de seu ouvido, não tinha pálpebras, era seco como a terra do túmulo de Pedro. Era incrível o pavor que aquela coisa inspirava. De novo aquela sensação, não havia o que fazer. Quando coloquei meus olhos nele, já tinha dobrado o pescoço da dona Silva para o lado, feito uma boneca de pano. O sangue saiu com facilidade quando ele a mordeu e bebeu todo a vida dela, como se fosse uma bexiga d'água. Sedento, o monstro arrancou um pedaço do pescoço e se empanturrou com o sangue em torrente.

Me apoiei na lápide pra não cair. Tinha que pegar o livro e sair dali rápido! Quando peguei o livro, a criatura já tinha se esbaldado. E já tinha me visto, começou a correr até mim enquanto gritava:

– O que um idiota feito você tá fazendo aí?! Sai de perto da minha casa e largue isso JÁ!

Duas coisas. Primeira, não era um homem, parecia mais um adolescente. Dezessete anos, mais ou menos. Ganhou um pouco de cor depois de beber a dona Silva, mas ainda estava podre. Segunda, já ouviu o latido de um cachorro sem voz? Ele não fica mudo, fica com a voz estranha, seca, essa era a voz, do... "Corpo Seco", ou, como já tinha percebido, a voz de Pedro.

O cemitério não parecia mais tão pequeno assim. Tudo aquilo, lápides baixas para se tropeçar, espinhos e arbustos cheios de galhos secos que machucavam a pele. Parecia ser feito pra evitar uma fuga desesperada, a minha fuga.

Ignorando tudo, corri ziguezagueando entre os túmulos, mas Corpo Seco estava no meu encalço, ele parecia muito mais rápido depois de alimentado. Péssimo pra mim.

Minhas pernas eram mais curtas, mas o medo me deixava mais veloz. Não podia deixar ele me pegar. Parecia ser capaz de arrancar a cabeça de uma pessoa com a mesma facilidade que eu fazia com as bonecas de pano da Daniela quando era pequeno.

O caminho pra saída era bem mais longo com aquele ziguezague. Pedro tentou me atormentar com aquela voz horrenda:

– Vamos lá, moleque! Lei do mais forte, certo? Vá por mim, você não precisa desse livro. Não fuja mais, estou te fazendo um favor. Pelo menos não vai ser cuspido pela terra, expulso do céu e do inferno. Vai descansar!

– Vai se lascar! E meu nome é Maledi, seu demônio! – falei com raiva, sem pensar em nada.

Ouvi os passos dele pararem por alguns segundos, mas continuei correndo, o que foi bom, porque depois desse curto intervalo ele veio correndo mais rápido que uma onça gritando a plenos pulmões – se é que ele tinha pulmões:

– MALEDI! Moleque, não vou aceitar concorrência na minha área. Morra, desgraçado!

Ele estava muito perto agora. Eu estava de frente para a entrada. Droga! Senti o vulto de sua mão passar pela minha nuca quando passei pela fresta do portão. Consegui fechar a pouca abertura antes dele passar. Ele ficou com uma fúria cega, claro.

– Como assim?! Você prefere mesmo usar esse livro à morte?!

O que ele fez em seguida me assustou: ele riu. Uma risada de cachorro sem voz, uma risada de escárnio. Quando terminou, falou através das grades:

– Não preciso mesmo desse seu sangue podre. Se quiser ter alguma chance, só leia o que precisa. Se vir mais do que deve, não vou te perdoar, Maledi.

Saí daquele lugar sem prestar mais atenção. Não gostava daquelas criaturas estranhas me chamando pelo nome. Eu estava com o livro agora, podia dar um fim na Pisadeira, fosse ela o que fosse.

Sem perceber, o sol já tinha praticamente se posto, não dava para ler. Isso significava que tinha de chegar em casa sem o carrasco saber e fingir que já estava no quarto há algum tempo, fazendo algum favor para as gêmeas, talvez.

Tive sorte. O carrasco estava ocupado demais guardando as ferramentas. Consegui entrar no quarto sem ser visto, escondi o livro debaixo do colchão, e fiz o acordo com as gêmeas. Elas iam me acobertar em troca de eu fazer favores para elas por um mês, claro.

Meu pai estava furioso por conta da demora diferente do habitual da minha mãe. Ele saiu pra se embebedar no bar. Nesse caso, é melhor que ela não estivesse mesmo aqui, e isso me daria mais tempo pra ler a marcação do Livro Maldito.

O jantar ficou por conta da minha irmã Mariângela, a gêmea de Daniela. Ela deixou a comida pronta e cada um foi comer no seu

AMALDIÇOADO 109

quarto. Era bom ter uma folga do carrasco. Quando terminei, tirei o livro debaixo do colchão e examinei bem a capa antes de abri-lo. Cocei o queixo devagar. Já tinha alguma barba se formando. Aos treze anos, era ridícula. Um fio de cabelo preto meu se perdeu no meio das páginas durante a correria, mas não sabia disso ainda.

A capa era marrom e estava desbotando, as letras já estavam ilegíveis. A lateral do livro estava cheia de marcadores de página, cada um com um nome muito bem impresso. Me detive um instante quando li "Corpo Seco" nos marcadores. Será que era aquele monstro? Não sabia, mas pelo menos a dona Silva ensinou algo útil: ler.

Senti um calafrio ao pensar na dona Silva com o pescoço quebrado e o sangue sugado pelo Pedro. O que ela fazia no cemitério, afinal? Não era muito frequentado...

Foi então que vi a marcação que precisava: Pisadeira. O nome estava claro. Parecia me chamar para abri-lo. Senti o ódio passar pelo meu sangue, agitado feito um lobo. Abri na marcação certa. Uma poeira incômoda encheu meus olhos d'água quando abri o livro. Sequei-os e examinei as páginas. Havia uma imagem. Um desenho praticamente idêntico ao da velha que matou minha irmã. Com certeza era ela. Mas quando fui ler o texto do lado, fiquei horrorizado. Estava em tupi. Até onde eu sabia, os nativos não sabiam ler ou escrever. Por que diabos aquele livro estaria em uma língua que não poderia ser lida?! Afinal, fora escrito por um português...

Fechei os olhos pensando em alguma solução, que não veio, mas quando eu os abri, o que estava escrito agora se mostrava em português. Não fazia o menor sentido. Um dos marca páginas ficou mais claro, me chamando a atenção: Xandoré.

Me concentrei na tradução sobre a Pisadeira:

Sobre: A Pisadeira é uma velha magra, de chinelos, amaldiçoada por Xandoré a jamais ter paz. Devido ao ódio que tem daqueles que possuem a gula, foi condenada a ser envenenada pelo próprio ódio para sempre. Aparece nas madrugadas para pisar na barriga das pessoas. Acredita-se tratar-se de uma alma atormentada, uma amaldiçoada. Nunca terá paz. Sua única vontade é pisotear aqueles que comem demais antes de dormir, provocando muita dor e falta de ar, podendo levar a vítima à morte. Ela vive pelos telhados esperando o guloso(a) se deitar para continuar sua sina.

Origem: (aqui as palavras estavam desbotadas e ilegíveis)
Como evitá-la: O ideal é não comer antes de dormir e evitar ao máximo adormecer de barriga pra cima. No entanto, para o caso das mães que alimentam seus bebês de madrugada, ou até mesmo para qualquer eventualidade, existe uma oração capaz de exorcizar a Pisadeira. É dito que a criatura sente muita dor e não volta ao lugar do ataque por um bom tempo. A seguir, o exorcismo:

Exorcismo:
São Vicente com São Simão me disse que a Pisadeira tem a mão furada.
São Vicente com São Simão me disse que a Pisadeira tem os olhos arregalados.
São Vicente com São Simão me disse que a Pisadeira tem o beiço arrevirado.
São Vicente com São Simão me disse que a Pisadeira tem o dente arreganhado.
São Vicente com São Simão mandaram a Pisadeira pra longe de mim.
CRUZ CREDO, PÉ DE PATO MANGALÔ TRÊS VEZES!

"Ok!", pensei. "Não parece muito difícil. E agora é mais ou menos a hora do carrasco chegar."

Corri pra cozinha antes que ele chegasse e levei o suficiente pra me empanturrar no quarto. Tranquei a porta pra evitar qualquer problema com ele. Fechei o livro e o coloquei no mesmo lugar de antes. Meu sangue subiu e corria por todo o corpo. Era hoje! Olhei a lua pela janela, estava quase cheia, mas não completamente. Sempre notei a diferença entre uma lua cheia e uma *quase* cheia. A luz que ela refletia era ótima. Isso sem falar que já não havia nuvens, o céu estava um azul bem escuro.

Mesmo com o cenário calmo, eu estava nervoso. Tinha que ser esperto. Eu queria vê-la. Queria ver aquele monstro agonizando enquanto eu a mandava pra longe. Devorei tudo o que trouxe da cozinha feito um fugitivo, tudo goela abaixo.

Ouvi o carrasco chegar e comer e beber de monte na cozinha. Minha barriga doía. Não ia dar pra esperar ela o levar. Tinha que tirá-la da vila agora.

Deitei na cama e fingi dormir, mas continuava com os olhos semiabertos. Repassando o exorcismo na cabeça.

Então ela veio.

Ainda ouvia meu pai arrotando na cozinha de baixo. Essa velha nem teve a capacidade de esperar ele primeiro. É uma maldita mesmo.

Mesmo com os olhos semicerrados, eu a percebi me encarando com seus grandes olhos vermelhos. Agora que estava perto, percebi que a velha magrela tinha dentes verdes. Era assustadora, com certeza, mas o ódio me fez esquecer do medo. Quando ela foi pisotear minha barriga, rolei pra fora da cama e comecei a rezar:

– São Vicente com São Simão me disse que a Pisadeira tem a mão furada.

"São Vicente com São Simão me disse que a Pisadeira tem os olhos arregalados.

"São Vicente com São Simão me disse que a Pisadeira tem o beiço arrevirado.

"São Vicente com São Simão me disse que a Pisadeira tem o dente arreganhado..."

Precisei parar pra tomar fôlego. A Pisadeira estava furiosa. Com aquele mesmo grito de bruxa, voou pra cima de mim tentando me estrangular. Corri, mas ele me impediu de chegar à porta, era mais ágil do que eu pensava. Eu precisava terminar o que tinha começado. Me desviando das investidas dela, continuei:

– São Vicente com São Simão mandaram a Pisadeira pra longe de mim... – ela me segurou pelo pescoço. Antes que o apertasse gritei como se não houvesse amanhã: – CRUZ CREDO, PÉ DE PATO MANGALÔ TRÊS VEZES! – respirei, aliviado e caí de joelhos. A Pisadeira guinchou de dor. Me largou e, segurando o próprio pescoço com as duas mãos, ela gritou mais. Estava com muita dor, não ia mais poder ficar por ali. E eu estava adorando aquilo.

Ouvi o carrasco subir as escadas gritando:

– O que está havendo aí?! – dava pra ouvir a voz grogue e os passos cambaleantes.

A Pisadeira me lançou um olhar de puro ódio antes de ser lançada janela afora, longe da minha terra, por um bom tempo.

O silêncio não ficou em casa por muito tempo. Pude ouvir o

carrasco na porta, tentando derrubá-la. Mas o álcool tinha tirado bastante da força dele. Ouvi ele abrindo uma porta do outro lado do corredor.

"As minhas irmãs!", pensei, apavorado. "Como elas não trancaram a porta?!".

Ouvi os gritos. Ouvi aqueles sons que sabia muito bem o que eram: os gritos de dor das minhas irmãs, a risada frenética de palhaço do carrasco, e o silêncio. Depois os passos leves feito os de um inseto, indo para o próprio quarto e se trancando nele.

Destranquei minha porta e corri pra ver Daniela e Mariângela. As duas estavam chorando em desespero. Com as roupas rasgadas, elas olharam pra mim. Daniela gritou e fechou a porta antes que eu entrasse.

Não se lembraram de trancar a porta... Agora é tarde.

Tinha me livrado de um demônio quando o verdadeiro maldito continuava vivo embaixo do nosso teto!

Corri pro quarto. A Pisadeira era o menor dos problemas. Peguei o livro, me lembrei do que Dante tinha dito: "Mas tem coisas muito interessantes se quiser ver mais...".

Talvez houvesse um jeito de me livrar do carrasco! Nem que eu mesmo tivesse que fazê-lo sumir.

Peguei o livro e procurei as marcações. Li a de Corpo Seco, falando sobre um adolescente que batia constantemente na mãe. Rejeitado por Deus e pelo Diabo, e até pela própria terra, que cuspiu ele fora e se tornou infértil. Ele vaga pelo seu cemitério em busca de sangue pra continuar vivendo. Um dia secará completamente e morrerá.

Não queria o carrasco vagando depois de morto. Queria ele no inferno, isso sim!

Lembrei-me do som de alguém pulando na água. Vi o nome "Boto". Era um animal de água, por isso li.

Falava de um homem amaldiçoado (como todos no livro, pelo jeito). Ele foi transformado em boto por Xandoré, após... (as palavras estavam desbotadas aqui). Foi sentenciado a viver na forma de um animal. Só consegue se transformar em homem nas noites de festa, quando vai atrás de garotas para aproveitar a noite, abandonando-as no dia seguinte. Quando volta a ser um boto, sua transformação não é completa, as narinas continuam no topo da cabeça, por isso usa chapéu.

Pensei no Dante... Esse com certeza era ele.

Não sei por quê, mas minha curiosidade me levou a abrir a maldição de um tal de "Lobisomem". Meu próprio cabelo marcava a página, sem me incomodar, tirei-o e comecei a ler:

"Sobre": Amaldiçoado por Xandoré pelo extremo ódio e seu desejo assassino por essa pessoa. Também conhecido por licantropia. Nas noites de lua cheia, o humano se torna em uma fera lupina que mata e possivelmente devora tudo o que encontra pela frente. É quase impossível a consciência do humano estar acordada durante a transformação. Ele se torna uma fera irracional que age por instinto.

Origem: Ainda indefinida.

Como evitá-lo: o único modo de matar um lobisomem é com uma bala ou algum objeto cortante de prata pura. Qualquer outro método é inútil, pois cura-se de quaisquer ferimentos. Na sua forma humana, não pode ser morto. Todas as feridas são curadas na lua cheia.

Aviso: Se o lobisomem ferir uma pessoa e não matá-la, essa pessoa será amaldiçoada como ele.

Origem não definida? Que ótimo! Não precisava saber dessa maldição mesmo...

Em todas as marcações estava: "Foi amaldiçoado por Xandoré, devido..." O livro tinha uma marcação sobre Xandoré, eu precisava ler aquilo:

"Sobre":

Pouco se sabe sobre Xandoré. Apenas que ele é um dos inimigos de Tupã, irmão de Anhangá, o deus do inferno e marido da temível Tice. O deus do ódio é responsável por amaldiçoar aqueles que se atrevem a bisbilhotar demais o Livro Maldito. Assim como possui ódio extremo por algumas pessoas...

Por ser um deus, não pode ser morto, apenas evitado.

Como evitá-lo: Seria inútil aconselhar a não sentir ódio. É uma emoção humana como qualquer outra. A única forma de escapar das maldições de Xandoré é não ler mais do que três maldições desse livro. Uma vez ultrapassado o limite, não há o que se fazer...

Fechei o livro.

Eu tinha lido cinco maldições. Será que eu iria virar uma que não li? Ou seria o contrário? Não tinha como saber. E o pior, não achei um jeito de me livrar do carrasco.

Senti um cansaço súbito e fora do normal. Guardei o livro e praticamente desmaiei.

Acordei no dia seguinte com o carrasco esmurrando a porta pra eu trabalhar. Fiz o serviço de forma mecânica. Não importava mais, não sabia quanto tempo tinha. Mas queria pelo menos terminar o que comecei.

Depois do serviço no pôr do sol, fui ver o padre Eduardo. Eu tinha escrito a reza da Pisadeira em outro papel. Era melhor deixar aquilo com alguém, caso fosse necessário. Fora do Livro Maldito. Fora daquele inferno.

O padre aceitou de bom grado. Quando olhou pra mim e pra minha preocupação, ele disse:

– Apenas... Não faça nenhuma loucura, tudo bem, filho?

– Não posso prometer, padre – respondi.

Voltei pra casa. Dessa vez fiz questão de mandar as gêmeas pra igreja. O padre Eduardo não entendeu por quê (ninguém sabe o que acontece nessa casa), mas pareceu não conseguir protestar com o olhar que lhe dei. Seja lá o que acontecesse hoje, não as queria envolvidas.

A noite chegou. O carrasco estava praticamente surtando:

– Se sua mãe pensa que pode me deixar aqui esperando, está enganada! Meu irmão, eu sabia! Sempre soube. Vou arrancar ela daquela vila pelos cabelos e enterrar com a Francisca, se precisar!

Sim, eu não tinha ido pro quarto. E não, não estava assustado. Tudo o que sentia agora era ódio. Mais forte do que jamais senti, mais forte do que com a Pisadeira.

Me lembrei de como fiquei quando vi aquele demônio quase sufocar de dor. Me lembrei de como adorei aquilo, e olhei pro carrasco...

O sol se pôs. A noite veio. Ele continuava falando, mas já não prestava atenção. Meu sangue estava fervendo demais.

Olhei pro céu pela porta. A lua estava bem de frente pra mim. Essa, sim, era legítima. Agora estava cheia. Eram sete e vinte da noite.

Caí do sofá de onde estava sentado. Senti uma pontada de dor

muito grande, como se tivesse levado uma facada pelas costas e sentisse o sangue pela boca. O carrasco só me mandou parar de drama e voltar pro sofá. Mas a dor não parou. Agora era nas mãos e nos pés, parecia que minhas unhas estavam querendo saltar pra fora deles. Gritei em desespero, o carrasco nem deu bola. Ele estava de costas e continuou, dessa vez aos berros. Não parava de gritar nem pra tomar fôlego. Meu esqueleto inteiro parecia querer rasgar minha pele. Era insuportável. Quando a dor chegou até a garganta, a voz sumiu. Senti minha boca rasgando, mesmo eu continuando a gritar de dor. Quando esta chegou na cabeça, apaguei. A última coisa que ouvi do carrasco foi:
— Maledictus?! Droga, eu sabia! — ele nunca havia dito o meu nome completo antes.

Quando abri os olhos, estava em uma sala com vários pedestais formando um círculo imenso. A distância de um pra outro era de metros, praticamente. Quando olhei pra baixo, já não sentia mais dor, estava em cima de um dos pedestais. Abaixo deles, havia um abismo enorme.

Quando olhei pra minha frente, fechando o círculo de pedestais, havia uma cadeira que mais parecia um trono. Era preta e vermelha e não era nada agradável de ver. Nele estava sentado um homem bem forte e velho, de olhos vermelhos e com uma beleza que assustava pra um idoso. Muito maior do que eu, seus olhos transbordavam ódio. Mas sua boca fazia uma expressão de deboche. Ele começou a falar:
— Deem boas vindas ao mais novo amaldiçoado: Maledictus! — ele segurou um riso de sarcasmo. — O nome já diz tudo! Me chame de Xandoré.

Quando dei por mim, vários dos pedestais sobre o abismo estavam ocupados. Alguns estavam vazios. Vi o Dante na forma humana, com um sorriso macabro estampado no rosto:
— Eu disse que tinha coisas interessantes no livro. Não disse, garoto?
— Dante...!
— Ah sim! O livro! É fantástico, não é? — ele mostrou os dentes de novo.

Olhei à minha volta com olhos arregalados. Tinha alguns pedestais vazios, mas todos os outros estavam ocupados com criaturas macabras. Em um deles, uma mula preta sem cabeça espirrando fogo do pescoço. No outro, uma velha deformada de capuz, brincando com uma marionete feita de ossos enquanto olhava pra mim. Tinha também um homem de barba mal cortada com um saco enorme nas costas. Mas esse eu achei ridículo.

– Onde está a Pisadeira, Corpo Seco? – Xandoré perguntou.

– E eu vou saber? Talvez demore pra ela voltar dessa vez – disse Corpo Seco.

– Que seja. Maledictus, esse livro agora é de sua responsabilidade – o livro caiu em minhas mãos. – Boa sorte com a maldição – ele deu aquele sorriso terrível de novo, graças ao seu ódio. – Agora ele está um pouco mais completo. Pode ler uma última vez.

Não era um pedido. Era uma ordem. O livro abriu na página do lobisomem, agora tinha algo escrito em "origem":

Origem: todo filho homem de uma família com sete mulheres anteriores a ele se tornará um lobisomem quando completar treze anos. Em toda lua cheia ele se transformará, a mente humana terá extrema dificuldade de assumir o controle em sua forma bestial. O lobisomem voltará a ser humano quando a lua cheia sumir do céu noturno.

Arregalei os olhos, o equilíbrio vacilou:

– Ei, não vá cair – Dante avisou.

Recuperei o equilíbrio.

– Como assim?! – perguntei, mesmo já sabendo da minha maldição.

– Foi o que você entendeu – Xandoré começou a sumir. – Agora, boa sorte. Tenho que me encontrar com Tice – e desapareceu.

– Não reclame – Corpo Seco comentou antes de sumir também.

– Pelo menos você não é imortal. Vai descansar alguma hora – e sumiu.

– Pense bem, garoto. Vai ser só na lua cheia. Eu só sou humano em algumas noites... – Dante comentou antes de sumir também.

As outras criaturas cochicharam algumas coisas e desapareceram também.

Não interessava o que diziam. No livro mesmo dizia que não era

AMALDIÇOADO 117

impossível ter o controle. Enquanto eu vivesse, lutaria pra controlar a fera. Custasse o que custasse.

Quando minha mente voltou pra sala de casa, eu estava de barriga cheia, o gosto de sangue quente na minha boca era ótimo. Eu olhei com satisfação para a pilha de carne e osso mal coberta pelas roupas rasgadas do carrasco no chão.

Minha mãe estava na porta. Com os olhos arregalados e com o corpo paralisado. Vendo-me com um tamanho anormal, transformado em uma fera com dentes enormes e toda coberta de pelos. Um lobisomem. Os olhos diziam tudo: agora eu era aquela fera horrenda, até o amanhecer.

Ela tinha me traído, não é? Ela ia fazer alguma coisa contra a minha vontade se Fran não tivesse morrido, certo? Perguntei-me se o gosto da carne dela era tão bom quanto eu imaginava. Até que vi meu tio atrás dela, carregando o caixão de Fran. Eles iriam fazer o velório até amanhã de manhã, talvez...

Eu estava satisfeito. O carrasco ainda tinha bons nacos de carne. Carreguei o seu corpo com a boca e sumi quebrando a janela. Corri mata adentro.

Mesmo quando a manhã chegasse, prometi nunca voltar para a vila de novo.

Diário de bordo

29 de janeiro de 1500. Costa do Brasil

Tentarei ser breve em minha descrição, pois, sinceramente, não sei se viverei para terminar este relato.

As ordens do capitão foram claras: registrar os últimos acontecimentos. Tenho de obedecer. Preciso obedecer! Mesmo ferido. Não paro de sangrar... Acho que o corte na cabeça é grave. Enfim, não tenho tempo a perder. A tripulação está morta, ou melhor, a maioria, pois ainda ouço os gritos de alguns homens sob as garras da criatura. A morte se aproxima. Sei que ela está lá fora, na floresta... e me observa. Não tenho saída.

Vamos aos fatos, antes que seja tarde.

Relato aqui os últimos feitos da tripulação de Saturno, sexta caravela da esquadra liderada por nosso capitão-mor Vicente Yáñez Pinzón.

Fiquei responsável por registrar nossa incursão pelo Rio Amazonas, no Novo Mundo do Sul, porque sou o único que sabe ler e escrever, além do capitão de nossa caravela, Dom Esteban Gonzalez & Gonzalez. Meu nome é Filipe, jovem padre franciscano pertencente à Ordem dos Frades Menores, um dos vinte e quatro tripulantes da Saturno.

Perdoe-me pela caligrafia e falta de precisão nas informações. Estou ferido e o demônio me caça. Mesmo sendo um frade, neste momento, duvido da benevolência de Deus. Se o Criador existe, que este relato seja encontrado e divulgado caso eu não consiga retornar. Todos precisam saber que esta nova terra é amaldiçoada... Navegadores, NÃO VENHAM PARA CÁ! Deus nos abandonou no dia 15 de janeiro do ano de 1500, quando tentávamos aportar em uma das praias do Novo Mundo do Sul. Fomos "recebidos" com milhares de flechas, uma das quais atingiu minha perna de raspão...

Foco, Filipe, foco! Relate apenas os fatos!

O capitão ordenou disparar tiros de advertência, mas os selvagens não interromperam o ataque. Suas flechas atingiram alguns homens de nossa caravela e das restantes também. Os marujos comentaram que o próprio capitão-mor Pinzón foi atingido no ombro. Devido à imensa resistência dos selvagens em nossa aproximação, tivemos de subir a costa. Por incrível que pareça, seis caravelas não foram suficientes para rechaçar as milhares de flechas que caíam como chuva de verão sobre nossas cabeças. Pinzón ordenou que nos afastássemos do alcance das setas inimigas enquanto avançávamos na direção norte.

Mesmo a pé e distantes, os selvagens nos seguiram por terra. No dia 19 de janeiro, chegamos à foz de um gigantesco rio, nomeado por nosso capitão-mor de Rio Santa María del Mar Dulce (Rio Amazonas).

Ancoramos perto da Ilha de Marajó para nos organizar e decidir o que fazer. Nesta etapa da viagem, eu ainda não sabia quais eram as reais intensões de nosso capitão Esteban e de seu comparsa, capitão Dominíco Barboza, comandante da Estrella del Mar, quinta caravela da esquadra.

O capitão-mor Pinzón ordenou que nossa frota se retirasse do litoral deste continente maldito e fosse para as recém-descobertas terras ao norte, conquistadas por seu antigo comandante e amigo, Cristóvão Colombo.

Não paro de sangrar... Maldição!

Enfim...

Existem fatos que a história não registra por questões políticas e religiosas, e tenho certeza de que essa viagem não será registrada para que caia no esquecimento. Mas aqui, diante da morte, abandonado por Deus nesta terra de ninguém, deixarei meu testemunho das reais intenções de nossos capitães e governantes.

Inicialmente, achávamos que nossa missão era explorar e conquistar as novas terras em nome de nosso grandioso rei Fernando V. Sabíamos que os portugueses estavam muito avançados na arte da navegação e que eles haviam descoberto rotas secretas. Vasco da Gama e Duarte Pacheco Pereira já tinham explorado os mares do sul.

Depois de acompanhar Cristóvão Colombo em sua empreitada, nosso capitão-mor retornou à Espanha para conseguir uma nova esquadra junto ao rei. Em 1495, convenceu nossa majestade Fernando V e o santíssimo papa Alexandre VI de que as terras do Novo Mundo do Sul precisavam ser dominadas por homens fiéis e dignos de Deus. É por esse motivo que fui designado a fazer parte da tripulação, para doutrinar esses selvagens!

Essa é a mentira que Esteban e Domínico arquitetaram para convencer a todos da validade da empreitada. O real motivo de nossa viagem só descobri aqui, neste inferno, enquanto estávamos ancorados perto da Ilha de Marajó.

Voltemos aos fatos, então.

Pinzón, como capitão-mor e fiel aos valores da coroa e do papado, decidiu retornar às terras do norte e abandonar a missão de desembarcar no Brasil. Os selvagens que receberam Colombo foram mais amistosos. Logo poderiam ter a misericórdia de Cristo a seu favor e conseguir a salvação. Esteban e Domínico protestaram imediatamente e pediram que suas caravelas ficassem para tentar nova abordagem. Vicente Pinzón inicialmente não aceitou tal pedido, mas depois de longas conversas a portas fechadas com ambos os capitães, mudou de ideia e permitiu que as duas embarcações ficassem por conta e risco deles. O restante da esquadra seguiria para o norte e não retornaria para socorro.

No dia 21 de janeiro, o capitão-mor partiu com os quatro navios remanescentes de sua esquadra. E nós... ficamos. Naquele dia, ainda não sabíamos o quão estúpida tinha sido tal decisão.

Ouço algo se aproximar... som de passos... estranhos... Que a Virgem Santíssima me dê tempo de terminar esse relato!

Esteban e Dominíco, apesar de nobres, não tinham a intensão de conquistar as terras para o rei Fernando V, muito menos catequizar os selvagens. Suas intenções eram muito mais sórdidas. Sinceramente, não sei como convenceram o capitão-mor a deixá-los para trás com duas ótimas caravelas. O que sei é que Dominíco é descendente de uma tradicional família castelhana, amante de pedras preciosas e ouro. Já Esteban, é filho de uma família de origem libanesa que há quatro gerações migrou para a Península Ibérica, fugida da região do Mediterrâneo. Os dois navegantes cresceram juntos, tiveram a mesma formação como capitães e tramaram algo juntos. Eles tinham arquitetado um plano secreto em que um estranho mapa forneceria a rota.

Estrella del Mar e Saturno se aproximaram da foz do Rio Amazonas, e ali começaria nossa real tragédia. Na noite seguinte à partida da esquadra, fomos atacados por índios tupinambás em pequenas canoas. Uma estranha penumbra obstruiu a luz do luar, e nossos vigias não perceberam a aproximação dos selvagens, que abateram dez marujos com suas flechas mortais. Seis homens da Estrella del Mar e quatro da Saturno. Assim que os índios fugiram, o tempo melhorou e a penumbra desapareceu.

No dia seguinte, a Estrella del Mar iniciou a ofensiva rio acima. Sinceramente, não entendo de técnicas de navegação, mas sei que Dominíco conseguiu fazer sua caravela subir o Rio Amazonas mesmo contra a correnteza. Feito impressionante.

E assim as embarcações se separaram. Enquanto a Estrella del Mar subia o imenso rio, a Saturno ficou ancorada perto da Ilha de Marajó, bombardeando-a. Havia muita resistência indígena, pois milhares de selvagens habitavam a região. Do que pude notar, havia em Marajó uma cidade muito bem construída pelos índios. Como bárbaros sem alma podem ser tão organizados como aqueles tupinambás? Suas comunidades parecem ser mais organizadas e bem distribuídas do que as dos europeus. Às vezes, penso: será que poderíamos ter aprendido algo com eles?

Foco, Filipe!

Capitão Esteban nos informou que a outra embarcação partira com a missão de averiguar se o rio era navegável, pois o estranho mapa mostrava que aquela seria a nossa rota dali em diante. A

Estrella del Mar avançaria, e dentro de quatro dias seríamos informados de seu progresso por homens em pequenos barcos.

Os dias se passaram, nossa batalha com os índios se tornou mais feroz e... ninguém da Estrella del Mar apareceu. Ninguém! Na manhã do quinto dia, Esteban percebeu que nossa munição estava acabando e os índios de Marajó não desistiam. Ordenou que subíssemos o rio. Talvez a Estrella del Mar precisasse de nosso auxílio. E o objetivo de ambos os capitães não era tomar aquela ilha... As reais intenções estavam guardadas rio acima. Nossa embarcação subiu ziguezagueando o imenso rio.

Depois de navegar algumas léguas, começamos a nos deparar com as coisas estranhas dessa terra. Arrepio-me só de lembrar daquelas imagens... De dentro do rio, brotaram estátuas de índias chorando em várias posições. Estavam distribuídas ao longo do rio. Pareciam avisos, como se alertassem os navegantes para não continuarem o avanço rio acima. Guardiãs silenciosas, protetoras petrificadas. *Por que não demos ouvidos a essas mensagens? Por quê?*

Depois de um dia inteiro de incursão, na noite seguinte ao encontro com as estátuas, tivemos a confirmação. Navegando sob a luz da lua cheia, gigantesca no meio do céu estrelado, não havia chuva. Fato raro para aquela região. Encontramos algo ainda mais assustador.

À nossa frente estava a Estrella del Mar, quase completamente submersa. Apenas sua popa estava acima no nível do rio. Conforme avançávamos para mais perto da embarcação, ouvíamos um homem falar. Na verdade, ele parecia pregar, pois falava em latim.

Ao chegarmos ao lado da embarcação naufragada, pudemos ver o padre da tripulação da Estrella del Mar de braços abertos sobre a popa. Estava muito ferido e proferia suas palavras aos céus. Como eu falava latim, capitão Esteban me chamou para traduzir o que meu colega frade dizia em sua alucinação. O que pude entender de seus delírios foi: "Ainda há demônios vivos sobre essa terra não abençoada pela Virgem. Os europeus caçadores de diabos não limparam a face do planeta de todo o mal. Mal sabem eles das desgraças existentes nesses confins do mundo. Ó Cristo Rei, leve minha alma para longe de Satanás!".

E o colega frade repetia tais palavras infinitamente. Tentamos abordá-lo, mas o homem estava insano. Mergulhado em sua loucura, continuou a proferir palavras aos céus, como se a lua o estivesse ouvindo. Nosso capitão ordenou que um dos marujos o trouxesse a bordo, e nesse instante, meu amigo frade saiu de seu transe. Soltou um berro ao nos reconhecer, retirou de sua batina uma pistola e atirou contra a própria cabeça. Seu corpo despencou e caiu no rio, desaparecendo nas profundezas.

Ficamos chocados com a cena, e um silêncio mórbido tomou conta do convés. Voltamos à realidade com inúmeras vozes selvagens que berravam algo indecifrável na margem direita do rio. Imediatamente, várias tochas se acenderam, e junto com elas, inúmeras flechas caíram sobre nossas cabeças.

Não teríamos balas de canhão suficientes para rechaçar a quantidade de selvagens que nos atacavam. Esteban então ordenou que nos aproximássemos da margem esquerda do rio, fugindo do alcance das setas. Se houvesse sobreviventes, eles estariam daquele lado do rio.

Ao ver que a margem direita do rio estava infestada de selvagens e a margem esquerda estava quieta, muito quieta, meu coração pressentiu o mal. Devia ter dado ouvidos às minhas intuições e avisado o capitão. Aquela margem estava quieta demais!

O casco do navio esbarrou contra algum banco de areia. Pelo menos estávamos protegidos das flechas inimigas, a não ser que fôssemos atacados por índios em pequenas canoas, como aconteceu dias antes. Prevendo tal ação, Esteban ordenou que todos estivessem com seus mosquetes em mãos e prontos para defender o navio. Quando o silêncio caiu sobre o convés, ouvimos gritos espanhóis vindos das entranhas da floresta, da margem esquerda do rio. Os homens estavam vivos e imploravam por socorro.

Nosso capitão ordenou que descêssemos em auxílio, deixando apenas cinco homens para protegerem a caravela.

Desembarquei também, com uma cruz na mão direita e uma pistola na esquerda. Teria Deus e o Diabo para me proteger do que quer que fosse.

Ao pisarmos em solo, um tipo estranho de terra preta, Esteban organizou os homens de forma que protegêssemos uns aos outros. Com mosquetes e pistolas em mãos, sabres nas bainhas, estaríamos protegidos de qualquer ataque. Eu ia ao meio, apertando a cruz com todas as minhas forças, enquanto proferia orações ao Altíssimo. Avançamos aos poucos, distanciando-nos da margem do rio. Por prudência, Esteban não permitiu que acendêssemos tochas. Isso seria um chamariz para nossos inimigos. A lua era a única fonte de luz que tínhamos para nos guiar.

Após avançar uns duzentos passos, ouvimos alguma coisa correr pela vegetação. E vinha em nossa direção. Das entranhas da floresta, surgiu um marujo da Estrella del Mar. O homem estava ferido, com cortes por todo o corpo, e sua face expressava o terror que vivera. Berrou ao capitão para que fugíssemos dali antes que fosse tarde demais. Esteban protestou e disse que iria auxiliar os outros sobreviventes, principalmente na busca de seu amigo Dominíco. O homem aterrorizado disse em meio ao desespero que o capitão Dominíco tinha desaparecido e que o restante da tripulação fora morta pelas garras da criatura.

Criatura? Que criatura? Foi o que pensei no momento em que ouvi o homem... A mesma criatura que se aproxima de meu esconderijo nesse instante!

De um modo estranho, nosso capitão parecia já saber de tal perigo. Calmamente, pegou em sua mochila uma garrafa de aguardente e um rolo de corda. Esteban demonstrava um estranho controle emocional, mesmo tendo ouvido que seu amigo de longa data estava desaparecido.

Conferiu mais uma vez o mapa, escrito em latim, porém com estranhos caracteres fenícios. O capitão me chamou, colocou o mapa em minhas mãos e pediu para que eu o lesse em voz alta, dando as instruções enquanto ele as executava. Estava escrito:

Dos cuidados com a margem esquerda.

... o caminho não é fácil e diversas criaturas protegem a margem do rio. Jamais, jamais pisem em terra antes de chegar à cidade dourada. Caso algo aconteça, existe uma maneira, rústica e arriscada, de afastar a criatura da margem esquerda.

A criatura emite sons para enganar os homens. Não confiem em seus sentidos se estiverem em terra. Permaneçam juntos todo o tempo e em hipótese alguma se separem. É possível que o monstro crie ilusões com o intento de enlouquecer os homens ou fazê-los se perderem de suas trilhas.

A maneira de afastar a criatura é a seguinte: tenha em mãos bebida alcoólica e um pedaço de corda. Coloque pequenas quantidades do líquido espalhadas pela floresta, em pontos estratégicos que permitam um tiro certeiro. Faça isso durante o avanço por terra.

Se mesmo assim a criatura chegar próximo o bastante do grupo, amarre a garrafa de bebida em uma ponta da corda e gire-a, por cima do perímetro do grupo. Caso esteja sozinho, gire-a em volta de si mesmo.

Se a criatura atacar, será atingida pelo líquido, que a confundirá. Se possível, mate-a nesse mesmo momento, pois não haverá outra chance! O mostro se distrai com o cheiro do álcool, mas é por pouco tempo.

Constatamos também que o bicho parece gostar de tecidos com nós, porém esse método é bem menos eficaz que o primeiro.

É preciso lembrar que são defesas rústicas e que não são seguras. O ideal é continuar o avanço para Eldorado pelo rio. A criatura matará a todos em terra.

Então era isso! As reais intenções de Esteban e Dominíco era chegar até a mítica cidade construída em ouro: Eldorado! As lendas e contos diziam que havia uma cidade construída do puro ouro, governada por reis que vestiam roupas de ouro. E o estranho mapa do capitão indicava a rota para a cidade perdida. Os fenícios encontraram sua localização no passado, e agora os dois capitães espanhóis queriam conquistá-la.

Os fenícios falharam no passado, pois não tinham forças para enfrentar o povo dourado. Os espanhóis tinham a certeza que seu tempo tinha chegado e que poderiam subjugar o grandioso Rei-Sol, governante de Eldorado. Acreditavam que, com Deus no coração e a pólvora na mão, a cidade de ouro seria deles.

Que ingenuidade a nossa! Não tínhamos condições nem de enfrentar o ser que morava na margem esquerda do Rio Amazonas.

Esteban preparou a corda e a aguardente, como o mapa indicava. Espalhou pequenas quantidades do líquido ao longo da floresta. Os marujos mantinham a formação, mas estavam impressionados com as reais intenções de nosso capitão. Logo o medo deu lugar à cobiça e todos quiseram continuar o avanço rio acima. Homens desejam ouro mais do que a própria vida.

Mas naquele momento, já estávamos amaldiçoados! Ouvimos uma grande explosão cortar a noite. Vimos nosso navio Saturno voar em milhares de pedaços pelo céu. Alguém ou alguma coisa colocara fogo nos barris de pólvora nos porões do navio.

Era o nosso fim! Perdidos em uma terra amaldiçoada, sem nossa caravela. Os quinze tripulantes restantes e o único sobrevivente da Estrella del Mar viram os inúmeros pedaços da embarcação subir e cair como chuva fina por toda a extensão da floresta e do rio. Alguns se desesperaram e começaram a berrar. Esteban manteve a firmeza e não permitiu que ninguém desfizesse a formação. Eu mesmo já tinha perdido as esperanças. Entregava ali minha alma a Deus e jurava servi-lo até o fim. Ledo engano o meu... Minha crença no Criador evaporou-se quando eu vi os olhos da criatura nos espreitando no meio da floresta. Se Deus existe, por que ele permite que tal criatura exista? Por que dar poderes ao Diabo para criar esse ser? Aqueles olhos roubaram minha fé!

Capitão Esteban também percebeu que estávamos sendo vigiados. Começou a girar a garrafa de aguardente com a corda. Tomava cuidado para não acertar nenhuma árvore em volta e assim desperdiçar nossa única defesa. A criatura soltou um grito estranho que confundiu nossos sentidos. Meus ouvidos começaram a ouvir vozes. Vozes de espanhóis em desespero e de índios em pleno terror. Meus olhos viam as árvores se mexerem como se dançassem. Senti milhares de formigas subirem pelo meu corpo.

Confesso que o meu desejo naquele instante era rezar. Mas quem disse que a mente consegue lembrar alguma oração ou salmo em momento de pavor? Era o Diabo que brincava conosco!

O único que continuava firme era o nosso capitão. Esteban manteve a serenidade enquanto girava a garrafa acima das nossas cabeças. Pedia exaustivamente para os homens sustentarem a formação. Ordenava que os mosquetes estivessem prontos, pois em breve teríamos de atirar.

Avançamos alguns passos e Esteban encontrou pegadas. Pegadas de pés descalços! Seriam da criatura? Mas aqueles pés mais pareciam os de uma criança pequena! Ainda em formação, o capitão ordenou que seguíssemos aquela trilha.

As marcas no chão iam para o interior da floresta, afastando-se da margem do grande rio. Cautelosos, avançamos. Armados, vigiávamos todas as direções enquanto nosso capitão girava a corda.

Ouvimos barulho no mato! À nossa frente! Os marujos apontaram os mosquetes. Foram momentos de angústia. Eis que surgiu um índio em meio às folhas. Os homens se assustaram e alguns apertaram os gatilhos. O índio despencou morto. Esteban gritou para que nenhum tiro mais fosse disparado. Atrás do cadáver do índio, surgiu outro selvagem. Estava tão assustado quanto nós. Viu o corpo do companheiro esticado, mas pareceu nem se importar. Seu pavor era tamanho que se aproximou de nós, tentando se comunicar. Nada entendíamos de sua língua, mas era claro o seu desespero. Por meio de gestos, Esteban pediu que o índio se acalmasse. Ele pensaria em alguma forma de estabelecer comunicação com o primitivo. O índio se calou, mas ainda estava muito agitado, olhando para todos os lados. Sabia que a criatura estava à espreita.

Com as mãos, Esteban mostrou ao índio que nosso grupo seguia as pegadas deixadas pela criança no chão. Ao perceber nossa mensagem, o selvagem voltou a pronunciar suas palavras estranhas, plenas de pavor. Nosso capitão entendeu aquilo como uma advertência de que estávamos cometendo um grande erro em seguir aquelas pegadas.

Após pronunciar seu dialeto desconhecido para nós, o primitivo pegou na mão de nosso capitão e começou a puxá-lo. Parecia mostrar o caminho que deveríamos seguir.

Embora a lua clareasse aquela noite quente, o índio se guiava através da floresta por métodos que desconhecíamos. Parecia se guiar pelas árvores. Por todo o trajeto, o selvagem foi "conversando". Não entendíamos nada e não sabíamos para onde nos levava. Mas o que nos restava? A tripulação da Estrella del Mar morta... Nosso navio destruído... Abandonados por Deus... Só nos restava confiar nas intenções do primitivo.

Após caminhar um pouco, chegamos a uma clareira repleta de pequenas ocas. O lugar estava abandonado, tendo apenas a luz da lua como companhia. O índio gesticulou para que aguardássemos no meio da clareira. Ele correu até o interior de uma oca, pegou um arco e uma flecha e, antes de atirá-la para cima, passou um estranho líquido em sua ponta. Assim que disparou a seta para o céu, esta se incendiou.

Logo, outras setas subiram, em chamas. Isso indicava que havia outros índios não muito longe dali. O índio nos convidou com palavras e gestos a segui-lo. Ao que tudo indicava, levar-nos-ia à sua tribo. Pelo menos estaríamos longe da criatura...

O capitão confiou no selvagem, e novamente entramos nas entranhas da floresta. A mata estava mais fechada e o luar pouco nos ajudou a enxergar. Porém, o índio mostrava incrível capacidade de navegação. Avançávamos bem, até que...

Espere! Tudo está quieto lá fora. O silêncio deste lugar me assusta mais do que os gritos de desespero dos homens.

Filipe, volte ao relato!

Avançamos bem, até que... algo terrível aconteceu! Havia um corpo nu decapitado à nossa frente. Todos se assustaram ao ver o cadáver. Esteban avançou para tentar reconhecer o morto. Foi neste momento que a cabeça do falecido despencou do alto e caiu bem no meio do grupo de marujos. Era a cabeça de Dominíco Barboza, capitão da Estrella del Mar!

A primeira reação dos homens foi de pânico. Esteban gritou para que todos se controlassem. Quando os marujos olharam para nosso capitão para saber quais seriam suas próximas ordens, perceberam que havia uma criatura atrás dele. Todos berraram de espanto, apontando com o dedo a posição do monstro. Nosso capitão rapidamente se virou para trás e viu o ser próximo de si.

A criatura o golpeou no meio do peito, lançando-o contra o grupo de marujos. O índio, ao ver a criatura, correu apavorado. A criatura soltou um grito aterrorizante, para o desespero de todos. O que não podia acontecer, aconteceu! O grupo se desfez. Cada homem correu para um lado diferente.

Alguns abriram fogo contra a criatura, outros contra a própria cabeça, mas a maioria abandonou as armas em plena fuga. Eu... Eu paralisei diante do que via. A criatura estava sobre uma pequena rocha, observando os homens se dispersarem. Era um ser que tinha a altura de uma criança de dez anos, olhos negros, cabelos vermelhos, corpo peludo, garras terríveis no lugar dos dedos das mãos, e seus pés... seus pés eram invertidos!

Sim! Invertidos! Os calcanhares ficavam virados para frente e os dedos para trás!

BRASIL: TERRA AMALDIÇOADA 131

Eu continuava paralisado, sem poder de reação algum! Poderia ter atirado com a pistola que carregava, mas meus músculos não obedeciam mais. A criatura me encarou e logo saltaria contra minha pessoa. Quando eu estava prestes a ser atacado, Esteban posicionou-se entre nós e disparou contra o monstro.

Um pedaço da bala se partiu ao ricochetear na rocha e atingiu a minha testa. Por isso estou com este corte profundo. A única coisa que a maldita bala acertou, pois a criatura escapou.

Rápido como uma flecha, a criatura saltou e correu para dentro da floresta. Dava início à caçada aos homens dispersos. Nosso capitão se aproximou de mim e me deu um forte tapa no rosto para me livrar do choque. Foi neste momento que me ordenou registrar tudo! Era para eu tentar retornar ao rio e fugir. Despediu-se de mim ao entregar o diário de bordo...

Agora aqui estou... Escondido dentro de uma imensa árvore oca, ferido, ouvindo os últimos sobreviventes da tripulação serem executados pelo filho do Diabo. Vou tentar correr até o rio, que deve estar a uns trinta passos. Termina aqui o registro da expedição da Saturno, a caravela que foi amaldiçoada por Deus e o Diabo em sua frustrada missão ao Eldorado.

Filipe, 29 de janeiro de 1500.

Nota:

Este diário de bordo foi encontrado junto a um cadáver próximo ao Rio Amazonas. Segundo os portugueses que o encontraram, o cadáver trajava roupas de um oficial da esquadra espanhola, possivelmente, um capitão.

Outros corpos de marujos foram encontrados, porém nenhum deles trajava vestimentas típicas de um frade.

Termino este registro com algumas considerações colhidas por mim mesmo:

"É coisa sabida e pela boca de todos corre que há certos demônios que os brasis chamam de Curupira, que acometem aos índios muitas vezes no mato, dão-lhe de açoites, machucam-os e matam-os. São testemunhas

*disto os nossos irmãos, que viram algumas vezes os mortos por eles.
Por isso, costumam os índios deixar em certo caminho, que por ásperas
brenhas vai ter ao interior das terras, no cume da mais alta montanha,
quando por cá passam, penas de aves, abanadores, flechas e outras coisas
semelhantes, como uma espécie de oblação, rogando fervorosamente aos
Curupiras que não lhes façam mal."*

José de Anchieta, 30 de maio de 1560.

MARIA HELENA BANDEIRA

BRASIL FANTÁSTICO
A SACOLA DA ESCOLHA

Deus te salve, Lua Nova
Lua que Deus acrescenta
Quando fores, que vieres
Trazei-me desta semente

(cantiga popular)

Luz na água

No princípio era a escuridão. Caruçacaiba e seu filho Rairu estavam solitários. Não havia amor entre pai e filho naqueles tempos. Então Caru fez o céu, o sol, a lua e as estrelas para lhes fazer companhia e iluminar o caminho das caçadas. A floresta ainda dormia quando Rairu saiu atrás do bicho. Um vento frio descia das folhas verdes no alto das grandes árvores. Não se ouvia um som, mas o rapaz sentia o cheiro ficando mais forte. Prendendo a respiração, escondeu-se atrás do tucumãzeiro e aguardou. Os arbustos da taquara se agitaram ligeiramente quando o aguardado apareceu, o casco ainda pouco visível, quase uma ilusão no verde escuro da mata. Rairu deu um salto sobre ele, tão rápido quanto desce o gavião ao avistar a presa. O tatu embicou para dentro de um buraco na terra, mas ele conseguiu pegar seu rabo, e cantou vitória:

– Te peguei, filhote de tatu. Agora vais pra panela de meu pai, que não acredita na minha força.

Quando tentou tirar o bicho, viu que sua mão estava pregada, colada por um visgo tal que era impossível mexer os dedos. Para seu desespero, foi o danado que começou a puxá-lo para dentro da terra escura. Rairu firmou os pés com força, criando um sulco no solo macio, mas não adiantou. O animal devia ter parte com Anhangá, pois sua força era maior que a de Jurupari. Pouco a pouco foi sendo arrastado para o buraco, até que apenas os pés podiam ser vistos pela floresta indiferente. Depois, nem isto.

Caru estava feliz. Livrara-se do herdeiro incômodo que ameaçava seu reinado sobre o mundo. Riu da ingenuidade de Rairu em achar que podia medir forças com um encantado, enfeitiçado pelo Pai de todas as coisas.

Mas no exato momento em que pensava isto, a terra se abriu numa explosão poeirenta e o filho surgiu, glorioso, com o tatu nos braços. Antes que tivesse tempo de levantar o pau de timbira para derrubá--lo, seus olhos foram ofuscados pelo espetáculo de milhares de figuras saindo do buraco atrás do filho. Gente bonita, gente feia, corajosos e covardes, toda uma multidão para povoar o mundo que ele, Caru, criara sozinho. Enfurecido, agarrou alguns mais lentos e foi transformando--os em porcos, galinhas, bois e vacas para servi-lo. Mas não parava de sair gente de todo o tipo daquele buraco maldito. E Rairu ria, ria. Tanto que se distraiu com a alegria e não viu Caruçacaiba resvalar para trás dele com o tacape encantado, preparando-se para feri-lo. Foi quando um índio alto, que vinha emergindo justo naquela hora, gritou com força tal, alertando o guerreiro, que Caru hesitou o suficiente para que Rairu levantasse o braço impedindo o golpe mortal e derrubando a arma para longe do pai. Depois, milhares de outros índios, ao comando do primeiro, cercaram o Criador e o imobilizaram com uma corda de timbira, benta por Rairu, vencedor dos encantados, novo rei das coisas da mata e do mundo.

Quando viu que o pai estava bem amarrado, ele voltou-se para o primeiro guerreiro e lhe falou agradecido:

— Rairu tem sido enganado por seu pai Caru desde que o céu e as estrelas foram criados. Nem o poder do fogo ou a força da mata puderam ajudá-lo. Mas a união dos homens o venceu. Rairu tem o coração agradecido, e sela aqui uma aliança com teus guerreiros através de ti.

Assim falando, o novo Pai das Coisas apanhou umas folhas de taquara, amassou na mão e elas se transformaram numa bela pedra verde no formato de um animal meio humano.

– Este é o Muiraquitã. Ele será seu amuleto, o símbolo da nossa aliança. Guarde-o com cuidado e o entregue aos seus descendentes, pois todo aquele que o possuir, será um amigo de Rairu e estará sobre a proteção dos encantados.

A voz do índio foi ficando baixa e a cabeça pendeu no sono da velhice.

Caribanha tinha um jeito estranho de falar, como branco educado, e isso era uma coisa que Turuaçu não conseguia entender. Ele também falava como caraíba, mas fora educado na universidade de Manaus, era caboclo viajado, esteve por muitas partes deste Brasil de tanta terra. O velho nunca saiu da margem do Grande Rio, onde seus ancestrais fizeram morada. Estas e muitas outras coisas, ele não entendia sobre o avô.

Ficou olhando o fogo, cuja luz tirava fagulhas brilhantes do verde da pedra em sua mão, Muiraquitã. Levava sempre no pescoço, apesar de não acreditar em mandinga. Era o único que ainda escutava as histórias dele, o único preocupado com as origens do seu povo.

Levantou-se com cuidado para que o avô não percebesse que fora espectador daquela fraqueza de velho, e saiu pisando leve, herança jamais perdida dos tempos esquecidos.

A vila estava mergulhada no sono. Um sono profundo que vinha da decadência, da pobreza e do álcool. Foi caminhando pelas ruelas enlameadas, cheirando à urina humana e à cachaça. Pela porta entreaberta do bar, viu os amigos jogando sinuca, a fumaça do cigarro embaçando o ambiente. Desviando da continuação do casario pobre, desceu a pequena colina em direção ao rio que corria silencioso na escuridão.

Naquele ponto nem dava para ver a outra margem. À noite, as águas tinham ares de mar aberto, e um vento suave formava pequenas marolas. As estrelas pesavam solenes sobre ele, parado, contemplando a escuridão do Amazonas na lua nova. Atrás, à direita, a mata restante vigiava. Já estava se preparando para ir embora quando sua atenção foi atraída para uma luz no meio do rio, como se um grande peixe iluminado estivesse passando por ali. O brilho era tamanho que as águas se tornavam de um verde fosforescente, lembrando o Muiraquitã. A coisa ia se movendo de forma sinuosa sob o rio, lenta mas progressivamente. O jovem índico ficou estático, procurando uma explicação racional. Não há peixes iluminados nesta região, muito menos próximo da superfície. De repente, da escuridão acima do objeto, surgiram duas estrelas emitindo uma luz dourada e ofuscante, como um *flash* de fotógrafo. Fechou os olhos, protegendo a vista. Quando abriu, não havia mais nada. Nem estrelas, nem peixe fosforescente. Apenas o rio correndo silencioso na escuridão. "Dei pra ver visagens agora. Essas histórias do Caribanha tão me deixando maluco, e nem provei a cachaça batizada do Rufino." Mas sentia uma sensação esquisita, um desconforto, como se alguma coisa estivesse prestes a acontecer, alguma coisa definitiva.

Turuaçu era de uma nobre família de tuxauas e pajés, tinha o feitiço no sangue, mas não botava fé em venenos de sapos curadores, beberagens ou fumigações. Estudou na capital, fez faculdade de agronomia, no programa da ONG Civilizare. E tudo isto pra quê? Voltou à aldeia Kranaakore apenas para assistir aos irmãos sendo destruídos pelo vício do branco. Com muita dificuldade, havia implantado algumas hortas coletivas, amenizando a fome, ensinando métodos modernos de plantio. Só que não havia verbas nem disposição.

"Bem que eu gostaria de ter a ajuda dos encantados." Mas eles estavam quietos no seu encantamento, nem um pouco preocupados com a sorte dos antigos guerreiros.

Subiu a colina lentamente. Os outros continuavam no bar. Ouvia as risadas e a voz longínqua de uma TV ligada em alguma casa insone.

"Amanhã", algo dizia dentro dele. "Amanhã."

Acordou com o tumulto na sua porta. Abriu a janela e viu o Timbira, o Jagunço e o Pintado conversando nervosos, as faces vermelhas de excitação.

– Oi, pessoal! Vocês não podiam conversar mais baixo, não? Hoje é sábado, dia de descanso...

– Cê num tá sabeno, não? O Pintado avistou a Boiúna ontem de noite.

– Ai, meu saco, lá vem vocês com a Boiúna outra vez. O Pintado deve ter tomado todas ontem, no Rufino, que eu bem vi o jeito dele lá no bar. Boiúna... Carraspuna, você quer dizer.

– Não, Turu. Eu vi com estes olhos que a terra há de comê. Ontem de noite, lá no rio. A bicha apareceu debaixo d'água... só aquele reflecho verdão.

Turuaçu ficou alerta. Lembrou-se da noite anterior.

– Reflexo... E daí?

– Daí ela saltou fora d'água e me olhou com aqueles olho de cobra tudo iluminado, pareceno duas estrela, e eu vi o lombo dela corcoveano como o cavalo do capeta! Ela tentou me arrastar com o visgo dos olho, mas eu gritei: Nossa Senhora, valei-me!, e corri pra longe daquela coisa.

– Foi só isso?

– E cê acha pouco? Encontrar a Cobra-Grande é morte certa! Os olho dela enfeitiça os caboclo tudo e puxa pra dentro da morada dela no fundo do rio. Eu só escapei porque tenho a medalha milagrosa que minha mãe me deu.

Puxando a medalha, começou a beijar agradecido.

O que estaria acontecendo por aqui? Turuaçu não acreditava em Boiúna, mas sabia que o cabra falava a verdade.

– Nós vamo hoje à noite organizá um grupo pra vê a Cobra-Grande.

– Tá maluco, Timbira? Eu é que não volto naquele rio de noite nem que me arrastem.

– Pois eu tou quereno vê a bicha. Quem sabe a gente pesca uma boiúna pro almoço de amanhã...

Jagunço tinha fama de valente, não tinha medo de onça, nem de mulher bonita. Era um caboclo alto, olho verde, que sabia arrancar da viola os sons certos pra encantar um coração feminino.

– Pois eu vou com vocês.

Jagunço não acreditou.

– Ué, Turuaçu... Tu não bota fé nos encantado, muito menos em Boiúna...

– É, mas desta vez fiquei curioso. Quero ver que marmota é essa do Pintado.

O caboclo se benzeu, horrorizado. "Tão tudo maluco... Enfrentar a Cobra-Grande na casa dela!" Mas ficou calado. "Deixa eles vê o que é bom pro susto..."

Reino do feminino

A lua girou, girou
Traçou no céu um compasso
Eu também quero fazer
Um travesseiro dos teus braços"

(Cantiga popular)

A noite estava escura. Noite de Boitatá, de Iaras e Iacamiabas. Noite boa para os encantados da floresta.

Mesmo assim, os três amigos e Tuchurrã – que também estava fisgado para ver a Cobra-Grande – saíram do bar do Rufino pisando firme. E com algumas talagadas de cachaça no estômago para espantar o medo. Passava das duas da manhã de domingo.

Desceram a colina rindo e conversando. Só Turuaçu estava calado. A voz dentro dele repetia: É agora! É agora!

O rio estava pesado, espesso, sem marolas. Não havia estrelas no céu e um calor quase sufocante se abatia sobre eles. Tuchurrã tirou a camisa e sentou na areia dura da margem, olhando para a água. Os outros dois permaneceram de pé, vigiando. Minutos, horas... Quanto tempo se passou? Nenhum deles saberia dizer. Viam apenas as pontas dos cigarros que se sucediam, atiradas na água por mãos nervosas. De repente, como na noite anterior, surgiu um reflexo esverdeado no meio do rio.

– Cê viu, Turu? – Timbira agarrou nervoso o braço dele.

Logo a zona iluminada foi se ampliando, percorrendo rapidamente a direção oposta à cidade, até que a fulguração na água estava tão forte que era quase impossível manter os olhos abertos. Fascinados, pregados no chão, eles contemplavam o espetáculo daquela luminosidade inexplicável sem conseguir dizer uma palavra.

E a Boiúna fez sua aparição!

Corcoveando como um cavalo bravo, saltou da água alguns metros, uma espécie de cobra enorme, de mais de vinte metros de comprimento por três de diâmetro, fosforescente, de um verde como não havia neste mundo, aproximando-se da cor do Muiraquitã, mas muito mais intenso e brilhante. Gotas de água escorriam de sua pele lisa e brilhavam peroladas sobre a superfície escura do rio.

Jagunço, esquecido da fama construída com tanto empenho, e Timbira, que nada tinha a defender senão a vida, desabalaram a correr, subindo a colina. Apenas Tuchurrã permaneceu ao lado dele, espreitando a bicha. Como se aborrecida pela insolência dos forasteiros, que não demonstravam medo diante do seu espetáculo particular, a Boiúna virou meio de lado a cabeça enorme e flechou neles os olhos de estrela. Turuaçu não percebeu o que aconteceu ao amigo. Mas olhando para aquelas íris douradas, teve uma vertigem. O mundo começou a rodopiar em torno dele e uma névoa âmbar o envolveu. Sentiu que estava sendo tragado para o meio daqueles olhos encantados e nada podia ou queria fazer para impedir. Uma estranha lassidão o invadia, um bem-estar amarelo, que o fazia permanecer boiando, como num líquido ancestral, até ser sugado para baixo, cada vez mais para dentro do reino iluminado da Cobra-Grande.

Lá no fundo estava a noite, escondida. A noite que fora guardada pela Boiúna no caroço de Tucumã e que sua filha libertou por amor a um humano. O amor faz nascer a noite, mas não conseguiu libertar o dia, pensou confusamente. E uma voz na sua cabeça respondeu: "São os homens que fazem a noite e libertam o dia. Há muita coisa que você não sabe sobre sua própria gente".

Voz de Boiúna, uma voz antiga, com milhares de anos de sabedoria.

Antes que tivesse tempo de pensar sobre tudo o que estava acontecendo, a mesma névoa âmbar o envolveu. Foi deixado sobre uma praia cercada de rochedos. Quando a névoa se dissipou totalmente, percebeu que havia mulheres sentadas neles. Mulheres belíssimas, brancas como Jaci no céu, com os cabelos dourados feito o milho nos campos, enfeitados com flores de muraré e fios longos, desembaraçados com pente de cristal. Elas cantavam uma canção tão macia e dolente que dava vontade de morrer ouvindo.

"Iaras", pensou assustado. De nada tinha mais pavor, quando era curumim, que dessas feiticeiras capazes de atrair os homens para o fundo do rio, com seu canto, ao qual nem o mais valente guerreiro era capaz de resistir. Por algum motivo, tinha mais medo da beleza maligna destas mulheres que das histórias terríveis de Anhangá,

A SACOLA DA ESCOLHA 141

Jurupari ou Caipora. Era o reino do feminino que o assustava. Reino que não podia compreender, quanto mais lutar contra ele.

Mas não conseguia desviar o olhar da beleza luminosa e alva de seus corpos, daquelas formas perfeitas de cunhatã, quase meninas, nem esquecer a música deliciosa que elas cantavam para atraí-lo. Lentamente foi se aproximando do rochedo mais próximo, perdendo o medo nos olhos glaucos da sereia. Sentiu um calor incômodo no peito, uma queimação – era o Muiraquitã que brilhava e estava quente como fogo, deixando uma marca vermelha na pele morena. A encantada desviou o olhar dele, e com uma voz que nunca mais Turuaçu iria esquecer, nem que vivesse mil anos, perguntou "Você me quer, caboclo?", e riu com os dentes perfeitos da perdição. Ele queria dizer "Quero!" mil vezes, mas não conseguiu. O calor da pedra se espalhava pelo pescoço, travando sua garganta. "Então me dá a pedra bonita", apontava para o Muiraquitã, com os olhos belíssimos, da cor dos rios de verão, perdidos nos olhos dele, implorando, a voz macia acariciando seus ouvidos enquanto as irmãs cantavam docemente ao redor. Num gesto brusco, o caboclo arrancou o Muiraquitã do pescoço, quase esfolando a carne com seu fogo, e queimando a mão na brasa da pedra, entregou à Iara-menina. Ela sorriu tão vagarosa e lindamente de prazer que Turuaçu pensou morrer ali mesmo, de tanto amor.

Então, deu a mão a ele e mergulharam juntos nas águas claras. Outra vez foi arrastado para o fundo, mas desta vez sentiu um medo intenso percorrer seu corpo ao perceber que a linda jovem ia aos poucos se transformando num ser maligno, uma matrona de seios avantajados e quadris descomunais. Quando chegou à morada das encantadas, nada havia dos belos sonhos ou lindos olhos, apenas a megera enorme e voraz que haveria de manter Turuaçu escravo e infeliz por muito tempo.

Foi servo da matrona dos rios por várias luas, incontáveis. Já não conseguia distinguir quem era, apenas trabalho – prazer jamais –, um caboclo sem rosto nas mãos da mulher, boca voraz que o consumia em fogo e misérias. Dele, só o sumo da valentia ainda restava, latente, esperando. E assim teria ficado para sempre, perdido, não fosse a chegada das iacamiabas. Estas guerreiras amazônicas eram inimigas mortais das sereias. Desprezavam a vaidade desmedida, o desejo pelo amor aprisionado dos caboclos, a vida de penteados e cantorias. As iacamiabas usavam os homens para o prazer e a reprodução, mas tinham orgulho da liberdade que conquistaram. Sua vida era cavalgar pelo selvagem, lutando por territórios e caça, derrubando no leito aqueles que desejavam, mas libertando o infeliz após depená-lo de posses e seiva masculina. A ninguém possuíam, nem tinham senhor algum.

O caboclo estava sentado no rochedo, penteando os cabelos da megera, vigiando o Muiraquitã que ela trazia pendurado entre os seios redondos e flácidos. Esperava o momento em que a bruxa se distrairia, só que ela nunca dormia ou se entregava. Os dias eram sempre iguais, mas aquele foi totalmente diferente. Olhava desanimado a mata escura, quando percebeu um redemoinho entre as árvores, as sereias se agitando, derrubando espelhos, embaraçando os longos cabelos, mergulhando na água para reaparecer em grupos cada vez maiores. Do vento, vieram as guerreiras. Cabelos curtos de homem, belos rostos enérgicos, corpos musculosos e magros, montando em pelo sobre magníficos cavalos brancos. Tinham lanças nas mãos e gritavam como índios na hora do combate, avançando sobre as sereias que, num alvoroço de escamas e cabelos, tentavam se defender com unhadas e mordidas.

Foi uma batalha desigual. As iaras nada mais tinham do que vaidade e poder de sedução, e seu canto não era capaz de enfeitiçar as outras mulheres. Em pouco tempo, todos os caboclos tinham sido libertados em troca da volta delas ao lar no fundo dos rios. Emissárias foram mandadas para trazer os homens, alguns tão longe do seu passado que nem conheciam mais a terra onde nasceram. Entre eles estava Tuchurrã. Envelhecido, alquebrado, nem parecia o guerreiro vigoroso de antes. Turuaçu ficou triste pelo amigo, mas não teve tempo de pensar muito nisto, pois a megera que o aprisionara jazia a seu lado, atordoada pelo medo. Aproveitando a submissão da Iara, tentou pegar o Muiraquitã do seu peito. Ela gritou, iniciou o canto, mas foi calada por um tapão da iacamiaba mais próxima, que colocou a pedra no bolso do colete de pele. O caboclo quis protestar, mas foi levado como um saco no lombo do cavalo, antes que tivesse tempo de se defender. Suprema humilhação. Neste momento, odiava ainda mais a guerreira do que a sereia.

A SACOLA DA ESCOLHA 143

Numa nuvem de poeira e gritos, saíram todas, afastando-se da beira do rio, levando os homens capturados das encantadas.

Amar uma iacamiaba era cavalgar o vento. Por mais forte e prazeroso que fosse, nada havia a que se agarrar. Sempre torvelinho e frustração. Servo e objeto de prazer, o caboclo vigiava o Muiraquitã, agora pendurado com corda de mamaurana no pescoço da iacamiaba líder.

E tinha um plano. Na noite da sétima lua plena, haveria o ritual de acasalamento do solstício de verão, onde as mulheres se embriagavam com o cauim e aconteciam orgias coletivas ao pé das fogueiras acesas para que Tupã abençoasse o ventre delas e o enchesse com a semente boa de novas guerreiras. Os meninos machos eram afogados logo ao nascer. As meninas, criadas para a liberdade da floresta, cavalos e lutas. Depois disso, os homens que quisessem podiam seguir o caminho de volta para casa. Por estranho que parecesse, poucos abandonavam aquela vida. Amar o vento tem seu encanto selvagem. Mas Turuaçu odiava as iacamiabas, mesmo tendo sido por elas libertado da escravidão do tédio.

Aguardava o momento certo para feri-las.

Acordou cedo na sétima luada e preparava a bebida no grande caldeirão de ferro enquanto Tuchurrã amassava o milho para fazer beijus e pamonhas para a festa.

– Hoje é o dia, Tuchurrã. Preciso da sua ajuda.

O caboclo olhou desconfiado para ele.

– Temos que aproveitar a embriaguez das danadas pra fugir daqui.

– Mas fugir pra quê? Não somos prisioneiro. Depois da luada, quem quisé pode ir embora.

– E meu Muiraquitã? Acha que vão me devolver?

– Acho que não. A diaba tem amor grande pela pedra.

– É por isto que temos que fugir. Roubar meu amuleto e largar esta vida de escravo.

Tuchurrã não respondeu, desviou o olhar. Estava amarrado pelo vento da paixão.

A lua brilhava gorda, imensa e vermelha sobre a clareira onde iacamiabas e caboclos, agora apenas homens e mulheres, travavam o mais antigo combate. Corpos rolavam entre as folhas e o reflexo de ancas morenas cavalgando mares de seios e bocas iluminava a mata adormecida. Entre gritos, gemidos, sussurros, salivas, as antes valentes guerreiras desfaleciam nos braços dos morenos, perdidas de sua agudeza, reencontradas em maciez de fêmea nos mistérios da luada. As cacimbas do cauim já estavam quase vazias. Restos da refeição se misturavam na umidade do solo, onde a bebida vazara na pressa da paixão. Laíla, a mais novinha das iacamiabas, enrabichada com Tuchurrã, se afastara da troca de parceiros, procurando a beira do rio, onde entregou a ele a flor da sua donzelice de menina. O caboclo enlaçava com gentileza o corpo nu, brincando com os mamilos crespos, beijando a curva morena dos seios, descendo pela pele macia até encontrar o tufo do mistério. Quando a viu morrendo nos seus braços, lá plantou sua semente de guerreiro, fincou seu tacape de homem, marcou seu território de apaixonado, ouvindo os gritos da mulher-menina descobrindo a hora. Desde este momento, até Jaci, gorda e antiga de desejos lá no céu, sabia que estavam condenados. Mas Turuaçu não agia com paixão. Sabia dominar sua borduna, manejá-la com destreza, sem perder a alma. A alma ficava de longe, assistindo, enquanto cavalgava a diaba loura que o escolhera para singular, caído nas graças dela desde que o resgatara da megera dos rios. Via o corpo esguio e suado curvar-se no arco da paixão, e ele, mesmo empinado e violento, cravando espora e ferrão no lombo da danada, se esvaindo em seiva masculina, enquanto a guerreira incansável, arquejando, gemendo, unhando suas costas, gritava na agonia do êxtase que chegava, mais, sempre mais, até o definitivo gemido. Então, desfaleceu nos seus braços vencida, apenas mulher, como a primeira de sua espécie a conhecer o encontro.

Por toda a parte, homens e mulheres combatiam o mesmo combate primitivo, fertilizando ventres, regando a terra, preparando o tempo da colheita, sob a lua vermelha do verão. O encanto do solstício se repetia e a natureza inteira se preparava para receber o novo, o de sempre renascido, a semente.

A SACOLA DA ESCOLHA 145

É o Boto, sinhá

Quem te ensinou, marinheiro
Quem te ensinou a nadar?
Foi, foi, marinheiro
Foi o balanço do mar

(Cantiga popular)

As fogueiras brilhavam quase extintas. Iacamiabas e homens dormiam o sono do álcool e da paixão satisfeita, sob a lua vermelha e sangrenta.

Apenas Turuaçu vigiava.

Não tomara o cauim preparado, fingira o desvario da luada, era caboclo forte e cheio de virilidade. Agora estava cansado, mas desperto. A diaba líder cabeceava de sono junto ao fogo que tirava clarões faiscantes do Muiraquitã pendurado no pescoço moreno.

O rapaz foi se aproximando feito cobra, lentamente, os pés mal pisando as folhas, até ficar em frente à danada adormecida. Parecia ferrada num sono satisfeito, os seios se agitando suavemente numa respiração de sono profundo. Pegou com muita leveza a corda de mamaurana fina e foi a levantando com cuidado, até conseguir tirar o Muiraquitã, resvalando nos cabelos louros e curtos da iacamiaba.

Já cantava vitória no coração, quando um braço musculoso agarrou no ar o seu, que segurava a pedra. Começou a travar uma luta silenciosa com a guerreira pelo amuleto, sabendo que disto dependia sua vida, agora sem valor algum por ter desafiado a bicha.

Com a força do desespero, conseguiu libertar o braço e já fugia com o muiraquitã, quando ela deu um grito de guerra que gelou seu sangue e despertou em alvoroço iacamiabas e caboclos adormecidos. O que se seguiu foi uma luta confusa e desarmada de homens e mulheres nus, em que socos, rasteiras e pontapés não perdoavam rostos, estômagos ou canelas femininas.

Mais bem treinadas e alimentadas, as iacamiabas estavam levando a melhor, e Turuaçu já estava preso, cercado de guerreiras furiosas, ainda defendendo desesperadamente o amuleto em sua mão, quando aquela risada gostosa e potente ecoou pela floresta.

As guerreiras pararam imediatamente, fascinadas.

Um rapaz alto, de andar malemolente e chapéu desabado na cabeça, apareceu vindo da direção do grande rio. Quem nunca viu o Boto não pode dizer que conheceu homem bonito e sedutor. Os olhos têm o poder das águas que correm cintilantes para o mar, o sorriso é o astro-rei na manhã lavada, os dentes são o brilho de Jaci em noites encantadas da paixão.

Nenhuma mulher resiste ao Boto, rei dos leitos amazônicos, senhor de todas as ximbicas em brasa, deflorador de donzelas, emprenhador de moças bonitas, caçador de corações. Quando sorri para uma cabocla, ela está perdida para sempre. Nunca mais achará prazer no leito conjugal, nunca mais achará um amante como ele, o inesquecível rei das madrugadas brancas da paixão.

As iacamiabas ficaram como estátuas e os homens também pararam, enquanto o Boto, sempre rindo, veio se chegando para junto delas. Parou diante da diaba loura, e sem dizer palavra, acariciou seu cabelo curto de guerreira. Ela baixou a cabeça, uma lascívia imensa se apoderando do corpo, e gemeu, para espanto dos caboclos e temor das outras mulheres. O Boto segredou coisas ao seu ouvido, ela riu, e enquanto ele enlaçava sua cintura, ordenou em voz febril que soltassem os homens e deixassem Turuaçu levar o Muiraquitã.

Depois seguiram – o encantado, a guerreira e os caboclos – em direção ao rio, enquanto as outras permaneciam estáticas, sem ação, diante do poder masculino daquele rei da conversa fiada.

Nem todos os homens quiseram fugir. Muitos permaneceram, enfeitiçados por suas companheiras fogosas. Tuchurrã foi um deles. Turuaçu não insistiu. Sabia que o pássaro do amor, enquanto morar no coração, não tem como ganhar o céu da liberdade. Deu um abraço no amigo e foi atrás do Boto em direção ao rio. A iacamiaba ia perdida, nada via além da fala mansa do encantado.

Ao chegar à beira do Amazonas, despediu-se do Boto, agradecido. Ele levantou a camisa, tirou da cinta um facão afiado e entregou ao caboclo sem dizer palavra. Soltou mais uma vez aquela risada de porteira aberta, fazendo estremecer de volúpia a diaba loira nos seus braços, e tocou de leve o Muiraquitã.

A SACOLA DA ESCOLHA 147

– Cuida bem dele, tuxaua.

Depois deu uma volta com o mesmo gingado com que chegara e, mergulhando de um salto no rio, sumiu nas águas escuras com a mulher.

Quem tem amigos, tem tudo

Tô preso, compadre, tô preso
Tô preso por um cordão
Me solte, compadre, me solte
Me prenda no coração

(Cantiga popular)

Turuaçu ficou olhando o redemoinho que se formou e percebeu que estava com fome. Comera quase nada durante a luada, alimentado de excitação e promessa da liberdade próxima.

Despediu-se dos homens. Iam para diferentes tribos distantes, ao longo do Amazonas. Apenas um era kranaakore como ele: Karan, um jovem guerreiro capturado pelas iacamiabas há muito pouco tempo, que se mostrara valente na luta e decidido na escolha.

Os dois seguiram na direção de sua tribo, mas precisavam comer alguma coisa, pois o estômago não sabe hora nem lugar pra reclamar reforço.

Como não tinham arco nem flecha, apenas a faca do Boto, arrumaram uma corda improvisada de cipó trançado e saíram em busca de caça.

Talvez pela fome, quem sabe pelo cansaço, ia pensando na vida enquanto seguia calado atrás da trilha de um veado grande, paca ou tatu.

Quantas iaras e iacamiabas tivera na vida desde que, pela primeira vez, usara seu bordão de macho para satisfazer uma mulher? O mistério do feminino deixava Turuaçu embaraçado e ansioso. Queria uma companheira, mas nunca para virar passarinho de gaiola. Não queria ser servo de matrona, ou escravo de guerreira.

A voz antiga da Boiúna ressoava em sua cabeça: "São os homens que fazem a noite e libertam o dia. Há muita coisa que você não sabe sobre sua própria gente."

Por que estava acontecendo tudo aquilo com ele? O que a Cobra-Grande queria lhe dizer? Era mais fácil apreender o total do ensinado pelos brancos do que a estranha língua enviesada dos encantados.

Ia falar, mas Karan cortou sua intenção com um gesto enérgico, colocando a mão na boca.

Era cheiro de paca.

Karan subiu na árvore. Turuaçu se escondeu entre as folhagens, segurando a faca. Logo depois surgiu o animal, sozinho em direção ao rio. Com uma agilidade felina, o caboclo saltou sobre a paca, que espantada corcoveou e quase o derrubou. Mas ele fincou com força os pés em volta do seu lombo. Turuaçu já viera em seu auxílio, segurando a bicha pelas patas traseiras, amarrando a corda em torno delas.

Quando a paca estava toda imobilizada, ficaram matutando de que maneira iam matar e cortar a bicha para comer. Mas nem tiveram tempo de refletir, pois um assobio agudo percorreu a mata, eriçando as folhas, e uma figura horrenda apareceu, montada num porco-do-mato, o corpo todo coberto de pelos verdes voltados para eles, a tenebrosa cabeça virada para trás, com os cabelos vermelhos agitados pelo vento.

– Caipora! – berrou Karan, dando meia volta para fugir.

Mas o monstro cortou seu caminho, rindo com os dentes esverdeados, nariz achatado como o porco que montava.

– Na minha mata ninguém caça – silvou o Caipora, entre os dentes, cheio de raiva.

– Mas seu Caipora – começou Turuaçu, humilde, sentindo-se ridículo.

– Não tem "Seu Caipora" aqui. Sou Curupira, protetor da floresta. Quem tenta matar bicho das minhas terras, não volta pra contar a história.

O encantado arreganhou os dentes verdes e eriçou aquele cabelo vermelho de demônio.

Karan começou a suar e Turuaçu tentou argumentar:

– Veja, seu Curupira, nós não estamos caçando como os brancos, apenas por esporte. A gente está com fome.

Curupira gargalhou:

— E eu com isso? Meus animais também passam fome na seca e nunca vi ninguém da sua tribo vir aqui pra ajudar.

— Tudo bem, eu entendo seu ponto de vista. Mas os bichos também matam pra comer.

O encantado se irritou:

— Quer comparar os safados dos humanos com o povo da floresta? Eles não têm flecha ou tacape, não têm pau de fogo nem lâmina. Só Curupira pra defender.

Novamente arreganhou os dentes enormes, sambando com aqueles pés ao contrário, como um moleque.

— Desculpe, seu Curupira, mas o senhor está sendo radical. Fome é fome. Deus fez a cadeia alimentar...

O outro perdeu a paciência de vez. Agarrou Turuaçu pelos cabelos e soprou nele aquela catinga de encantamento. Na mesma hora, ele ficou parado como uma estátua de madeira, e seus braços e pernas foram se alongando, criando raízes para dentro da terra. Karan tentou correr, mas o Caipora foi mais rápido.

Aimbê vinha contente, margeando o rio, apertando a peneira do Saci com cuidado para que não fugisse. Levara muitos dias vigiando o moleque, esperando a hora certa para roubar sua carapuça. Agora carregava a preciosidade dentro da blusa. Com ela, o diabinho seria seu escravo, ia fazer tudo o que mandasse. E deixar de talhar o leite, assustar os bichos, roubar a roupa da corda, fazer gorar os ovos.

Quando entrou na floresta, todos os seus pelos se eriçaram e o coração disparou. Sentira catinga de Caipora. Nem Saci podia com ele. Escondendo-se atrás dos arbustos, foi se aproximando devagar e viu aquela cena horrível: um caboclo já quase transformado em árvore e outro se debatendo nas mãos do diabo, que ria, ria, prolongando a agonia. Aimbê começou a tremer, apavorada. Caipora já levantara o nariz de porco, cheirando o ar, sentindo o odor de mais carne humana.

Foi quando o Saci falou, com aquela vozinha aflautada, lá de dentro da peneira:

– Se você me deixar sair, eu afasto o Curupira e ainda liberto os caboclos que ele prendeu na mata.

Ela sussurrou de volta:

– E você lá pode com Caipora, moleque?

– Saci pode com qualquer um. Não existe força contra a esperteza.

– Estou vendo sua esperteza.

– Ah, mas você me pegou desprevenido. Roubou meu barrete, sem ele não posso fazer minhas traquinagens. Só ajudo se me soltar e devolver o que é meu.

Aimbê ficou na dúvida, mas o Caipora já encantara o outro caboclo, se aproximava de onde eles estavam e a opção era nenhuma. Virando a peneira, soltou o Saci e devolveu a carapuça.

– Vê lá o que vai aprontar, seu coisa-ruim – sussurrou.

O monstro já estava bem diante deles arreganhando os dentes.

– Dia bom este meu, hoje: três humanos e ainda um Saci.

O Saci olhou para o alto, viu o pássaro negro se preparando para abrir o bico, então segurou com força o barrete e respondeu:

– Melhor o meu, que peguei um uirapuru.

Neste momento, um canto maravilhoso inundou a floresta. A natureza inteira parou para escutar. O Saci segurava o barrete, de vez em quando olhava para dentro, colocava no ouvido, fingindo uma trompa. O Caipora ficou intrigado. Quando o canto cessou, ele estendeu a mão peluda:

– Deixa eu ver.

Tentou puxar o barrete, mas o Saci foi mais rápido.

– De jeito nenhum! Fui eu que peguei. Além do mais, é encantado. Só canta pra quem é seu dono.

O Caipora era duro das ideias e acreditou.

– E o que você quer em troca deste uirapuru?

O Saci pensou, pensou... Tirou o cachimbo, pitou um pouco... Curupira já estava impaciente e Aimbê querendo estrangulá-lo, quando, finalmente, fazendo ar de pouco caso, respondeu:

– Você disse que tem uns humanos aí...

– Tenho – falou o Caipora, sentindo que ia fazer negócio. – Dois caboclos fortes.

O Saci coçou a cabeça:

– Quero ver esses caboclos.

– É que estão virados em árvore

– E eu lá quero árvore pra quê? Desvira eles que a gente conversa.

O bobo do Curupira desvirou Turuaçu e Karan, que apareceram assustados diante da jovem índia e do moleque.

– Não falei?

– É... Até que são bem fortes pro trabalho – o Saci fingiu avaliar os dois. – Vou juntar com esta aqui, que peguei ainda agorinha, logo depois do uirapuru. Negócio fechado. Abre a mão.

Curupira estendeu a mão peluda.

Com cuidado, o Saci fingiu depositar alguma coisa na mão do bicho.

– Estranho, moleque. Não estou sentindo nada – desconfiou o outro.

– Mas claro, não é? Você acha que uirapuru é pássaro igual aos outros? – o Saci fingiu se aborrecer. – Dá aqui de volta minha prenda que você não serve pra ser dono dela.

O monstro escondeu a mão fechada atrás das costas.

– Agora já fechamos negócio.

O moleque deu um muxoxo, pareceu se conformar.

– Mas, olha, não tenta espiar ele que o danado desaparece. Segura bem seguro até cair a noitinha. Aí ele fica com sono, dorme, e você pode olhar e guardar na gaiola.

O encantado subiu no porco-do-mato, mantendo a mão fechada com cuidado. Depois, esporeando o lombo do bicho, sumiu numa nuvem de poeira, com medo que o Saci desistisse da troca.

O negrinho ficou rindo, rindo, pulando com sua única perna, e os dois caboclos e a indiazinha também tiveram que rir da esperteza do Saci.

Mas Aimbê não estava se sentindo segura:

– Vamos embora daqui antes que o danado descubra que foi enganado.

Agradeceu ao Saci, que, colocando a carapuça na cabeça, sumiu num redemoinho de folhas e poeira.

Turuaçu finalmente se sentiu suficientemente calmo para fitar a jovem que os salvara. Viu que tinha as formas belas e os cabelos longos das iaras, mas o rosto enérgico e o jeito corajoso e decidido de uma iacamiaba.

– Nossa! Se você não aparecesse com o Saci, desta vez a gente estava perdido.

Ficou sem jeito de perguntar o que fazia uma cunhã sozinha no meio da floresta. Aimbê também não parecia disposta a esclarecer qualquer dúvida. Rindo, de forma feiticeira, perguntou:

– Não sabem que é perigoso caçar em terras do Caipora?

– Eu nem tinha ideia que estas eram terras dele. Estamos indo pra nossa aldeia Kranaakore-Açu.

Ao ouvir o nome da aldeia, Aimbê teve um movimento de surpresa. O caboclo percebeu, mas novamente nada perguntou.

– Você é Turuaçu?

Ele fez que sim.

– Já ouvi falar muito no seu nome, por meu avô Caribanha. Sou Aimbê.

– Aimbê! – o rapaz ficou pasmo. – Minha prima. Sempre ouvi falar em você, mas Caribanha nunca nos aproximou.

– Talvez tenha chegado a hora – Aimbê falava de forma arrastada, e Turuaçu começou a sentir um sono irresistível. Mal podia ver os olhos negros dela fitando os seus com alguma coisa boiando dentro que não conseguia distinguir.

Fogo contra fogo

Na sacola das escolhas
Cabe tudo o que vier
Se for ruim, mando pra longe
Se for bom, guardo com fé

Quando acordou, estava diante da paca já pronta para ser comida, e Karan procurava gravetos para a fogueira.

Quis perguntar por Aimbê, mas desistiu. Tinha medo da resposta.

Karan pelejava, pelejava com os gravetos, e nada do fogo aparecer.

Olhava desanimado e faminto para os galhos ao redor, em busca de inspiração, quando viu, pousada num ingazeiro, logo acima de sua cabeça, uma gralha branca com um ramo seco de sapê no bico.

Reconheceu na mesmo hora a danada, lembrando das histórias de Caribanha. Era Fileto, que roubara o fogo do egoísta Minarã, enganando sua filha Iaravi. Transformado na gralha Xakxó, fora por ela levado para junto da lareira, onde seu pai guardava as brasas escondidas. Foi no voo de fuga dela que as fagulhas se espalharam pela floresta e os homens puderam se esquentar do frio e cozinhar a caça.

Xakxó percebeu que tinha sido reconhecida e planando graciosamente até perto de Karan. Abriu o bico e jogou o galho seco na fogueira. Na mesma hora, uma chama linda cresceu em direção ao céu estrelado.

Então Turuaçu percebeu que aquele era um fogo diferente. E na sua cabeça, Xakxó falou, como a Boiúna: "São os homens que fazem a noite e libertam o dia. Tudo cabe na sacola da escolha: sedução de iara e liberdade de iacamiaba, radicalismo de Curupira e esperteza de Saci, sabedoria velha de Boiúna e conversa mole de Boto, amor de Aimbê e amizade de Karan. Só sacudindo bem, se faz o fogo da sabedoria. Você, Turuaçu, agora é mais do que valente, aprendeu a ser mutante com os encantados. Vai e salva seu povo da ignorância e do medo. Caru velho tem que morrer, para Rairu jovem reinar".

Assim falou a gralha Xakxó dentro da cabeça do guerreiro Turuaçu, futuro tuxaua. E ele soube que fora escolhido. A fome passou. Segurando com força o Muiraquitã, caminhou com o amigo para a beira do rio.

Logo o reflexo verde da Boiúna apareceu na água e seus olhos dourados tragaram os dois caboclos para o mundo âmbar da Cobra-Grande.

O amarelo doce foi se transformando num alaranjado cada vez mais forte, até se confundir com as chamas da fogueira.

Turuaçu olhou com os olhos velhos do avô para o guerreiro à sua frente. Ele era Caribanha e narrava as histórias de seu povo ao neto Turuaçu, com fala de branco para que aceitasse, porque o caboclo só dava importância ao que era dito em língua de caraíba.

Sentiu vergonha de si mesmo, e toda a história do seu povo passou diante dele, nas chamas da fogueira. Viu os primeiros índios conquistando a terra que seria deles, a luta com os animais, as guerras com os encantados. Viu as iaras, iacamiabas, botos, curupiras, sacis e anhangás numa ciranda incessante entre danças e amores. Viu também o homem branco chegando com a doença, a cobiça e a morte.

Tudo isto ele viu nas chamas de Caribanha e com os olhos antigos dele. Então, completou na língua dos caraíbas:

– Este é o Muiraquitã. Ele será seu amuleto, o símbolo da nossa aliança. Guarde-o com cuidado e o entregue a seus descendentes, pois todo aquele que o possuir será um amigo de Rairu e estará sobre a proteção dos encantados.

E caiu num sono sem sonhos.

Turuaçu viu o velho pender a cabeça. Sabia que o avô se fora para junto dos antepassados. Apanhando um pouco de terra, apagou a fogueira.

Sua hora havia chegado.

"São os homens que fazem a noite e libertam o dia."

Desceu para o rio, os ombros ligeiramente curvados. Uma brisa leve subia da água escura.

Era outra vez apenas um homem e sua escolha. Nem sempre certa, nem sempre errada. Um homem e sua sacola de dúvidas diante do céu indiferente.

O sol nascia ao longe, amarelo como o olho da Boiúna.

"Não existe dia de Ano Novo como no Rio de Janeiro", foi o que disseram para Wesley antes da partida rumo ao Brasil, ao que respondeu com um sorriso irônico.

Um cosmopolita como ele, que conhecia os quatro cantos do mundo, dificilmente iria se impressionar com uma festa qualquer de um país agrário, subdesenvolvido, por mais que sua capital aspirasse ser uma metrópole como a amada Londres. Ok, teve que admitir que a cidade era realmente esplendorosa, com sua mistura de mansões, selva e praias paradisíacas, seu povo sensual e caloroso, coroada pela impressionante estátua de Cristo protegendo a todos. Mas não passava de uma atração para turistas. Entretanto, a superioridade europeia caiu por terra à meia-noite de 31 de dezembro: nada o havia preparado para a impressionante festa, o carnaval nas ruas, a alegria, a queima de fogos. Ao amanhecer do dia primeiro, estava bêbado, seminu, dormindo nas areias de Copacabana, abraçado a uma linda nativa, sorrindo como uma criança. Dos muitos choques culturais que recebera na longa vida de explorador, sem dúvida, o melhor de todos!

De nada adiantou a sua determinação de chegar à cidade e ir direto ao seu hotel em busca de repouso para a missão. Mal conseguiu chegar ao prédio discreto e deixar suas malas no quarto, quando se viu atraído pela festa incomparável.

De algum modo voltou ao hotel, sem se preocupar com pudores, carregando sua companheira de festança desacordada nos braços. Com grande dificuldade, subiu a escada até seu quarto e entrou empurrando a porta, apenas desejando cair na cama e morrer, ou pelo menos dormir até que a maldita ressaca passasse. O que acontecesse primeiro.

Nesse instante, a lembrança de que deixara a porta trancada e protegida o atingiu como um soco no rosto. Imediatamente recobrou a lucidez, jogando a jovem sobre a cama e procurando a arma cuidadosamente escondida sob a mesa de centro. Um frio mortal preencheu seu peito quando tateou no vazio, ao mesmo tempo em que viu, pela porta entreaberta, o par de sapatos marrons tranquilamente apoiados na mesa do escritório ao lado. Os pés coroavam longas pernas também vestidas de marrom, parcialmente cobertas por uma nuvem azulada, cheirosa. Somente uma pessoa no mundo fumava aquele tipo de charutos nessa hora da manhã, e o inglês a conhecia muito bem. O terror deu lugar ao alívio, e pouco depois, à raiva. Sem rodeios, entrou na sala e começou a xingar o visitante inesperado, que por sua vez observava Wesley com claro tédio.

— Da próxima vez em que fizer uma brincadeira dessas, vou atirar em seus malditos pés sujos antes de dizer bom dia, Evans! — o visitante continuou a fumar como se nada tivesse acontecido.

— Para isso você precisará de uma arma, meu caro, a qual está bem guardada no bolso do meu colete. E um feliz novo ano para você também. Que seus sonhos mais insanos se realizem!

— Meu sonho menos insano envolve pendurá-lo pelo pescoço no saguão do hotel, naquele lindo candelabro francês. Qual parte de "nos encontraremos na doca aérea" você não entendeu? — Wesley fervia de raiva pela possibilidade de ter seu disfarce arruinado.

— Ah, entendi perfeitamente a mensagem. E estava disposto a seguir todas as regrinhas para bebês da Companhia até o momento em que soube quem seria meu ilustre colega de "pesquisa". Como perder a chance de revê-lo antes da nossa grande aventura? Perder a oportunidade única de dar um grande abraço no meu querido compatriota?

A frase foi dita com cinismo e ironia suficientes para matar qualquer pessoa do mundo. Wesley perdeu o que restava de sua paciência britânica e chutou as pernas de Evans com força. Sorrindo alegre, o homem se levantou sem demonstrar se estava machucado, dirigindo-se ao bar do quarto. Ignorou a respiração pesada do colega e serviu um copo de vinho tinto para si. Sem qualquer pressa, bebeu, degustando o líquido avermelhado. Wesley aproveitou o tempo para controlar seu temperamento, finalmente sentando na outra poltrona da sala, cansado. Recusou com desdém a oferta de Evans por um copo da bebida, desejando ficar longe de álcool o máximo possível até se livrar da terrível dor de cabeça. Por fim, o visitante se deu por satisfeito e voltou a se sentar, encarando Wesley nos olhos. Dessa vez, falou com seriedade:

– Agora que estamos mais calmos, podemos tratar de negócios. Fiquei surpreso ao saber que você era o contato da Companhia. Esperava qualquer um, até mesmo o incompetente do Bradley, mas nunca o queridinho da chefia. Isso deve significar uma coisa: o jogo de repente ficou muito mais sério e as apostas estão nas nuvens, certo? Você não está aqui apenas porque fala um português fluente. Se puder explicar em que tipo de jogo estamos atolados, ficaria muito agradecido. Mas não precisa dizer a verdade. Estou mesmo falando sozinho, divagando em voz alta.

Evans mantinha um olhar fixo em seu colega, pronto para descobrir o que se passava em sua mente, mesmo que ele negasse tudo o que dissera. Wesley sabia que o segredo era mais do que a alma do negócio, principalmente no tipo em que estavam envolvidos, mas mentir ou tentar enganar seu contato no país poderia ter consequências desastrosas. Ele precisava de Evans mais do que nunca, pouco importando se apenas o tolerava. Suspirou cansado e falou, enquanto massageava as têmporas:

– As nuvens estão bem abaixo do nível que alcançamos, Evans. Nem chegam perto do topo. Eu não estava na Central quando aconteceu, mas tenho uma boa descrição dos fatos. Começou há dois meses, quando um grupo exploratório voltou da América do Sul, depois de três anos de pesquisa, carregando algumas toneladas de mapas, plantas, amostras e dados sismográficos. Eles praticamente analisaram e catalogaram todo o maldito continente, de norte a sul, coletando o máximo de informações que conseguiam, sem se darem ao trabalho de analisá-las *in loco*. Afinal de contas é para isso que temos aqueles belos e caros laboratórios em Bristol. A coisa estava correndo devagar como sempre, até que... – calou-se e encarou Evans, pensando se deveria continuar, dar todos os detalhes. Decidiu que era preciso a total cooperação de seu contato brasileiro para o sucesso da missão. Então seguiu com o relato.

A VOZ DE NHANDERUVUÇU 159

– De uma hora para outra, todos no setor de prospecção enlouqueceram e começaram a enviar telegramas alarmantes para Londres. A diretoria reagiu com o esperado pânico e se trancou no salão azul durante dias, vivendo à base de chá, uísque e sanduíches de atum. Quando saíram, pareciam um bando de loucos, com dezenas de papéis e planos debaixo dos braços, fazendo o máximo para passar despercebidos. SECRETO em vermelho. Fui convocado imediatamente e praticamente sequestrado de Angola sem qualquer justificativa, sem saber que diabos os chefões queriam. Em oito horas, estava cruzando a cidade até o Hyde Park. A reunião foi em uma velha mansão da Bayswater, uma casa feia e fedendo a mofo de séculos.

– Oito horas? – o queixo de Evans quase bateu no chão. – O que eles fizeram, roubaram um tapete voador do gênio? Como diabos você conseguiu chegar a Londres tão rápido?

– Uma ponte aérea, com dez cargueiros de motores ligados em aeroportos, prontos e abastecidos para transportar sua preciosa carga: *eu*. As naves somente tinham tempo de pousar no aeroporto e me descarregar para o próximo cargueiro, já me esperando. Praticamente voei o tempo todo, não ficando em terra mais do que dois minutos em cada escala. Wesley pensou se deveria reconsiderar a oferta do vinho somente por lembrar-se da corrida insana. Evans assobiou alto e riu quase em êxtase.

– Ninguém faria isso por seus lindos olhos azuis, meu caro! Vamos logo, mate a minha curiosidade! Não sei o que nossos meninos cavadores descobriram, mas para a diretoria fazer esse tipo de loucura, somente penso em duas coisas, de qual ouro estamos falando, o amarelo ou o negro?

Foi a vez de Wesley sorrir, escorregando na poltrona com visível prazer.

– Nenhum deles, Evans. Algo muito mais precioso... – deixou a frase no ar, vendo seu visitante quase saltar de expectativa. – O branco, meu caro. Dessa vez acertamos em cheio no cofre do mundo!

– Diabos! Platina! – Evans bateu a mão com força contra a perna, pulando da poltrona como se impulsionado por uma mola. Começou a andar apressadamente pela sala, olhos arregalados, sugando o charuto como um afogado em busca de ar. Quando parou em frente de Wesley, seu rosto parecia o de um louco. – Certo. Apenas pela curiosidade mórbida de um amigo: quanto?

– Bem, digamos que alguém coloque um preço nessa cidade somente para testar o nosso interesse... Quadruplique esse preço. Quando tivermos toda a platina daquela região, nós não vamos comprar a cidade, vamos comprar o estado inteiro, junto com metade do continente!

Ambos riram alto, extasiados de alegria. Evans sequer perguntou para Wesley se dessa vez queria ou não o vinho. Serviu uma grande taça e a colocou nas mãos do colega, mantendo a garrafa para si. Deu um grande gole direto no gargalo e sentou-se à mesa, em frente de Wesley.

– Certo, certo. Vamos respirar e fazer contas! Claro que nós, meros peões, não vamos passar o resto de nossas vidas como xeques em um harém de prazeres, mas com certeza vamos receber uma bela recompensa, não é? Estamos autorizados a discutir números? Não vá tirar o doce de minha boca!

Wesley sabia que Evans era como todo homem, totalmente confiável até que alguém pagasse mais do que seu empregador atual. Felicitou-se por ter conseguido o bem mais precioso que o colega desejava, aquilo que manteria sua fidelidade até o inferno congelar.

– Posso garantir que nossos sonhos de riqueza estão perto de se consumar. Mas no seu caso, a diretoria achou que deveria haver um bônus especial. Quando a base estiver montada e o plano consumado, além de sua devida recompensa financeira, outra lhe aguarda, uma passagem aérea, de volta para casa.

Wesley sabia que a surpresa seria grande, mas não esperava tanto. Pela primeira vez desde que conheceu Evans, viu-o realmente chocado, sem palavras. O sorriso cínico desapareceu de seu rosto, seus olhos ficaram úmidos e o charuto quase caiu da mão. Foi preciso tempo até que o visitante encontrasse palavras para responder:

– Eles... Eles conseguiram um perdão do governo? – sua voz soou baixa e fraca, sem conseguir acreditar quando Wesley acenou lentamente com a cabeça. Levantou-se e ficou de costas, com a mão sobre o rosto, claramente lutando para se controlar. Quando se virou, Wesley viu a emoção em sua face e soube que finalmente poderia confiar cem por cento no agente, já que o seu preço máximo fora pago. Também levantou e segurou no ombro de Evans, apertando forte.

– Dessa vez estamos falando de cifras inacreditáveis, Evans.

Dinheiro suficiente para comprar metade do mundo. A quantidade de minério que encontraram pode abastecer o mercado por séculos. Se colocarmos tudo à venda de uma vez só, o preço da platina vai baixar para centavos. Se a Companhia conseguir dominar a região, nossos bisnetos não vão precisar se preocupar com dinheiro, acredite! Então, posso contar com você?

A pergunta era retórica, visto que Wesley já sabia a resposta. Seu colega acenou com a cabeça, ainda abalado pela notícia que recebera. Os dois homens começaram a rir alegres e a se cumprimentar fortemente. Pararam com a brincadeira quando uma jovem morena sonolenta apareceu na entrada do escritório, com olhos vermelhos, visivelmente de ressaca. Encarou os homens sem curiosidade, tirou a roupa e passou entre eles, rumo ao banheiro. Wesley viu a cena em choque enquanto seu colega tornou a rir.

— Na África você podia ver, mas não tocar. Aqui é bem diferente! Vou deixá-lo terminar sua "naturalização" com os nativos. Amanhã nos encontraremos no aeroporto e dominaremos o maldito mundo! Está tudo pronto. Apareça lá com sua cara feia e vamos começar o jogo!

— E qual aeronave você arrumou? Espero que não seja um ferro-velho voador como da última vez!

Evans reagiu com verdadeiro choque. — Mas é claro que não! A verba dessa vez veio gorda e suculenta, tudo do melhor para nós. Consegui um explorador reluzindo de novo, com uma bela tripulação disposta a olhar para o outro lado e ficar surda sempre que mandarmos. Você vai gostar do zinco, chama-se Guarany, um nome indígena — olhou curioso para Wesley quando esse tornou a rir feliz. De repente, Evans entendeu o motivo da alegria e também riu.

— Ainda bem que minha vacina contra malária está em dia! Nos encontramos amanhã, ao meio-dia. Não vá esgotar toda sua energia com as filhas da terra... Teremos muitas pela frente!

Wesley seguiu o conselho do colega, mas apenas parcialmente. No dia seguinte, encontrou-o no aeroporto após subir ao topo do magnífico bloco de granito que os moradores chamavam de Pão de Açúcar, usando um teleférico panorâmico. Ficou extasiado com a vista arrebatadora da cidade, e por alguns instantes quase se sentiu mal por estar planejando sugar a gigantesca riqueza que o país tanto precisava. Mas lembrou-se da recompensa que o aguardava e voltou ao normal. Exatamente ao meio-dia de 2 de janeiro de 1950, o dirigível Guarany zarpou, levando uma carga de equipamentos, trabalhadores autômatos, uma tripulação disposta a tudo e dois cientistas ingleses. Seu destino: o interior do Brasil, o inexplorado estado do Pará.

Habituado com as condições precárias de trabalho no continente africano, Wesley sentiu-se tomado pelo entusiasmo enquanto explorava o dirigível. Nada dos refugos da Grande Guerra ou uma maldita cópia dos projetos europeus: o Guarany era um legítimo mais-pesado-que-o-ar inglês, brilhando e cheirando como um brinquedo retirado da caixa poucos segundos atrás. Uma exploradora da classe Shackleton, com cem metros de comprimento, vinte de altura e o dobro de envergadura, sua estrutura recoberta de placas de alumínio polido à exaustão, parecendo um lingote voador da tão cobiçada platina. Ficou impressionado com seus três decks espaçosos e iluminados, seu vasto porão de cargas e a sala de máquinas cheia da tecnologia mais avançada. Aliás, essa também se refletia nos autômatos, não as frágeis máquinas que empresários e lordes usavam para impressionar seus visitantes, mas sim robustos colossos de metal, prontos para arrancar as riquezas da terra. No lugar de pernas finas, esteiras grossas e firmes; garras e serras múltiplas ao invés de braços delicados, sensores e antenas substituindo cabeças estilizadas. Ao observar o teste de funcionamento de uma das máquinas gigantes – o menor deles, destinado à derrubada de vegetação, tinha quatro metros de altura –, viu com satisfação seus movimentos precisos e rápidos.

No aspecto humano de sua missão, o dinheiro da Companhia também fora bem aplicado. A pequena, mas bem treinada tripulação do dirigível era profissional em todos os sentidos: eles faziam seu trabalho, seguiam ordens e jamais perguntavam o que não precisavam saber. Apenas para testar os homens, Wesley havia feito sondagens e robustas propostas financeiras, como se tivesse planos quanto ao futuro destino de Evans, principalmente no quesito da divisão de lucros. Todos reagiram do mesmo modo, recusando a oferta com educação e o denunciando ao colega em poucos segundos. Depois da terceira tentativa de chantagem, seu colega o procurou preocupado, achando que estava mesmo ameaçado. Wesley riu e disse para ficar despreocupado, se um dia isso acontecesse ele jamais saberia. Evans não sabia se ficava feliz ou não. De todos os homens a bordo, apenas o comandante preocupava Wesley. O agente sabia muito bem como a tradicional fidelidade náutica dos marinheiros para com seus superiores era forte e como havia migrado para o terreno dos dirigíveis. A tripulação do Guarany era um perfeito exemplo dessa herança. O capitão Rodrigo, um brasileiro na faixa dos quarenta anos com ombros largos e olhos frios, comandava a nave com gestos econômicos e frases curtas, sempre ditas em tom baixo, quase sussurrando. E todas as suas ordens eram cumpridas com assustadora velocidade e precisão por homens com metade de sua idade e o dobro do seu tamanho. Quando percebeu que, na verdade, a tripulação mais idolatrava do que temia seu comandante, Wesley soube que teria que manter dois olhos bem abertos sobre ele. Se perdessem sua confiança e respeito... Bem, alguns outros hábitos navais também estavam impregnados na cultura dos aeronautas e não valia a pena sequer pensar neles.

Os agentes conversavam com Rodrigo e a tripulação em português, com forte sotaque, o que rendia alguns sorrisos furtivos e até mesmo uma risada mais alta à mesa do refeitório depois de um pouco de vinho. Mas tratavam somente de assuntos relativos à viagem em si, nunca sobre a verdadeira missão. Somente quando estavam na segurança do observatório, com suas paredes reforçadas, podiam falar sobre o que interessava. Foi difícil tirar os olhos da paisagem exuberante vista do observatório que corria lentamente sob a exploradora, mas precisava manter o foco no objetivo. Atendendo ao insistente colega que pedia mais informações, começou a detalhar a missão:

— Para todos os efeitos, essa é uma viagem de pesquisa biológica, estamos em busca de novas espécies de plantas e animais. Os autômatos são apenas para facilitar nosso trabalho e diminuir o número de bocas para alimentar. Na verdade, o que vamos fazer é instalar uma base bem no centro da região que vamos adquirir para evitar que qualquer outra pessoa consiga comprar um mísero metro quadrado num raio de oito milhas. Infelizmente, aqui é bem diferente da África, onde podemos mudar um governo do dia para a noite se ele nos causar problemas. Mas o dinheiro continua tendo seu poder em qualquer parte do mundo. Vamos expandir aos poucos, comprando terras para pesquisa e plantio de madeira, e quando tivermos tudo o que precisamos, acidentalmente "descobriremos" o veio de minério. Claro que temos limitações, trabalharemos dentro do que é estritamente necessário. A Companhia não vai gastar um mísero *penny* além do suficiente para operarmos. Se for necessário, até construiremos uma via de escoamento própria, por meio de túneis. Maquinário e operários para isso não faltam.

Evans observava tudo em silêncio, pensativo.

– Não sei, Wesley. Essa ideia de construir um túnel com centenas de milhas não me agrada. Estamos falando de uma floresta tropical lá embaixo, com chuvas torrenciais todos os dias, o terreno não é dos mais firmes. E como vamos explorar a mina em segredo sem derrubar metade do estado? Não me preocupo tanto quanto você com a questão política e financeira. Sua intenção de manter tudo entre amigos é que não me parece viável.

– Nesse caso, acertamos na sorte grande, mais uma vez. As primeiras análises de solo mostraram que havia muita platina na região, mas foi quando os testes sismográficos vieram à tona que todos enlouqueceram. O que temos é uma montanha de platina enterrada sob a selva, como um cilindro, com todo o minério concentrado em uma área de mil milhas quadradas. Precisamos apenas cavar verticalmente e ir retirando o metal conforme entramos pelo filão. O grau de pureza é tão grande que acreditamos que será possível retirar da terra, cortar na forma de lingotes e enviar direto para o mercado! Eu sempre tive minhas dúvidas, mas a cada dia acredito mais na existência de um Deus, e ele está sorrindo para nós.

Evans assobiou alto, com olhos arregalados, ao vistoriar os números. Wesley observava tudo com atenção, procurando sinais de uma possível traição, mas mantinha a convicção que seu colega estava obcecado por voltar para casa, e sabia que o sucesso da missão era o único meio de alcançar seu objetivo. Continuou explicando os planos da Companhia:

– E quanto ao túnel para transportar o minério, não serão

necessários nem mesmo centenas de milhas. A mina será bem aqui, nesta região, próxima da cidade de Al... Al-me... Não consigo dizer esse nome, como se pronuncia?

– Almeirim, disse Evans ao ler a sigla. Nunca ouvi falar e espero que continue desconhecida pelo resto do mundo!

– Se depender de nós, continuará invisível até o fim dos tempos. A cidade está na foz do rio Amazonas, passagem rápida e segura para o Atlântico. Até a beira do rio, e da futura doca que iremos disfarçar como centro de pesquisas meteorológicas, são apenas dezesseis milhas, um pulo para um túnel destinado a levar apenas minério. Vamos adquirir uma área grande para garantir que nenhum curioso se aproxime o suficiente para descobrir no que estamos realmente trabalhando. Tudo o que temos a fazer é descarregar os autômatos, construir uma base sobre o ponto central da mina e adquirir as terras de que precisamos. Com a primeira etapa concluída, podemos fazer o restante do trabalho com calma e tranquilidade, trazendo nossa própria equipe direto da Inglaterra. Roubar doce de criança nunca foi uma metáfora tão real!

Ergueu seu copo e bebeu o uísque com vontade, estalando a língua, feliz. Evans sorria de orelha a orelha, observando os planos quase em êxtase. Não conseguia visualizar nenhum erro no projeto, e sabia que, se fossem bem-sucedidos, o mundo estaria aos seus pés.

– Duvido que não consigamos comprar toda a área que precisamos a preço de banana. O Estado é dono de quase toda a floresta e não tem qualquer pudor em dá-lo a quem pagar mais. E mesmo se algum burocrata resolver dar uma olhada mais atenta, não é nada que um rechonchudo presentinho não resolva. Por Deus, essa maldita coisa vai funcionar!

Wesley ria alto com sonhos prestes a se realizarem.

– Nem Deus poderá nos segurar dessa vez, meu caro! Comece a pensar qual ilha do Mediterrâneo você quer comprar para sua casa de verão!

Ambos brindaram e riram alto, sentindo o delicioso sabor da vitória. Talvez o mesmo que Cortés sentira ao saquear o Novo Mundo e inundar a Europa com o ouro dos astecas. Dessa vez seria diferente, sem o morticínio e o banho de sangue, mas o resultado seria o mesmo, a riqueza incalculável.

A viagem foi mais tranquila e rápida do que Wesley esperava. Em dois dias, percorreram a distância continental entre a capital brasileira e seu objetivo, perdido no vasto oceano verde da Floresta Amazônica. Apesar de conhecer o tamanho da selva, ficou impressionado com a visão de árvores gigantescas cobrindo toda a região, de ponta a ponta no horizonte, mesmo a mais de cinco mil pés de altitude. Que país gigantesco comparado com sua amada Inglaterra!

Divertiu-se ao ver o choque no rosto dos moradores diante da visão do Guarany sobrevoando a cidade acanhada e espremida entre a selva e o rio, e mais ainda quando foi recepcionado pelo prefeito, deputados, professores, o médico, o delegado e o padre de Almeirim como se fosse um alienígena caído dos céus. O pouso da exploradora em uma clareira na periferia da cidade atraiu praticamente toda a população, que assistiu tudo em uma enorme bagunça; habitantes alegres querendo cumprimentar a tripulação, dar-lhes presentes e exigindo que ficassem em suas casas. A humildade de todos o convenceu definitivamente do sucesso do projeto antes mesmo dele começar a discutir a compra das terras. Em um estalo, pensou na possibilidade de sequer comprar a área que precisava, mas sim arrendar pelo período de tempo necessário para extrair o precioso metal, o que renderia um substancial desconto para a Companhia. Depois de conseguir tal façanha, seria fácil convencer os diretores na City que também era capaz de andar sobre a água!

A recepção rapidamente transformou-se em uma festa local com a presença de quase toda a cidade, pouco mais de duas mil almas, se estendendo por todo o dia e entrando pela noite até o raiar do sol. Os ingleses e sua tripulação aproveitaram a festa como se fossem príncipes, saboreando todo tipo de prazeres oferecidos. Somente no dia seguinte ao pouso, após as duas horas da tarde, começaram a aparecer cabeças vacilantes e doloridas nas escotilhas da grande nave voadora, que foram aplaudidas pelos habitantes de Almeirim. O que no começo fora muito divertido, passou rapidamente a uma atenção irritante e desnecessária. No final da tarde, apenas Wesley e Evans desembarcaram do Guarany rumo ao baixo prédio, que cumpria as funções de prefeitura, câmara, delegacia e até hospital, para encontrar as autoridades locais e começar a trabalhar de verdade. Os agentes tinham um plano detalhado de como proceder e alcançar seus objetivos, mas apesar da forte dor de cabeça que sentiam, ficou claro que a festa no dia anterior não fora uma simples recepção de caipiras deslumbrados, como pensavam. As expressões sérias – e até mesmo assustadas – dos presentes na prefeitura alertaram Wesley, que mudou sua estratégia, passando a ouvir e analisar a nova situação.

– Não esperávamos uma resposta tão rápida ao nosso telegrama, mas ficamos felizes de receber sua atenção e ajuda. O clima está ficando insuportável, e temo pela sanidade do povo! – disse o prefeito, enxugando o suor que escorria por sua nuca. – Acredito que vocês sejam uma expedição para analisar os fatos, não? Somente depois o governo enviará as tropas que pedi?

Isso fez Wesley despertar imediatamente, apagando os últimos traços da forte ressaca. Percebeu que Evans também sentira o golpe. Do que diabos estavam falando? Controlou-se e procurou descobrir, falando em tom grave e sério:

– Senhores, serei muito honesto com todos: na verdade recebemos poucas informações de como proceder, quase nada. Nossa meta era outra e fomos enviados às pressas, com instruções vagas. Por favor, detalhem o que está acontecendo e iremos ajudar da melhor maneira possível.

Muitos dos homens na sala se remexeram desconfortáveis em suas cadeiras, mas todos assentiram que qualquer ajuda era melhor do que nada. Elegeram o professor de Almeirim como porta-voz e deixaram que explicasse os fatos bizarros que afligiam a todos. O sr. Honório, um cavalheiro magro e enrugado na casa dos cinquenta anos, pigarreou e levantou-se sem pressa, assumindo a postura e o tom de um mestre erudito. Sua voz soou grave e pausada, servindo apenas para exacerbar o clima de todos.

– Senhores, irei direto ao ponto: nos últimos seis meses nossa cidade tem sido assolada... Não, o termo correto é assombrada, por estranhas aparições e eventos. Mesmo um homem de ciências como eu sente sua fé atingida pelo inexplicável. Dezenas de habitantes juram ter visto criaturas saídas do mundo das lendas, tanto de dia como de noite. Grupos de pescadores descrevem a aparição de bolas de fogo correndo pelos rios, às vezes perseguindo seus barcos, outras apenas vagando pelas margens. Nosso pároco retornou de uma extrema-unção em uma fazenda afastada com os cabelos em pé e balbuciando rezas sem sentido, agarrando a Sagrada Bíblia tão fortemente que não conseguimos arrancá-la de sua mão. Depois de uma semana sofrendo de uma febre mental, ele recobrou a lucidez e contou ter cruzado com um monstro das matas, um anão deformado e grotesco que o perseguiu da fazenda até os limites da cidade. Somente esses fatos já seriam bizarros, mas explicáveis como um delírio causado pelo calor, ou uma doença das matas, ou até mesmo o uso de álcool em demasia, visto que poucas pessoas os confrontaram. Entretanto... – o velho mestre fez uma pausa, aparentemente para beber um pouco de água, mas Wesley notou o forte tremor em suas mãos. Respirou fundo e continuou:

– Na última quinzena, todos nós fomos testemunhas desses eventos, em maior ou menor grau. Eu próprio tive o desprazer de avistar o anão do pároco ao abrir a janela de minha escola e mirar a floresta próxima. Ele estava embrenhado na mata, observado a cidade, com terríveis olhos vermelhos. Um rosto dos infernos! Sumiu num átimo, como um fantasma. Custei a acreditar no que tinha visto, até me virar e ver os meus alunos em pânico. Também tinham encarado o monstro. A procissão de Santa Aparecida foi dispersa em meio a gritos e loucura, quando uma bola de fogo percorreu a rua principal de cima a baixo, indo morrer nas águas do Amazonas, não sem antes chamuscar uma dezena de pobres inocentes. E também...

Dessa vez a interrupção não fora planejada. Um fortíssimo estrondo chacoalhou o prédio, como se uma bomba tivesse explodido bem ao lado do mesmo. A porta da sala balançou como se um gigante quisesse arrombá-la. Os móveis tremeram, fazendo os agentes levantarem aterrorizados, bocas abertas em um grito silencioso de medo, olhos arregalados e desesperados. Aos poucos o terrível som foi morrendo, como o rugido de um monstro furioso voltando para sua caverna. Wesley e Evans se encararam sem fôlego, lutando contra o medo. Enfim conseguiram se acalmar e tornaram a sentar como os outros presentes, que aparentavam mais controle sobre as emoções.

– Temia por isso, senhores. Desculpe não tê-los avisado a tempo – disse o professor Honório, tremendo de nervoso. – Também estamos

A VOZ DE NHANDERUVUÇU 169

enfrentando esse misterioso efeito pelo menos duas vezes ao dia,. Um forte estrondo inexplicável se abate sobre a cidade, tão poderoso que faz a terra tremer, deixando os nervos e as almas da população em frangalhos. Muitos pensam que é um trovão, mas que fenômeno da natureza se repete de forma tão precisa, e como um trovão pode nascer em um céu limpo, sem qualquer nuvem de chuva a vista? Senhores, estamos aturdidos!

"E não somos os únicos", pensou o agente inglês. Wesley lutava contra o temor que crescia em sua mente, bem como Evans, que se remexia sem parar na poltrona. Durante alguns minutos, mantiveram silêncio, pensando como agir perante a nova e desconcertante situação. Por fim, Evans falou, tentando manter o tom de voz calmo:

– Intrigante, senhores. Seus relatos são muito mais ricos que a informação que recebemos, e sem dúvida, o estranho som que ouvimos prova que eventos misteriosos estão acontecendo. Os senhores teriam alguma teoria, alguma hipótese para o que está acontecendo?

Na verdade, ele não queria saber a maldita opinião do grupo de homens assustados, apenas mais informações de como proceder. Com raiva, Wesley viu todos os poderosos de Almeirim se entreolharem, sem qualquer ideia que valesse a pena ser mencionada. Todos estavam dominados pelo medo e queriam que outra pessoa resolvesse seus problemas, como todo bom covarde. Para seu alívio, o professor Honório começou a abrir a boca para falar, mas a resposta veio de outro lugar, do fundo da sala que permanecia escura. Um vulto alto e forte se levantou, com uma voz dura, rouca:

– Não tente uma resposta desses doutores engomados. Eles não sabem sequer onde estão suas bocas. Mas eu posso ajudá-los... Se desejarem, é claro.

Wesley sentiu um arrepio quando o homem misterioso caminhou para perto. Claramente um mestiço do homem branco com qualquer outra raça inferior, o estranho analisava os visitantes cheio de arrogância. Magro e forte como um galgo, com brancos dentes curtos saltando da boca grande, olhos negros e frios, testa larga sob longos cabelos negros presos numa trança grossa. Os moradores da cidade também mostravam desconforto na sua presença e foi o prefeito que o apresentou, a contragosto.

– Esse é o nosso guia do mato, Pedro Jaguar. Ele conhece as matas da região como ninguém e fala a língua dos índios. Um nativo, filho de...

O professor calou-se e ficou corado, mas Jaguar não sentiu qualquer dificuldade de completar a frase:

– Um bastardo, é o que ele quer dizer. Meu pai meteu em uma índia e depois sumiu no mundo, como todo homem branco faz. Nasci numa tribo e fui criado nela até meus doze anos, quando meu povo foi obrigado a mudar para perto da cidade por causa de uma doença dos brancos que pegamos de mineradores atrás de ouro. Invadiram nossas terras e se livraram dos índios do jeito fácil, sem gastar uma bala sequer. Minha mãe morreu cedo e acabei sozinho, sendo criado na igreja, por todos e por ninguém. Minha dívida com o homem branco não tem tamanho, como também a minha eterna gratidão. Falou com raiva escorrendo pelos cantos da boca, apesar do tom calmo. O fogo em seus olhos poderia queimar toda a floresta.

Entretanto, Wesley tinha objetivos mais importantes do que brigas culturais e culpas de homens mortos. Sem rodeios, foi direto ao que importava:

– Muito bem, sr. Pedro... Por favor, compartilhe sua teoria conosco.

O mestiço riu alto, satisfeito com o desconforto no rosto de todos. Sentou-se em uma cadeira próxima da janela e, sem pressa, jogou sua bomba no meio da sala:

– O anão é o Curupira, um espírito da mata, protetor da floresta. A bola de fogo é o Boitatá, outro protetor que persegue os que desrespeitam a natureza. Já o estrondo é Tupã, o sopro da vida vindo de Nhanderuvuçú. Os deuses voltaram para reclamar sua terra e purificar o mundo.

Os agentes se entreolharam estupefatos, sem entender do que aquele homem estranho falava. Encararam o prefeito de Almeirim, em busca de ajuda. Novamente o professor veio em socorro, falando quase constrangido:

– O que Pedro Jaguar está dizendo é que as velhas lendas do povo Tupi estão vivas, senhores. Deuses pagãos... Folclore! – deu de ombros e cruzou os braços, chateado. Um silêncio pesado encheu a sala por vários segundos, até que Evans começou a rir descontroladamente, curvando-se sobre a barriga e com lágrimas nos olhos.

A gargalhada aos poucos tomou os outros homens da sala, e em breve todos riam alegres, batendo as mãos na mesa e gesticulando como loucos. Wesley também riu, mas de maneira mais contida e preocupada, principalmente ao ver o ódio nos olhos de Jaguar, com sua risada rouca, perigosa. Os homens se controlaram e o silêncio pesado voltou a reinar. O agente inglês levantou-se, tentando dar um pouco de lógica à situação fantástica que enfrentava.

– Bem, é incrível! Os relatos que recebemos não fazem jus ao caso! Vamos tentar manter nossas mentes abertas para qualquer hipótese, é claro. Mas antes, vamos usar os métodos científicos para encontrarmos uma resposta. Pelo que me recordo, professor, o senhor disse que os eventos começaram a aproximadamente seis meses, correto? – o velho mestre anuiu, balançando a cabeça. – Certo. Temos um limite de tempo. Inicialmente, os fenômenos foram poucos, mas há quinze dias se intensificaram, tanto na frequência quanto na intensidade. Os senhores se recordam de algum incidente, algo excepcional que tenha acontecido antes desse período, que possa ter algo em comum com as aparições?

Calou-se dando tempo para todos pensarem, e aproveitou para fazer o mesmo. Sabia que as riquezas incalculáveis bem debaixo de seus pés estavam ameaçadas enquanto não soubesse o que diabos estava acontecendo na região, e estava decidido a solucionar o problema, não para ajudar os nativos idiotas, é claro. Um dos homens, o delegado, pelo que se recordava, levantou a mão como um estudante e falou timidamente:

– Bem, tivemos aquela expedição que passou por aqui, analisando tudo e coletando amostras de plantas e terra. É só – e calou-se encabulado. Wesley esperava por isso e ficou satisfeito pela discrição da equipe prospectora. Mas o que ouviu em seguida o deixou muito apreensivo:

– Você está se esquecendo da outra missão, Rubens... A dos branquelos, lembra? Passou por aqui, uns cinco anos atrás e desapareceu na selva!

Isso alertou os agentes. Evans retesou na cadeira e Wesley fez um grande esforço para se controlar. Perguntou por detalhes e a resposta que recebeu o deixou ainda mais preocupado, próximo do pânico:

– Sim, é verdade. Cinco anos atrás, mais ou menos. Era um grupo numeroso, mais de cento e cinquenta homens, brancos como leite, loiros e de olhos azuis como o céu. Carregavam centenas de caixas em mulas mecânicas e pareciam desesperados para chegar ao destino, que nunca soubemos qual era porque não falaram conosco mais do que o necessário. Passaram por aqui rapidamente, não ficaram nem um dia na cidade, rumaram para o norte e desapareceram na mata para nunca mais voltar. Falavam uma língua estranha, que mais parecia uma briga de cachorros.

Wesley lutava contra o nervosismo crescente, escondendo as mãos nas costas. Quem diabos eram esses homens e o que desejavam? A descrição cabia em todos os nórdicos da Europa, e se perguntava qual companhia concorrente poderia ter enviado uma expedição tão grande e em segredo total. Decidiu que precisava de tempo para raciocinar e colocar as peças do enigma em seu devido lugar.

– Interessante, senhores. Muito interessante. Vejo que precisamos analisar os dados que recebemos com mais atenção. Vamos retornar para a nossa nave e iremos manter a todos informados de nosso progresso. Creio que seremos capazes de encontrar uma solução!

Os poderosos de Almeirim levantaram alegres e bateram palmas para os visitantes, que agradeceram com suaves reverências. Wesley sentia a tensão em seu colega e tinha a mente agitada, buscando uma explicação. Saiu da prefeitura confuso, apenas com a certeza de que deveria fazer algo, imediatamente, ou todo seu brilhante futuro desapareceria na fumaça. Saiu devagar olhando para os rostos sorridentes na sala, até o de Pedro Jaguar, cujo sorriso era tudo, menos feliz.

O agente inglês lutava contra o desejo de ingerir mais uísque para afastar o crescente desespero. Evans há muito desistira de tentar entender o enigma e já dormia largado na poltrona, abraçando uma garrafa vazia. Wesley consultara o cérebro eletrônico em busca de respostas, mas tudo que recebeu foram informações vagas e confusas. Para a máquina, eles lidavam com mitos e histórias de crianças, não criaturas reais. Ele até concordaria com isso em outras circunstâncias, mas não agora. Ao entardecer, ouviram novamente o preocupante som de trovão, que nascera na floresta e crescera como uma onda, engolindo a cidade amedrontada junto com a noite. Mordia uma fatia de pão sem vontade, apenas para manter as mãos ocupadas, em sintonia com a mente que corria veloz. O que diabos está acontecendo aqui? Não tinha dúvidas de que algo muito estranho se escondia na mata e causava uma forte impressão a todos, e pelo menos um dos eventos tinha uma prova física irrefutável e assustadora. Mas como explicar os fatos? E pior ainda, como eles afetariam seus planos?

Por fim jogou-se na cadeira e desistiu, cansado demais para pensar em algo. Não podia contar com a tripulação do Guarany, mas precisava fazer algo, urgente! A Companhia não veria com bons olhos a explicação de que uma fortuna incalculável estava perdida por causa de lendas indígenas.

A batida forte na porta foi seguida pela cabeça do capitão Rodrigo, que entrou sem um convite formal. Wesley quase o repreendeu, mas lembrou-se de como os nervos da tripulação estavam afetados e limitou-se a grunhir baixo.

– Senhor, temos um visitante. Ele diz que pode ajudá-lo com o mistério.

Wesley sentia-se tão desamparado que aceitaria uma sugestão até mesmo de Satã em pessoa. Levantou-se e mandou o homem entrar, apenas para sentir um arrepio ao ver o sorriso malicioso de Pedro Jaguar. Ambos se encararam em silêncio por segundos, estudando-se. Como bom anfitrião, o inglês estendeu a mão e cumprimentou o nativo, um aperto firme na mão dura e calejada. Convidou Jaguar para uma poltrona e ofereceu bebida, não o uísque que tomava, mas a bebida nativa, um veneno feito de cana-de-açúcar. Pedro recusou a dose de álcool e começou a falar com calma, sem qualquer pressa. Wesley não conseguia evitar a sensação de que caminhava para um abismo.

– Bem, doutor, o que sua máquina pensante diz? Já ouvimos falar de seus milagres mecânicos. Alguma resposta? Pelo seu rosto angustiado, vejo que não. Mas como explicar o que são espíritos e criaturas sobrenaturais para uma caixa de metal sem alma? Não, não. Precisamos resolver o problema de outro jeito.

– Precisamos? – Wesley detestou o modo como o mestiço falou.

– Não consigo ver de que modo você se encaixa nessa equação, sr. Jaguar. O que lhe interessa a solução do mistério?

– Ah, muito, posso lhe garantir. Algo está acontecendo na floresta, algo está deixando os deuses e protetores da mata agitados, e não gosto disso tanto quanto vocês, brancos. Conheço a região melhor do que minha própria cabeça e quero saber o que está acontecendo, mas não tenho os recursos que vocês possuem. Minha proposta é simples: unir forças e solucionar o enigma. Então, temos um acordo?

Alarmes soaram na mente do agente em alto volume. Sentia nos ossos que não poderia confiar no guia do mato. Mas tinham alternativa? Decidiu sondar mais fundo para tentar localizar algum motivo oculto para tal boa ação.

– Pelo que me lembre, você mencionou os deuses da mata com certo respeito, sr. Jaguar, até mesmo admiração. Sua posição não seria conflitante? O que ganhará ajudando o homem branco?

Jaguar manteve os olhos apertados, a face rígida como uma máscara. Falou com seriedade.

– Nasci e fui criado na selva, entre indígenas, mas isso é passado. Desde jovem estou nesta cidade, aprendi a ler e escrever com os padres, estudei e assimilei sua cultura. O índio dentro de mim está a serviço do branco, e não o contrário. Tudo o que disse na prefeitura foi para jogar um pouco mais de terror e medo no coração dos homens patéticos de Almeirim, que me desprezam por ser um mestiço. Mas o senhor não sente isso, não é? Vejo que é um estudioso, conhecedor do mundo e suas maravilhas, está habituado com o diferente. Se continuar aqui em Almeirim, serei para sempre o mestiço, sempre marginalizado. Mas se puder ajudá-lo a resolver seu enigma, creio que ficará muito agradecido. E por que não me levar junto com vocês para outro lugar, onde posso conhecer novas maravilhas do mundo? Ninguém se preocuparia com a minha herança bastarda. Meu preço é baixo perto do que ofereço. Sou uma ponte, sr. Wesley, o único meio de atravessar de seu mundo para o outro. Então lhe pergunto pela última vez: quer fazer isso do jeito fácil ou difícil? Escolha!

Wesley sentia as entranhas se remoendo com força. Tinha um enigma indecifrável em mãos e o homem a sua frente parecia o único capaz de resolvê-lo. Sabia que algo estava errado, mas também sabia que suas alternativas eram terrivelmente fracas. Resignado e temeroso por não saber se estava fazendo o certo, limitou-se a estender a mão e cumprimentar o mestiço. Ambos agitaram as mãos em silêncio, se encarando com dureza. Nunca antes fizera um pacto macabro, e agora sabia qual era o gosto.

Ao amanhecer do dia seguinte, os agentes retornaram à prefeitura e comunicaram seus planos para as autoridades da cidade: levariam Pedro Jaguar como guia e penetrariam na floresta em busca de respostas. Não estranhou o alívio de todos com a informação, nem mesmo certa alegria ao saberem que o bastardo iria junto. O sentimento de Wesley por aqueles homens pequenos rapidamente mudou de superioridade para o mais puro desprezo. Sem gastar mais tempo do que o necessário, retornaram para a Guarany e subiram com a nave até mil pés de altitude, rumando para o norte, para a mata fechada.

Evans não parava de roer as unhas e encarar Jaguar com olhos atentos, quase como se quisesse ver seu interior. Não perdoava Wesley por ter feito "um maldito pacto" com o mestiço, e jurou que não o deixaria sem vigilância um segundo sequer. Wesley, por sua vez, lembrou-se que no momento em que precisava de sua ajuda, o agente no Brasil estava desmaiado, bêbado, e que se tivesse alguma ideia melhor, seria um prazer ouvi-la. Evans praguejou baixo e manteve os olhos em Jaguar.

Wesley se aproximou de Pedro e parou ao seu lado na grande janela panorâmica da sala de observação. A imensa floresta corria rápida enquanto a exploradora seguia seu curso. Discretamente analisou seu guia e observou suas reações. O mestiço estava concentrado e fechado como uma ostra, observando a paisagem como se fosse natural vê-la do ar. Parecia tranquilo e relaxado, sem qualquer medo. O agente não resistiu e falou, mais afirmando que perguntando:

– Não é a primeira vez que você viaja pelo ar, não é? Vejo que até gosta da sensação de voar – Jaguar manteve os olhos fixos na mata e respondeu baixo:

– Não, não é. E senti falta de observar o mundo de cima, como os deuses fazem. Daqui ele parece tão belo e tranquilo, tão limpo... Não podemos ver as doenças, as guerras, a cobiça, a inveja. É tudo perfeito. Gostaria de ter uma próxima vida na qual retornaria como uma harpia, para voar livre e conhecer a Terra em todo seu esplendor.

Wesley ouviu a fala com especial atenção e não deixou de reparar na menção aos "deuses" e também à falta de crença na reencarnação. Tornou a perguntar:

– Qual a religião que não acredita em uma segunda chance na Terra? A católica ou a indígena?

Jaguar limitou-se a manter o foco na visão da floresta.

– A minha.

O agente sentia nos ossos a quantidade de segredos e objetivos secretos que o mestiço escondia, e estava decidido a esclarecer a situação de uma vez por todas quando o intercomunicador soou alto para dar espaço à voz firme do capitão Rodrigo.

– Nossos localizadores encontraram uma grande concentração de metal, senhores. Devemos baixar a nave para analisar?

Os três homens se ergueram e observaram-se em silêncio. Wesley pressionou o botão de chamada e falou, tenso:

– Desça a Guarany, capitão. Diga aos seus homens para prepararem os autômatos e distribua armas também.

Cortou a ligação com um movimento rápido e encarou Jaguar. O guia continuava impassível, como se degustando a situação. Saiu da sala de observação em passos rápidos deixando Jaguar e Evans sozinhos, um enigma ficando para trás e concentrando-se em resolver o mais importante primeiro. Mas isso não diminuiu a apreensão que sentia.

A região que chamou a atenção da exploradora ficava no centro de uma clareira, infelizmente muito pequena para pousar a Guarany. A grande nave baixou o máximo que pôde, e por sorte conseguiu manobrar até que seus porões de carga estivessem na posição certa. As grandes comportas foram abertas, e um por um os autômatos foram baixados por cabos de aço. Mesmo sendo máquinas civis destinadas à construção e prospecção, os poderosos dispositivos deveriam ser capazes de dar cabo à qualquer problema que surgisse. Wesley dividiu o grupo em dois, metade analisando o norte da clareira, o restante, a parte sul. Evans ficaria com o segundo grupo enquanto o agente lideraria o primeiro. A grande nave subiu até mil pés e manteria toda a região sob intenso controle, com o capitão se comunicando via rádio. Cada homem carregava um fuzil e munição suficiente.

"Suficiente para quê?", indagava Evans com um sorriso cansado. Jaguar foi intimado a ficar ao seu lado todo o tempo. Não tiraria os olhos do homem por nada do mundo. Subiram em uma grande máquina especializada em derrubar árvores e partiram.

Apesar do terreno úmido e cheio de obstáculos, o autômato seguia em frente sem maiores dificuldades, com meia dúzia de homens pendurados pelo seu corpo como os troféus de um caçador. Todos analisavam a região com atenção, mas ninguém via nada diferente, até que o detector de metais do autômato soou alto. Imediatamente, a grande máquina parou e todos se espalharam, procurando por qualquer pista. Um dos homens da Guarany estancou sobre uma pequena elevação e começou a gritar, chamando a atenção do grupo. Em segundos, todos estavam no local e observavam boquiabertos uma carcaça de aço reluzente semienterrada, chapas de metal arrebentado expondo engrenagens e um pequeno tanque de óleo diesel, as patas largas retorcidas e amassadas. A mula mecânica nunca fora um ser vivo, mas parecia ter sofrido uma morte terrível e dolorida.

Obedecendo aos comandos enérgicos de Wesley, os tripulantes liberaram da terra e mato o pequeno autômato de transporte. A mula estava queimada, as chapas laterais disformes pareciam fundidas por um calor extremo. Nenhuma caixa ou pacote estava por perto, o que parecia indicar que, possivelmente, os donos do autômato haviam sobrevivido e se retirado, levando sua carga. Ou, como bem lembrou um dos homens da Guarany, poderia muito bem ser quem havia feito aquele estrago medonho. Expandiram a busca em um círculo com sessenta pés de diâmetro, procurando outras pistas, e foi fácil encontrá-las: cápsulas de projéteis de vários calibres, um cantil, latas de refeições, algumas ainda intactas, uma camisa rasgada e suja do que parecia ser sangue, um caderno de notas ilegível, com as folhas coladas pela chuva de anos. O agente inglês amaldiçoou sua sorte miserável. Tudo o que se poderia esperar que uma expedição carregasse mata adentro, menos o pequeno objeto encontrado por Pedro Jaguar. Aproximou-se de Wesley em silêncio e o chamou para uma conversa reservada, evitando que os outros homens pudessem ver sua descoberta estarrecedora: uma medalha militar, uma Cruz Gamada, com caveira e ossos cruzados no centro. O queixo de Wesley caiu e ficou aberto por um tempo considerável. Germânicos! No meio da floresta amazônica! No mesmo instante, lembrou-se das palavras do delegado de Almeirim e da misteriosa expedição de homens loiros de olhos azuis que adentrara a mata anos antes e nunca mais foi vista. Aquela era uma condecoração que apenas militares recebiam, mais especificamente as temidas e odiadas tropas da morte, os esquadrões de extermínio que percorriam a Europa devastada na Grande Guerra e capturavam membros dos povos inferiores para realizar a criminosa "limpeza étnica", o extermínio de todo homem e mulher que não se enquadravam no delirante sonho da raça superior. Seriam criminosos de guerra em busca de um refúgio isolado no coração da mata? E o que tinham encontrado na sua fuga, que resultou em seu fim?

Levantou a cabeça ao ouvir um estalo do rádio portátil e viu quando o operador se aproximou com a volumosa mochila nas costas. Pensava se tratar de Evans com notícias, mas era o capitão Rodrigo, falando da Guarany. O tom de voz urgente e preocupado causou um arrepio em sua nuca:

– Senhor, estamos vendo uma grande movimentação na mata, cinquenta metros à sua frente! Tem algo indo à sua direção. Saiam já daí ou se protejam, pelo amor de Deus!

Wesley levantou a cabeça como se estivesse em um sonho e percorreu a borda da floresta com os olhos apertados, tentado ver o que se aproximava. De repente, um grupo de homens saiu correndo em sua direção, gritando e agitando os braços ferozmente. Viu a cena assustado, sentindo que algo estava errado, tão pequenos, pareciam mais distante do que cinquenta metros. Foi então que percebeu, eram realmente pequenos, pois na verdade pareciam anões, como os da lenda do Curupira! Pequenos como crianças, com cabelo vermelho vivo e olhos furiosos da mesma cor, dentes pontiagudos e faces furiosas, berrando em alguma língua esquecida pelo mundo.

Gritou em pânico para que todos pegassem as armas e formassem uma linha defensiva. Muitos homens estavam tão apavorados com a visão das criaturas que sequer conseguiam se mexer. O instinto de sobrevivência por fim venceu o medo: pouco antes de serem alcançados pelos monstros, eles dispararam as suas armas. Da curta distância em que as pequenas criaturas se encontravam, parecia impossível que os disparos tivessem errado, mas foi o que aconteceu. Os invasores continuaram em sua marcha rumo às vítimas, e em segundos um enxame saltou sobre os homens em pânico. Horrorizado, Wesley viu a tripulação da Guarany ser dizimada implacavelmente. Gargantas abertas a dentadas, ossos de braços e pernas sendo quebrados, cabeças rachadas com terríveis golpes. Os gritos medonhos duraram pouco, mas pareceram uma eternidade. Quando o silêncio voltou, percebeu que apenas ele e o mestiço estavam ainda de pé, cercados pelos monstros da mata cobertos de sangue.

Não conseguia pensar, não conseguia agir, sequer respirar devido ao terror que sentia. Os pequenos demônios da floresta se aproximavam devagar, certos que suas presas não poderiam escapar, e os sobreviventes sabiam que era verdade. Wesley bizarramente pensou se a morte seria dolorosa, e estava fechando os olhos, esperando o fim, quando uma grande sombra cobriu todo o local: a nave exploradora baixou rapidamente para poucos pés acima do topo das árvores e tinha as comportas do compartimento de carga abertas, de onde alguns homens disparavam metralhadoras sem parar. Novamente observou que, se os projéteis não surtiam qualquer efeito sobre os invasores, ao menos desviavam sua atenção de Wesley e Jaguar, o suficiente para que agissem. O agente disse uma pequena prece de agradecimento e correu desesperado rumo ao autômato, que continuava impassível aguardando instruções, seguido de perto por Pedro. Em segundos estavam escalando o gigante de metal e gritando ordens para seu cérebro eletrônico. De repente, a máquina ganhou vida com seus poderosos motores diesel rugindo e soltando fumaça azul, e começou a se mover, em busca de alvos. Os monstros que recebiam e ignoravam impactos mortais de metralhadoras voltaram sua atenção para os homens sobre o autômato, que seguia sua programação e agitava os enormes braços de um lado para outro. Inicialmente sua função era derrubar árvores, entretanto, as serras e barras reforçadas também funcionaram muito bem com criaturas. Os pequenos seres voavam de um lado para outro quando atingidos, sem parecer registrar qualquer dor ou sofrimento. Wesley gargalhava enlouquecido cada vez que um corpo passava rápido pelo ar, enquanto Jaguar observava tudo em silêncio, sua pele bronzeada parecendo cinza como a morte.

A maré do combate parecia ter virado para o lado dos humanos, ainda mais quando Evans e seu grupo se aproximaram determinados a exterminar o pesadelo vindo da selva. Wesley quase se dava ao luxo de respirar, quando foram traídos pelo destino: grandes esferas de fogo brotaram da mata, vindas da mesma região de onde surgiram os pequenos monstros. Corriam rentes ao chão, tão velozes que era quase impossível acompanhá-las. Algumas atingiram o autômato, iniciando focos de incêndio. Outras bateram contra Evans e sua equipe, queimando terrivelmente os homens que vinham em socorro. A maioria delas subiu na vertical e chocou-se contra a nave exploradora em seu porão de cargas, nos motores, na sala de observação, na ponte de comando. Horrorizado, Wesley observou enquanto a grande nave era consumida pelo fogo e feita em pedaços por devastadoras explosões. Desesperado para salvar sua vida, o agente jogou-se ao chão e entrou debaixo do autômato, ou do que restava dele, rezando para sobreviver. O ar se encheu de fumaça e gritos dos pequenos demônios, mesclados com os gritos dos homens morrendo em dor. O último som que ouviu antes do desmaio foi sua própria voz numa oração resignada.

Wesley acordou com uma forte dor nas costas e observando o céu azul com esparsas nuvens correndo lentamente. A dor crescia segundo a segundo enquanto sentia como se estivesse se movendo, apesar de estar deitado. De repente, percebeu que estava sendo arrastado pelas pernas, como um troféu de caça. Tentou levantar a cabeça e ver quem era seu captor, e arrependeu-se amargamente disso. Viu um grupo de curupiras puxando seu corpo, rumo a um tipo de aldeia, com grandes casas feitas de madeira e folhas. Um enorme grupo de indígenas festejava e berrava horríveis gritos de guerra, cobertos por uma pintura negra e vermelha. Deixou a cabeça cair e teve outro choque ao ver um grupo diferente de pessoas: homens brancos como ele, com cabelos loiros e olhos claros. Estavam nus e presos por correntes nos pés e mãos, observando a tudo com olhar apático. Os pequenos monstros o levantaram, prendendo o agente em um tronco, suas mãos frias e duras como aço. Ficou com a visão turva pelo movimento repentino e demorou para distinguir, à sua frente, um homem vermelho marcado para a guerra, sorrindo com grande satisfação: Pedro Jaguar, agora trajado como um selvagem. O mestiço ria a plenos pulmões, batendo palmas com entusiasmo e conclamando seus irmãos de tribo a comemorarem a vitória. Wesley imediatamente recobrou o controle sobre si, desejando apenas cinco segundos de liberdade para acertar contas com o traidor. Entretanto, as cordas que o prendiam eram fortes demais, sem mencionar a silenciosa e assustadora comitiva de criaturas que observava tudo com olhos frios. Começou a trabalhar nas amarras e num plano de como agir enquanto seu sequestrador falava cheio de orgulho.

– Ainda entre os vivos... Bom, muito bom! Queria que ao menos um de vocês estivesse aqui para ver nossa grande vitória. Não teria o mesmo sabor sem um grande homem branco! Gostando do espetáculo, espero – e tornou a rir como um louco, olhos injetados de sangue. Wesley ainda precisava de tempo para se livrar das cordas, e sabia que sua situação era nebulosa demais para um ataque direto. Começou a tentar extrair mais informações, apelando para o ponto fraco de todo homem louco: seu ego.

– Tenho que admitir, Jaguar, que esperava uma traição de sua parte, mas nunca algo tão grande, tão genial. Meus sinceros parabéns. E agora, vamos negociar o preço do meu resgate? Todos temos negócios para concluir e meu tempo é precioso.

O mestiço recuou com uma expressão ofendida no rosto.

– Acredita que tudo que viu é um esquema em busca de dinheiro? Tinha mais fé em sua inteligência, senhor inglês. Nossos objetivos vão muito além do que imagina, garanto! Gostaria de saber em que está envolvido? Temos tempo antes da festa começar.

Wesley sabia que precisava de tempo para conseguir sua liberdade, e o único jeito de conseguir isso era deixar seu captor sentir-se no controle da situação. Acenou com a cabeça e fez sua melhor expressão de atenção, trabalhando nas cordas enquanto ouvia uma história fascinante.

– Está vendo nossos hóspedes, senhor inglês? São seus vizinhos germânicos, fugidos da guerra, em busca de refúgio e impunidades para seus crimes. Esse é o grupo de que ouviu falar na maldita Almeirim, o que sobrou da tropa que invadiu nossa terra, cinco anos atrás. Vieram com suas máquinas e armas, com sua ciência e superioridade, dispostos e escravizar os nativos burros e supersticiosos, mas não sabiam que séculos sofrendo nas mãos do homem branco podem fazer até o mais ingênuo menino aprender alguma coisa. Fizemos o jogo do jeito que esperavam, fingindo por anos sermos uma tribo atrasada e covarde diante dos "poderes mágicos" dos homens loiros. Oh, eles aproveitaram muito bem esse tempo, nos obrigando a construir prédios para viverem, a cultivar sua comida e pescar seu peixe. Alguns até deitaram com nossas mulheres, apesar de sentirem desprezo por todos os inferiores, os selvagens pelados e suas ridículas lanças de madeira, com seus patéticos deuses mortos. Wesley conseguiu deslocar a corda um pouco e liberar os dedos da mão esquerda. Jaguar andava de um lado para o outro, falando e gesticulando como o vilão de um filme barato.

– Mas isso não nos magoou, pelo contrário, nos fortaleceu, nos deu um objetivo. Um deles, aquele logo ali, na ponta esquerda, ele era o tradutor, o único que fala português, e fazia o contato entre os germânicos e a tribo. Enrabichou-se com uma das mulheres, e depois de um pouco de pinga, ficava com a língua solta como vento. Contou para a mulher os planos grandiosos do grupo, a reconstrução de seu povo, primeiro de forma sutil, disfarçada, depois às claras, quando fossem muitos e fortes, retomando o glorioso caminho da guerra, mais uma vez forçando o mundo a se ajoelhar perante a raça superior. Planos ambiciosos e gigantescos. Tinham muita confiança neles. Tudo o que precisavam era usar os selvagens como escravos na construção de seu exército, e quando estivessem prontos, tomariam o poder do país, da mata até o litoral. – Wesley aplicou mais um pouco de força nas cordas, resultando em dor na mão direita, presa apenas pelo polegar e o indicador. – E que exército iriam construir! Novos autômatos de guerra, não as máquinas grandes e desengonçadas, mas sim pequenos e ágeis assassinos que correriam pelo campo de batalha em busca de vítimas para estripar com suas garras afiadas. Já os grandes blindados e dirigíveis inimigos seriam destruídos por uma nova arma, uma máquina chamada de "míssil", uma esfera voadora que se movia envolta por uma camada de fogo, que seguiria implacável contra as armas do inimigo. E contra as cidades e bases de qualquer povo disposto a desafiar a raça superior. Sim, esses sofreriam a punição vinda dos céus, na forma de fogo e ferro. Construiriam um gigantesco canhão, capaz de disparar seus projéteis a distâncias enormes. Centenas, milhares de quilômetros não seriam nada para essa arma magnífica. Seu estrondo poderia ser ouvido do outro lado do mundo, e ninguém jamais saberia sua localização, enquanto a morte choveria do céu. Gases mortais, fogo que não se apaga e até mesmo uma única bomba, poderosa o suficiente para varrer uma cidade inteira do mapa! – Wesley lutou para não gritar de alegria quando suas duas mãos se libertaram das cordas. – Que planos incríveis, não? Quem poderia sonhar que a raça superior estava escondida no meio da floresta amazônica enquanto seus exércitos de máquinas implacáveis dominavam o mundo. Simplesmente genial! E tudo o que precisavam era da colaboração de uma tribo atrasada de índios *bárbaros*. Nunca houve plano mais perfeito! Pena para eles que NÓS também tínhamos planos! – Jaguar riu alegre, esfregando as mãos. O inglês respirou com força, enchendo o peito e forçando as cordas ao máximo. Ao expelir o ar dos pulmões, viu satisfeito que as cordas se afrouxaram e que tinha a possibilidade de escapar.

– Ah, fomos colaborativos com eles, fizemos tudo o que mandaram, até mesmo com entusiasmo. Não foram poucas vezes em que os germânicos se surpreenderam com nossa disposição para o trabalho, a capacidade de aprender e obedecer sem questionar. Até mesmo pensaram em nos manter vivos quando seu exército estivesse pronto, para continuarmos construindo novas armas. Sim, fomos muito amistosos com eles. Muito! Mas há alguns meses o tradutor bebeu algo a mais com a sua pinga, uma erva que nossos pajés usam para falar com os deuses, e ficou ainda mais disposto a falar. Disse que logo o exército de autômatos estaria pronto, que os mísseis de fogo já poderiam derrubar qualquer aeronave e que o canhão gigante apenas precisava ser testado. Que em poucos meses todo o seu árduo trabalho estaria concluído e que poderiam começar a dominação do mundo, a partir desse exato local, e que, quando não precisassem mais dos índios bárbaros, eles cuidariam da aldeia como já tinham feito antes com outros povos inferiores. Ele iria sentir falta de sua índia fogosa para meter, mas o que é uma selvagem para um deus branco? O que é uma aldeia para quem já exterminou milhões? O agente inglês já segurava as cordas com as mãos para evitar que escorregassem antes da hora, e analisava sua chance de escapar e estrangular o bastardo antes de ser morto.

Jaguar parou sua divagação e voltou os olhos cheios de ódio e ira para Wesley. O inglês congelou e rezou para que o mestiço não descobrisse seus planos. Falou com raiva, num sussurro perigoso.

– Mas os índios bárbaros aprenderam a lição depois de séculos. Ah, sim, eles aprenderam. Na véspera do teste do grande canhão, eles deram uma festa para os homens brancos, os grandes e poderosos senhores! E houve dança, música, mulheres e bebida, tudo para a raça superior. E nessa bebida havia algo além do que o habitual, um pouco de uma erva das matas, que deixa a mente leve e tranquila, que faz a pessoa que a bebeu não sentir nada por horas. Alguns que beberam alegres naquela noite não vão sentir mais nada, apenas os vermes da terra comendo o que resta de sua carne. E os felizardos que acordaram no dia seguinte estão para sempre leves e tranquilos, obedientes como cachorros. Fazem tudo o que mandamos, sem reclamar e rapidamente, do mesmo jeito que nós fizemos por anos, mas sem sorrisos nos rostos. O canhão foi testado, mas não foram gritos germânicos de alegria que soaram pela floresta, foram em tupi, ao ouvirmos a voz de Nhanderuvuçu fazendo tremer a terra através de seu mensageiro Tupã. Os pequenos autônomos assassinos estão aqui, bem à sua frente, e agora se chamam Curupira. Agora defendem a floresta, bem como suas irmãs, as bolas de fogo que perseguem e queimam nossos inimigos, o Boitatá das lendas. E agora os índios bárbaros, os selvagens da mata, têm seu próprio exército e vão fazer a justiça, lavar o sangue de seu povo e redimir séculos de exploração. Vão tomar de volta a terra que lhes pertence!

Jaguar se virou de costas e ergueu os braços para o céu, cantando na língua mãe. Wesley aproveitou o momento e rapidamente fez as cordas correrem por seu corpo, libertando-se. Para sua surpresa, ainda tinha a velha faca de combate na cintura, e não pensou antes de puxá-la e saltar sobre o mestiço. Nunca deteria todos os índios da tribo, mas ao menos levaria o líder junto. Sequer deu três passos quando os autômatos disfarçados de curupiras acordaram de seu sono e pularam sobre ele, para depois derrubar e prender o agente. Wesley se viu novamente imobilizado, dessa vez com dezenas de garras afiadas penetrando em sua carne. Não conseguiu conter-se e soltou o grito de dor. Jaguar se virou nesse momento e riu alegre com a visão.

— Oh, não seja ingrato, senhor inglês! Logo agora que a festa vai começar! Mas antes preciso lhe contar um último segredo sobre minha tribo: menti quando disse que meu povo foi exterminado por garimpeiros e suas doenças. Na verdade, nós acabamos com os invasores, e eu, o filho do cacique, fui enviado para estudar e aprender sobre o homem branco. Pois nós estávamos escondidos há muitos anos – séculos para dizer a verdade – e precisávamos aprender sobre o inimigo antes de atacar. Não foi a primeira vez que tentaram destruir o meu povo, mas é a última, lhe garanto. A primeira foi no seu século XVI, quando fomos acusados de comer um bispo de sua igreja. Uma mentira para roubar a nossa terra. Mentiras, como sempre! O povo kaeté não é composto de bárbaros que devoram homens sem motivos! O canibalismo tem um propósito além da alimentação. Apenas em rituais sagrados e festas pela vitória na guerra. Somente nessas horas! Vê, não somos os selvagens que imaginou, senhor inglês. Venha, partilhe de nossa mesa, seja o convidado de honra no banquete!

Os autômatos ergueram Wesley e torceram sua cabeça para o lado. Horrorizado, viu dezenas de corpos sobre uma gigantesca fogueira no chão, soltando um cheiro repugnante. Boquiaberto, desviou o olhar apenas para ter outra visão do inferno: as cabeças decepadas dos tripulantes da Guarany em uma horrenda pilha, e bem no topo a de Evans, olhos abertos e vazios encarando o colega. Jaguar parou ao seu lado e sorriu, mostrando dentes limpos e saudáveis:

— Mal posso esperar pelo prato principal. Sempre quis saber o gosto da famosa cozinha inglesa.

VIVIAN CRISTINA FERREIRA

BRASIL FANTÁSTICO
A BRUXA E O BOITATÁ

Editora Draco

– Promete que nunca retornará àquela cidade? Foi o último pedido de mamãe em seu leito de morte.

– Essa história de novo, mãe? Não se preocupe com isso agora!

– Diga, Bruna... Prometa à sua mãe nunca mais pisar em Florianópolis!

– Mas por quê, afinal? É uma ilha tão famosa por seus encantos, praias e lagoas belíssimas... E além do mais, há vários projetos ambientais em andamento em Floripa. Como bióloga, um dia posso ter que conhecê-los e...

– Terra de gente supersticiosa, Bruna! – interrompeu mamãe, quase em prantos, quebrando o silêncio noturno daquele hospital – Jure para sua mãe que não voltará àquele lugar! – falava com angústia, alisando meus cabelos vermelhos, sem me deixar alternativas.

– Está bem, mamãe, eu prometo! – respondi sem querer, talvez por não acreditar em promessas. Havia feito diversas, para todos os deuses, santos e anjos possíveis desde que mamãe adoeceu e eles nunca me ouviram. Por que iria acreditar nessas bobagens, vendo-a ali, em uma cama de hospital, despedindo-se do mundo tão precocemente?

– Como ela está? – Interrompeu papai, que chegava para revezarmos a vigília.

– Na mesma. Acordou e veio com aquela história de Floripa novamente. Mas sinto que está indo embora, papai! E por que ainda fala nesse assunto? Será que nunca irão me dizer o que houve? Eu nasci lá, não sou mais criança. Tenho direito de saber, não acha?

– Acalme-se, Bruna! – papai era a paciência em pessoa. – Sempre

achei que esta conversa seria inevitável, mas não aqui. Venha...
Vamos tomar um café.

– Não, não quero deixá-la agora. Conversaremos mais tarde.

Mas aquela conversa só foi retomada meses depois, pois mamãe não mais acordou, deixando-nos naquela mesma noite.

Cumpri a promessa por um período, mas quando soube que, coincidência ou não, o trabalho me obrigaria a conhecer o lugar onde nasci...

– Bruna! Recebi um relatório de nosso pessoal em Floripa – disse-me Pablo, diretor geral da empresa. – Parece que há algo atrapalhando a desova das tartarugas em toda a ilha. O pessoal do Projeto Tamar acredita em uma nova espécie de serpente, sua especialidade! Quero que passe o inverno todo em Floripa. Avalie a situação, mapeie o local onde apareceram, tente alternativas de proteção aos ovos e envie-me relatórios semanais! – e como sempre, saiu sem sequer ouvir resposta.

Confesso que, na hora, não pude deixar de sentir certa hesitação, só pensava nas últimas palavras de mamãe. Então, no mesmo dia, decidi pressionar a única pessoa que poderia me tranquilizar:

– Pai, tenho um trabalho importante em Florianópolis. Embarcarei amanhã, então quero... – seu olhar de tristeza fulminou minha coragem – O que foi? Por que sempre quando mencionamos esta cidade é tudo tão complicado? É só mais uma cidade! Ou melhor, a nossa cidade! Vai me dizer de uma vez por todas por que deixamos o lugar quando eu ainda era criança?

– Um dia a terra que nos acolheu chamará... – disse, com um olhar vago.

– O quê? Papai, o que está dizendo?

– Nada, nada. Só me lembrei de uma frase do seu Miro.

– Quem?

– Deixa pra lá. Na verdade, foi sua mãe quem quis deixar o lugar. Dizia ser terra estranha, falava em gente supersticiosa, esquecendo que ela também era assim.

– Mas não pode ser só isso!

– Sua mãe acreditava em muitas lendas, histórias antigas que pescadores ainda contam para os seus filhos e que deixaram Florianópolis conhecida como Ilha da Magia.

– Pensei que a chamavam assim por sua beleza natural.

– É o que todos dizem, principalmente aos turistas, para que acreditem ser só parte do folclore, das lendas locais.

– Mas o que tem isso a ver conosco, pai?

Então papai começou a contar uma história, como as muitas que me contava quando criança. Aquilo me irritou, não queria qualquer história, e sim a minha. Porém o ouvi atentamente, com o coração disparado sem entender o motivo:

– No dia em que uma linda garota ruiva nasceu na ilha de Florianópolis, estranha visita bateu à porta da casa de seus pais, que ficava bem próxima à praia do Santinho. Era uma senhora de cabelos prateados, habitante de um casebre isolado no mesmo bairro. Queria saber da mãe, que ainda convalescia do parto feito em casa, se o recém-nascido era uma menina. Então, sem pensar direito e querendo logo se livrar da visita inesperada, o pai respondeu que sim, era uma menina. Mas a conversa foi brutalmente interrompida por seu Miro, um pescador vizinho que havia visto a velha parada no quintal instantes antes, enumerando as seis filhas do casal que ali brincavam. Seu Miro afugentou bruscamente a velha, ameaçando-a com uma antiga tesoura.

– Que estranho... Tesoura? Mas por quê? – interrompi, curiosa, mas papai continuou:

– Seu Miro disse que a velha era uma bruxa. Seus feitiços consumiam a vida dos bebês, e por isso nunca morria. Depois deu a tesoura à mãe para que a colocasse embaixo do travesseiro, o que espantaria a velha bruxa por um tempo.

– E então? – estava impaciente, acreditando que papai só estaria desviando o assunto com aquela história tola.

– O assunto foi esquecido. Mas quando a criança completou três meses, a velha voltou, dizendo que aquela criança era especial por ser a sétima filha de um casal sem varões.

Aquilo já era demais. Impaciente, eu o interrompi:

– Especial? Como assim? O que tem isso a ver conosco, pai?

– É que... Ah, deixa pra lá, Bruna. São só crendices.

– Fale de uma vez, papai!

– Você era o bebê, Bruna! A velha disse que você era especial, que também era uma bruxa e que cedo ou tarde teríamos a certeza disso.

– Tá. E então, o que aconteceu? Você não acreditou nisso, não foi?

– Não. Mas sua mãe ficou furiosa! Lembrou-se das histórias que ouvira na ilha quando criança, que as bruxas tentavam levar a sétima filha de um casal sem filhos homens para passar seus segredos. Quando não conseguiam no nascimento, voltavam quando o bebê completasse três meses, depois aos três anos, mais tarde tentavam aos treze, aos vinte e três, trinta e três e por aí vai até que conseguissem arrebatar a pobre alma.

– Mamãe era mesmo supersticiosa! Como acreditou numa bobagem dessas?

– Não só acreditou como passou a te vigiar noite e dia. E ficou pior na véspera de seu terceiro aniversário!

– Vai dizer que a velha voltou quando fiz três anos?

– Voltou. Estávamos curtindo o domingo de sol na praia de Moçambique, ainda hoje quase deserta, um paraíso para os surfistas. E sabe... Gosto muito disso!

– Nunca imaginei você surfando, papai.

– Já fui bom. Mas desde aquele dia, nunca mais entrei no mar. Estávamos acampando no local desde o dia anterior, e eu, ansioso, fui para o mar com o dia clareando. O sol ainda despontava no horizonte quando, longe da arrebentação, preocupado só com as ondas, ouvi os gritos desesperados de sua mãe na areia.

– O que aconteceu?

– Saí da água o mais rápido que pude, mas você e sua mãe não estavam ali. Suas irmãs estavam sozinhas, chorando ao mesmo tempo, e só consegui que me apontassem a direção para onde sua mãe tinha corrido.

– Não havia mais ninguém na praia?

– Não. É uma região de difícil acesso, próxima a uma floresta de pinus, mas a tranquilidade, areias claras e boas ondas fizeram do lugar o meu predileto na ilha. Pelo menos até aquele dia.

– Continue. E mamãe?

– Depois de muito procurar pela floresta, encontrei ela recostada a um tronco, chorando muito, mas já com você no colo.

– E a velha?

– Sumiu. Sua mãe, em prantos, tentava explicar que a bruxa chegou à praia não se sabe de onde e, sem dizer nada, raptou você enquanto ela pegava um pouco de água do mar para suas irmãs brincarem na areia. Viu quando a velha correu pela mata fechada a tempo de segui-la, mas paralisou ao ver sair das sombras uma imensa serpente. Ambas fugiram.

– E quem conseguiu me pegar?

– Seu Miro. O homem surgiu não sei de onde, parecia ter previsto o que iria acontecer. Falou que estava esperando o sol nascer para preparar sua pescaria quando viu a velha correndo com você. Sem dizer como conseguiu tomá-la de volta, te entregou para a sua mãe. Disse ainda que correria atrás da velha para que ela não voltasse naquele dia, mas tinha certeza de que ela tentaria outras vezes.

– E a cobra?

– Desapareceu. Porém, seu Miro disse não ter visto cobra nenhuma.

– Hum... Estranho!

– Então sua mãe tomou a decisão: não ficaria na ilha nem mais um dia. Por isto, vivemos em São Paulo desde então.

O celular do papai interrompeu nossa conversa. Já estava acostumada com suas urgências médicas.

– Tenho que ir, Bruna. Uma emergência com um de meus pacientes. Mas me espere para continuarmos essa conversa, sim?

Não esperei. Na manhã seguinte, saí cedo para o aeroporto, decidida a esquecer aquela bobagem que me levou a fazer uma promessa idiota, que não queria cumprir.

Claro que a história me impressionou, mais por saber que mamãe morreu com medo de uma crendice popular. A velha só poderia ser uma louca ou queria ganhar algum dinheiro vendendo crianças. Sei lá... Mas eu, uma bruxa?

Quando o piloto anunciou:

– Senhores passageiros, dentro de dez minutos pousaremos no Aeroporto Internacional Hercílio Luz. Chove em Florianópolis e a temperatura é de dez Graus.

Ainda tinha alguns minutos para só pensar em executar bem o meu trabalho, apreciar a cidade e esquecer aquela história maluca.

Porém, quando Thomas, o responsável pelo projeto das tartarugas na região, me recebeu no aeroporto, logo percebi que não seria tão fácil:

– Bem-vinda à Ilha da Magia, Bruna! Fez boa viagem?

"Ilha da Magia?", pensei. "Bem que poderia usar só um pouquinho dessa magia para enfrentar o trabalhão que me espera!" Concentrei-me no trabalho e não voltei mais a pensar na conversa de papai. Também não atendi suas insistentes ligações, enviando-lhe apenas um e-mail avisando que tudo estava bem.

Após dois dias de trabalho árduo, aceitei fazer um passeio em meu primeiro dia de folga. Thomas me apresentou a cidade e um pouco de sua história. Mas sem saber o porquê, pequenos detalhes atraíam mais a minha atenção, como seu antigo nome: Ilha do Desterro; a região de Cacupé, habitada no passado por índios curandeiros; a quantidade de naufrágios que ocorreram perto da ilha:

– Mas foram tantos assim, Thomas?

– Alguns. Sei de um grande naufrágio, em 1526, na Baía dos Perdidos, entre a ilha e o continente fronteiro, e outro na Ponta dos Naufragados, quando várias naus vieram a pique numa tempestade inesperada. Mas a região é belíssima e com acesso somente por trilha. Quer conhecer? Podemos acampar perto da praia e...

– Quero! – respondi excessivamente entusiasmada, nem sei dizer por quê.

– Ótimo, tenho alguns amigos que farão esse passeio no próximo final de semana e talvez...

– Fechado!

– Certo! Não sei a previsão do tempo, mas sei que estará frio. Portanto, prepare-se! – disse Thomas, ainda rindo de minha repentina disposição aventureira.

Mas no dia seguinte, o trabalho me fez esquecer que acamparia em Naufragados:

– Thomas, já colhi os dados da desova. Verifiquei que a região mais prejudicada por essa suposta espécie de serpente é esta daqui. – indiquei no mapa sem perceber o nome do local.

– Sim. É a região de mar aberto mais procurada pelas tartarugas, com sete quilômetros e meio de areias claras e macias. A corrente das Malvinas deixa a água fria, o mar é de tombo e a profundidade aumenta abruptamente. Moçambique é uma bela praia, minha favorita!

– Como? Moçambique? – um calafrio percorreu meu corpo.

– Isso. Foi onde ocorreram os maiores ataques aos ovos. É a região mais preservada da ilha. Não há habitações, pois o Parque Florestal do Rio Vermelho está bem próximo à praia, o que dificulta o acesso em massa dos turistas. Venha, Rainha das Serpentes... Vamos até lá e eu te mostro os estragos da sua espécie misteriosa.

– Claro! – respondi vagamente, pois em segundos a história de papai passou como um filme em minha mente.

– Afinal, o que te deu para se especializar em serpentes, hein? – brincou Thomas, puxando-me pelo braço em direção ao jipe.

Não respondi. No caminho, calada, pensei que não tinha resposta para aquela pergunta. Sempre me senti atraída por serpentes, para não dizer fascinada, e até aquele dia achava isso normal. Mas por fim, concluí que estava só impressionada. Era isso, somente impressionada. "Foco, Bruna! Foco!", pensava enquanto descia do jipe para caminharmos em direção à praia, através da trilha entre os altos pinus do Parque Florestal do Rio Vermelho.

– Veja, Bruna, que lugar magnífico! Olhe à esquerda. Vê aquelas bandeirinhas? Ali mapeamos um grande número de ninhos atacados – falava Thomas apontando a areia da praia, enquanto eu só olhava para as sombras da floresta, pois tinha a plena certeza de não estarmos sozinhos. Empolgado, ainda ele sugeriu:

– Como o sol está se pondo, poderemos passar a noite na cabana de pesquisa do Projeto Tamar aqui no Parque. Lá teremos à disposição todo o equipamento necessário para acompanharmos a movimentação noturna das tartarugas. Quem sabe, com sorte, encontramos a sua serpente?

– Passar a noite aqui? Mas onde fica essa cabana? – falei com mais espanto do que gostaria.

– Ali na floresta, um pouco mais à frente, bem na direção da desova. Está com medo?

– Medo? Não! Esqueceu que sou a Rainha das Serpentes? Podemos caminhar pela areia? Quero observar melhor o local – tentei disfarçar e focar no trabalho, mas na realidade estava pouco à vontade. Meus pensamentos só reconstituíam a cena vivida por meus pais naquele local ermo e belo.

– Ali na ponta da areia temos um ninho com ovos quase eclodindo. Dali nossas belezinhas não precisarão caminhar muito, pois é o ponto mais próximo do mar. Dizem que no passado esta parte tinha grandes períodos de maré baixa, dando acesso à Ilha das Aranhas.

— Aranhas, serpentes... O que mais encontraremos aqui esta noite?

— E ainda nem te contei o que as lendas dizem deste lugar — Thomas ria da minha cara de poucos amigos, mas conseguiu decifrar nela um pontinho de curiosidade, o que o encorajou a prosseguir — diz a lenda que os índios chamavam esta parte da ilha de *mossamby*, que significa cemitério. Partidários da pena de morte, era o local onde executavam seus delinquentes, e mais tarde foi considerado maldito pela proliferação de espíritos ruins, almas penadas dos executados e...

— Thomas, não acha melhor nos concentrarmos no trabalho? — interrompi, irritada.

— Está com medo? Calma, garota!

— Não estou com medo coisa nenhuma! Pode até me contar suas historinhas após o jantar ou à meia-noite se te parecer mais assustador. Mas agora, só quero analisar o local com atenção, sim?

Thomas fechou a cara. Até me arrependi do modo áspero como falei. Ele era brincalhão e só queria descontrair o clima, pois percebera minha tensão desde que mencionei Moçambique no escritório. Mas logo minha atenção se concentrou no trabalho, onde percebi grandes rastros no ninho que Thomas dissera estar próximo a eclodir:

— Ah, que droga! Este também foi atacado! — disse Thomas com certa decepção — Mas ainda há alguns ovos.

— E foi um ataque recente! Veja, Thomas... Os rastros vão até o início da floresta. Parece-me que nossa serpente habita o Parque. — Ao olhar para os imensos pinus, avistei um homem que nos observava.

— Conhece aquele homem, Thomas? — disse, apontando a direção onde o avistei, atrás de uma árvore.

— Homem? Que homem? Não estou vendo, Bruna.

— Ali — apontei novamente, mas o homem havia desaparecido. — Venha, vamos atrás dele! — disse, puxando Thomas pelo braço.

— Mas Bruna, não há ninguém ali. Não deveríamos seguir o rastro de nossa suposta serpente?

Ignorando as perguntas de Thomas, corri para a floresta, não deixando de perceber que os rastros seguiam para a mesma direção onde vi o homem misterioso. Thomas reclamava, mas me acompanhava:

– Espere, Bruna! Não ande tão à frente!

Cheguei até a tal árvore, mas nem sinal do homem. Bem próxima, ficava a cabana que Thomas utilizava em seu trabalho no projeto Tamar.

– Deve estar escondido ali – corri para o local, até que parei para tentar ver alguma coisa através da janela empoeirada. Nada. Tudo escuro de tão sujo. Tentei a porta. Thomas chegou logo em seguida com uma chave na mão:

– Está fechada e ninguém entraria aí, não há nada de valor para roubar!

– Mas eu o vi! Estava nos observando. Pode ser ele quem rouba os ovos, não?

– Pode ser só um pescador local, Bruna. – Mas sem prestar atenção em Thomas, dei a volta até os fundos da cabana. Lá a floresta ficava mais fechada e a luz do dia quase não atingia o chão.

Para lá corri, sem raciocinar o que seria pior encontrar: o homem ou a serpente?

– Devagar, você vai acabar se perdendo na floresta. Melhor ficarmos perto da praia! – gritava Thomas, ainda próximo à cabana.

Mas quando já havia me distanciado alguns metros, só consegui ver uma luz amarela vindo de dois pontos entre as árvores. Ao tentar me aproximar, minhas pernas ficaram de repente muito pesadas. Paralisada ali, na floresta escura, amparei-me em uma árvore sem poder movê-las. Procurei por Thomas em vão.

A luz ficava cada vez mais intensa e vinha dos olhos amarelados de uma imensa cobra, que serpenteava entre as árvores em minha direção. Entrei em desespero. Um torpor invadiu meu corpo e não consegui nem gritar.

A cobra ergueu-se bem na minha frente, pronta para dar o bote, e quando nossos olhos se cruzaram, a luz intensa me cegou. Senti que perderia os sentidos, não sem antes conseguir ouvir a voz de um homem me dizendo: "Vá embora! Afaste-se da ilha!". Mas meu corpo já não me obedecia.

Acordei na cabana, com um par de olhos verdes e assustados me observando:

– Bruna, o que aconteceu? Você está bem?

– Sim, estou bem.

– Você dormiu muito!

– Dormi? Já anoiteceu?

– Sim, são quase três da manhã. Se quis me assustar por causa daquelas histórias que te contei, conseguiu, viu. Fiquei apavorado!

– Como assim, Thomas?

– Não se lembra? Voltou correndo da floresta, gargalhando e dizendo coisas sem sentido. Depois falou que iria dormir, deitou e apagou ainda com um sorriso nos lábios. Eu quase acreditei que alguma coisa estranha tivesse acontecido lá na floresta, mas...

– Falei exatamente que coisas sem sentido?

– Ah, sei lá... algo que estaria combinado, que iria ficar não sei onde, que tinham sua palavra, coisas assim. Gargalhava e depois falava mais coisas estranhas...

– Que coisas? Não me lembro de nada disso!

– Agora está me assustando de novo!

– Fale, Thomas!

– Dizia: "Sim eu sei, eu sei o que sou", gargalhava sentada sob uma árvore, depois continuava: "Farei, farei sim, o batismo...", enquanto balançava o tronco pra frente e pra trás. Foi quando consegui te levantar, mas você correu para a cabana gritando: "Bruxa! Bruxa! Bruxa!". Corri até aqui e você já estava na cama, mais calma, dizendo que só queria dormir e apagou. Fiquei preocupado, mas pensei também ser só uma brincadeira. Você parecia dormir tão tranquilamente.

– E era! – não poderia assumir minha loucura para o colega de trabalho. – Não foi você que veio com aquela história de cemitério de índios, almas penadas e sei lá mais o quê? Então eu também poderia inventar uma história de bruxas, não?

– Sim, mas eu não fiquei fazendo cena! E se quiser saber as histórias de bruxas da ilha, posso te contar também!

– Não, não, obrigada! Mas eu realmente não me lem... – quase confessaria se um *toque-toque* vindo da porta da cabana não tivesse interrompido nossa conversa. Thomas espiou pela janela suja:

– Não consigo ver nada. Quem poderá ser a essa hora? – já se encaminhava à porta quando pedi:

– Tenha cuidado, Thomas. Não se esqueça de que estamos no meio da floresta!

– Ainda quer me assustar, não é? Fique calma, não há grandes perigos aqui. Talvez só a sua serpente misteriosa, mas serpentes não batem à porta, não é mesmo? E se continuar querendo me assustar espere até ouvir minhas histórias e... – a porta se abriu bruscamente.

– Seu Miro? O que faz aqui a essa hora?

Um calafrio percorreu meu corpo quando ouvi aquele nome, mas não conseguia vê-lo, pois Thomas estava entre nós.

– Perdão, seu Thomas! É que preparava o barco pra sair cedinho quando encontrei o Justino, que chegou da pesca, vindo lá de Naufragados. Falou que as bandeiras que marcavam os ninhos de lá boiavam todas próximas à praia, e que está com uma tartaruga presa à rede. Como vi luz aqui na cabana, achei melhor pedir ajuda para soltar o bicho. Mas peço perdão se incomodei o senhor e sua namorada!

– Não atrapalhou nada, seu Miro. Estamos aqui apenas para trabalhar. Esta é Bruna, especialista em serpentes que veio lá de São Paulo para nos ajudar. Acho que teremos que ir a Naufragados antes do previsto – falou Thomas, virando-se em minha direção, o que me permitiu, enfim, ver o rosto do pescador.

Mas já não precisava vê-lo para saber que se tratava da pessoa que havia visto na floresta. Identifiquei também que sua voz era a mesma que me pediu para sair da ilha horas antes.

– Bruna, vou até a praia com seu Miro. Voltarei em instantes com o animal. Vamos ver se a rede não o prejudicou muito.

– Vou junto! – mas ao tentar me levantar, senti o corpo novamente entorpecido e por pouco não perdi os sentidos. Thomas me amparou:

– Você não está bem, Bruna! Acha que pode aguardar uns instantes? Vou recolher o animal para o examinarmos mais tarde. Daqui vamos todos direto para o hospital.

– Sim, sim, estou bem – foi o que consegui responder. Recostada à poltrona, vi Thomas sair com o pescador, que me dirigiu um olhar assustado. Foi quando senti novamente sua voz brotar em minha mente com mais um aviso: "Ainda há tempo! Resista! Saia da ilha agora!".

Não vi mais nada, adormecendo em seguida.

Após o que me pareceu um breve cochilo, acordei percebendo que os raios do sol já invadiam a cabana.

A BRUXA E O BOITATÁ 199

"Dormi tanto assim? E onde está Thomas? Aposto que teve problemas com o animal. Vou até lá", pensei.

Saí da cabana, e no caminho até a praia tive a sensação de estar sendo observada mais uma vez, mas só havia árvores e o canto dos pássaros que não se intimidavam com o frio da manhã.

Avistei ao longe um homem ajoelhado na areia, olhando o mar. Aproximei-me devagar e percebi que era o seu Miro, que chorando, repetia baixinho: "Amanheceu! Já amanheceu! Não posso, não posso!".

– Seu Miro? O senhor está bem? – falei tocando-lhe o ombro.

– Hã? Menina, ainda está aqui? Vá embora! Não passe nem mais uma noite nesta ilha! Siga o conselho de tua mãe! – falava desesperado, chacoalhando-me pelos ombros.

– Como? O senhor conhece minha mãe? Como soube?

– Já conhece as respostas, menina! Fará vinte e três anos, não é?

– Sim, depois de amanhã...

– Então não temos muito tempo! Ela tentará de todas as formas! Vá depressa! – pegou-me pela mão na tentativa de me afastar dali, mas nem conhecia aquele homem maluco, então resisti:

– Não vou a lugar algum! Tenho um trabalho a ser feito aqui na ilha, não posso sair assim, movida por crendices. Onde está Thomas?

Seu Miro, desesperado, olhava-me com lágrimas nos olhos. Vi ali mais do que medo, via culpa, confirmada em suas palavras:

– Perdoe-me, não pude evitar! Sou um homem amaldiçoado! Ela me obrigou e...

– Ela quem? O que aconteceu? O que o senhor fez ao Thomas?

– Vou te contar tudo menina. O sol acabou de nascer e tenho mais alguns minutos de memória, livre das interferências da bruxa.

– Memória?

– Sim, sim. Quando o sol nasce e o feitiço é interrompido, volto a ter posse de meu corpo por uma hora e lembro-me de tudo que fiz durante a noite, quando agi sob o domínio da bruxa.

– Mas que bruxa? – estava começando a suspeitar que falava com um maluco.

– A mesma que tentou te raptar na infância, que tanto assustou tua mãe e que, junto com as irmãs, assombra esta ilha há séculos. Foi ela quem me enfeitiçou de amores no passado, e me transformou numa criatura repulsiva e escravizada.

– O senhor é o mesmo Miro que conheceu meus pais? Não pode ser! E amou aquela velha bruxa?

– Amei. Amei muito. No tempo em que jamais imaginaria o que havia por trás de uma jovem e linda mulher. Cabelos louros, olhos encantadores, sorriso fácil. Eu a conheci na praia, há muitos séculos, tantos que meu corpo já não suporta mais as transformações.

– Transformações?

– Sim, menina. Quando a bruxa conquistou meu coração e confiança, me convidou para um passeio na natureza. Mal sabia que me atrairia a este lugar, que na época já era evitado pela fama de amaldiçoado. Muitas mortes ocorreram aqui, e as bruxas preferem esses locais para os feitiços, onde as almas de muitos pairam em confusão, revolta e desespero por suas vidas perdidas. E eu, apaixonado, louco por estar a sós com a estonteante mulher, me esqueci de todas as histórias e a segui de bom grado. Quando passávamos pela floresta de pinus em direção à praia, ela começou a chorar. Assustada, dizia ter visto uma cobra. Fingindo desespero, pediu que eu matasse o bicho para continuarmos o passeio em paz.

– Mas quem faria uma coisa dessas, correr atrás de uma serpente no mato?

– Já não raciocinava direito. Mal sabia que o feitiço já começava a agir em minha mente. Querendo demonstrar coragem, procurei pelo animal na parte mais escura da mata. Deparei-me com uma imensa serpente com olhos de fogo, que envolveu meu corpo, me aprisionando à espera das ordens da mulher que vinha logo atrás. Sem entender como, avistei não mais a jovem que eu pensava amar, e sim a asquerosa aparência daquele ser maligno, reluzindo seus cabelos prateados, dando uma ordem em língua estranha à imensa serpente. Foi quando senti que a cobra já não exercia tanta força para me manter preso. Soltando meu corpo por instantes, deslizou rapidamente, parando bem à minha frente para me hipnotizar com seus olhos de fogo e dando o bote que mudaria minha vida. Abocanhou apenas a cabeça, o suficiente para injetar o veneno, que agiu depressa. Tornei-me também boitatá, mais um escravo da Bruxa Micaela.

– Como? Boitatá? A cobra gigante que hipnotiza suas vítimas? Mas isso é só uma invenção, é folclore! Quer que eu acredite numa história dessas?

– História do povo tem sempre um fundo de verdade, menina! Olhe aqui atrás, próximo à nuca... Está vendo dois orifícios negros?

– Seu Miro abaixou para que eu pudesse ver a marca da serpente. mas me afastei instintivamente ao ver duas feridas repulsivas que exalavam um odor putrefato, escondidas sob os longos cabelos empastados do pescador. – São marcas da mordida que agora exalam a putrefação interna de meu corpo, que não aguenta mais as transformações diárias, o que já não satisfaz a bruxa. Em breve tudo acabará, minha alma enfim encontrará paz. Lamento só ter feito isso a seu amigo. Eu...

– Seu Miro?

– Lamento tudo o que fiz nesses anos... eu...

– Está se sentindo bem? – o homem parecia confuso e amedrontado.

– Todas aquelas criaturas... Lamento tanto...

– O que fez a Thomas?

– Ele agora tem as marcas, não como as minhas, ainda pequenas, mas negras – falava com um olhar distante.

– Thomas foi mordido? – perguntei, tentando fazer com que olhasse em meus olhos.

– Somente um boitatá pode transformar seu sucessor, sim, somente um boitatá...

– Sucessor? Como assim sucessor?– mas o pescador já não raciocinava, parecia perder a pouca lucidez. – Seu Miro, onde ele está?

– Com a... bru... bruxa... Naufra... ga... dos... – O pescador caiu novamente de joelhos na areia. A sua fala, antes fluida, agora carregava forte sotaque local. Batia com as mãos na cabeça ao dizer:

– Rapaz, tô cas ideia meio escangalhada! A dona... me conhece diondi?

– Seu Miro, preciso que me ajude a encontrar o Thomas, o pesquisador lá do Projeto Tamar, lembra? O senhor veio até aqui com ele e...

– Ma quirida, também num sei quem é esse não, entende? Que tô fazendo aqui ainda? Tenho que ajeitá as tarrafa e mais um monte de coisa pra pesca de hoje. A dona me dá licença? – disse tão rapidamente que quase não entendi. Correu para a mata sem esperar resposta.

Por alguns instantes fiquei ali, paralisada, sentindo-me perturbada em reviver a história maluca de meus pais, vendo o pescador embrenhar-se entre os altos pinus. Só então me dei conta de que estava sozinha naquele lugar cheio de mistérios. Procurei Thomas pelas redondezas em vão.

Ao chegar à administração do parque, não tive coragem de relatar tudo o que aconteceu, com medo que me colocassem numa camisa de força. A polícia foi chamada e tive que omitir do investigador Jonas parte da história, contei somente que estávamos ali a trabalho e que a última vez que vira Thomas foi quando um pescador conhecido por Miro o chamou para verificar uns ninhos na praia enquanto eu descansava na cabana, pois já era madrugada.

Dispensada pela polícia após depoimento e um dia inteiro de buscas, segui para o hotel, tendo a surpresa de encontrar meu pai me aguardando na recepção:

– Papai, o que faz aqui? Como me encontrou?

– Liguei para o escritório do Tamar e eles me disseram onde estava hospedada. Passei aqui ontem à noite também. Onde esteve?

– É uma longa história. Conto enquanto jantamos? Preciso comer alguma coisa, embora esteja sem vontade.

– Sim, claro. Há um restaurante aqui perto que conheço desde os tempos em que morávamos na ilha. Vai subir para um banho antes? Está com uma aparência horrível!

Realmente não tinha vontade de sair nem comer, mas era preciso e queria conversar com meu pai, única pessoa que ouviria minha história sem julgar-me completamente louca.

Porém, no restaurante, papai encontrou ao lado de nossa mesa um grupo de mulheres que conhecera há bastante tempo comemorando algo. Duas delas encostaram, sem cerimônias, suas cadeiras ao lado dele para colocar o papo em dia, oferecendo-lhe uma taça de vinho. apai pareceu gostar do encontro, já que as duas eram belas loiras e lhe jogavam charme.

Irritada com a tagarelice das mulheres, após quase uma hora sem oportunidade de conversar a sós com meu pai, decidi ir ao banheiro. Não passei muito tempo lá, nem dez minutos, mas ao retornar, tudo no salão estava completamente mudado.

O estardalhaço que as mulheres faziam com suas piadas, gritos e risadas dera lugar ao silêncio, e para a minha surpresa, o local estava vazio. Ao olhar para a mesa onde papai estivera minutos antes em companhia das duas loiras, espantei-me pois estavam arrumadas em perfeita harmonia esperando o próximo cliente.

Aturdida, questionei o garçom:

— Para onde foram meus acompanhantes?

— Como, senhora? Perdão, não a vi entrar. Quer uma mesa? Serão quantas pessoas?

— Não! Eu já estava jantando ali naquela mesa, com meu pai, ao lado daquelas louras barulhentas. Pra onde foram?

— Perdão, senhora, mas ainda não servimos nenhuma mesa, a senhora é a primeira cliente da noite — respondeu o garçom olhando-me desconfiado.

— Não pode ser! — saí do restaurante sem saber o que fazer. Na rua, procurei por todos os lados vestígios que pudessem aliviar minha aflição. Sem sucesso, caminhava a esmo, quando percebi estar em frente ao hotel onde, minutos antes, papai estivera me aguardando. "Deve ter retornado pra cá", pensei ao questionar a recepcionista do hotel:

— Por favor, a chave do 323? Sabe se alguém me procurou? Meu pai, talvez?

— Sra. Bruna, não é? — respondeu, olhando as anotações — Seu pai, não. Mas há uma senhora te aguardando no bar do hotel. Ali, primeira porta à esquerda.

Seguindo as indicações, não foi difícil encontrar a tal mulher bebericando algo no balcão do bar vazio. Foi com assombro e certo alívio que a reconheci como uma das loiras do restaurante:

— A senhora?

— Até que enfim, Bruna! Estou te esperando há anos! Nem tivemos tempo de nos conhecermos melhor, não é? Sou Micaela — falou com falsa simpatia.

— Micaela?... Onde está papai? O que fizeram?

— Ele está bem... — respondeu com um sorriso irônico — ...ainda!

— Ainda? O que vocês querem? Dinheiro? — eu já estava gritando.

Percebi que a ira da mulher foi suficiente para transformar sua fisionomia, das suaves feições da bela loira para um maligno rosto velho e encovado com cabelos prateados, ao dizer:

– Calma, garota! Não suporto gente histérica! – disse, soprando-me rapidamente um pó ao meu rosto, acondicionado em um de seus anéis.

A surpresa do ataque não me deixou alternativas de defesa. Instintivamente levei a mão ao rosto, mas era tarde. Já sentia o efeito paralisador da substância. Não consegui reagir ou gritar, estava imóvel, mas com um patético sorriso no rosto.

– Agora está melhor! – disse a mulher, voltando à forma de loira fatal. – Quero que ouça o que tenho a dizer, sem interrupções. Preste atenção, Bruna, pois disto depende a vida de seu pai.

Eu mantinha total lucidez, apenas não conseguia expressar nada. A revolta, a vontade de avançar no pescoço daquela mulher fez meu corpo todo transpirar.

– Sei o que está pensando e que está nervosa, querida! Mas acalme-se! Em breve compreenderá que tudo o que fazemos é sempre em benefício de nossa irmandade e ainda me agradecerá por este dia. Por hora, saiba apenas que seu pai permanecerá conosco até que você se apresente voluntariamente para o batismo. Faremos o que for preciso para que nossa descendência não seja prejudicada. Assim esperamos que, sendo uma de nós, não nos decepcione. Cedo ou tarde terá que assumir seu lugar no Círculo da Lua, e disso não há como escapar. Mas não queremos esperar mais dez anos! Assim, é só estar presente à nossa reunião no dia em que completar vinte e três anos, ou seja, amanhã à noite, para a sua iniciação. Mas não se preocupe, eu já preparei tudo, querida. Tudo estará perfeito! Será uma noite inesquecível! Apenas tive que alterar o local. Será em Naufragados...

Falava como se eu estivesse concordando, mas lágrimas escorriam dos meus olhos, sem que pudesse controlá-las.

– Ah, não chore. Sei que preferiria Moçambique. Eu também prefiro. Mais mortes, mais festa, mas com a quantidade de policiais na floresta à procura de seu amigo... Hum... Os mesmos policiais que estarão atrás de você se ousar nos desobedecer. Já imaginou?

"Thomas! Por um momento havia me esquecido, será que ela o pegou, também?" A bruxa respondeu ao meu pensamento:

– Ah, sim, Thomas! Miro o capturou e a transformação já começou. Não é maravilhoso? Claro que levará alguns dias, mas não se preocupe, ele dará um belo boitatá para você! Afinal, como seria uma bruxa sem um boitatá a lhe trazer as mais belas criaturas, não é mesmo?

"Então seu Miro tentou falar a verdade?", pensei, o que irritou a bruxa:

– É, tenho que substituir Miro, ele já está velho e imprestável. Nos últimos anos anda me desobedecendo e isto eu não admito! – a ferocidade com que disse essas palavras trouxe de volta os cabelos prateados, a voz maldosa e a frieza no olhar. – Seu pai também seria um belo boitatá, sabia? Poderia perfeitamente me servir no lugar de Miro, que a esta hora já deve estar em seus últimos suspiros. Não é indiferente a meus encantos, assim como seu amigo está encantando por seus belos olhos verdes, querida.

Desesperada e paralisada, supliquei em pensamento: "Meu pai! Não! Disse que se eu..."

– Eu sei, eu sei! – respondeu a bruxa, entediada, mas logo retomou a ironia ameaçadora. – Disse que o libertaria se você cumprisse o seu papel. E como uma bruxa sempre cumpre a sua palavra, considere tudo como uma promessa, até mesmo a parte em que terá um bando de policiais atrás de você pelo homicídio de um amigo, quem sabe até do próprio pai... Daqui a pouco acharão até que foi capaz de matar a própria mãe num hospital! – riu. – Não seria o máximo? Ou prefere a loucura, querida? Sempre achei que a loucura tem seus encantos. É meu feitiço favorito. Adoro visitá-los depois! – gargalhava enquanto falava. – Em segredo, lógico! São tantas as possibilidades!

Meu corpo estremeceu ao ouvir sua risada doentia, senti um leve formigamento no rosto. Parecia que a substância tinha perdido o efeito, mas estava tonta, logo perderia os sentidos:

– Não esqueça: Amanhã, em Naufragados! – foi a última coisa que consegui ouvir antes de desmaiar.

Fui acordada por um funcionário do hotel acompanhado do investigador Jonas, que estava à minha procura, com nova intimação para depor sobre o desaparecimento do meu colega:

– Srta. Bruna, vejo que abusou da bebida – disse o policial, desconfiado.

– Hã? Não! Eu não... – percebi então uma garrafa de uísque quase vazia sobre a mesa. – Eu estava aqui com uma senhora e... – o funcionário do hotel me interrompeu, parecia mais constrangido que eu.

– Senhora, não havia ninguém aqui quando pediu a bebida. Ficou escrevendo algo em um papel por horas, pediu a segunda garrafa e...

– Segunda garrafa? – Não entendia, pois nunca fui de beber. Começava a acreditar que tudo não passava de um sonho ruim. Mas o rapaz continuou.

– Sim! E quando mencionei que o bar estava fechando, pediu insistentemente para concluir só mais algumas linhas, e eu permiti que ficasse mais um pouco e...

– Na verdade ele foi fazer outras coisas e te esqueceu aqui. Só quando passei para entregar a intimação é que percebeu que a senhorita ainda não estava no quarto. Então a encontramos assim, desacordada – o investigador o interrompeu.

– Que horas são? – perguntei a fim de ganhar tempo enquanto pensava em uma saída para a situação.

– São duas da manhã – respondeu o rapaz do hotel, ainda embaraçado.

– Então já podem me dar os parabéns, é meu aniversário! Vinte e três aninhos! Viva! – brindei com o resto de uísque ainda no copo.

Os dois trocaram olhares sem entender, eu me sentia ridícula, mas consegui me livrar do policial, comprometendo-me a comparecer à delegacia pela manhã. Cheguei ao quarto tentando colocar as ideias em ordem, mas intrigada por não encontrar nenhuma das folhas que tanto escrevi no bar, como dissera o rapaz do hotel.

Um bilhete debaixo da porta trouxe-me a resposta: "Ah... As confissões que consigo numa conversa entre amigos são sempre tão interessantes. Um escrito valioso, que ficará muito bem guardado! Ou não?".

"Então é isso?", pensei ao jogar algumas roupas na mochila para partir o quanto antes a Naufragados.

Um taxista concordou em me deixar no último trecho habitado mais ao sul, avisando: – Só vou até aqui, dona. Aconselho a senhora a desistir de fazer a trilha a esta hora da noite e sozinha. A senhora conhece a região?

– Conheço, conheço sim. E muito! – menti já saindo do carro.

Consultando um mapa da ilha, percebi que não havia muitas indicações sobre a trilha até a desabitada Naufragados, indicando mais acessos por barco.

– Mapa idiota, não serve pra nada!

Caminhei até o início da trilha pela mata, apenas com a luz da lanterna, até perceber que não estava só. Olhos amarelos estavam à minha espera à direita e à esquerda da trilha.

– Boitatás! – exclamei enquanto as imensas serpentes apareciam de todos os lados. Duas se posicionaram ao meu lado. Senti como se pudesse ouvi-las dizendo: "Venha, estão à sua espera!".

Subindo a montanha com a estranha escolta, saímos da trilha para abrir caminho por entre as árvores. Assim, nem preciso dizer que cheguei rapidamente ao destino.

Do alto do morro, avistei a grande reunião de belas mulheres que participavam de animado luau nas areias da praia de Naufragados, com direito a música e fogueira. Mas ao me aproximar, as reais fisionomias que vi me trouxeram à cruel realidade: "São bruxas! Horríveis e cruéis! Não posso ser assim também! Não! Jamais! Não quero!". Mas a conhecida líder Micaela interrompeu meus pensamentos:

– Bruna, querida! Não seja antipática em sua primeira visita. Deixe-me apresentar sua verdadeira família: o Círculo da Lua! Estas são Rafaela e Manuela, minhas companheiras de lua cheia; Rosa, Rose e Rita, irmãs de lua nova; Darlene, Marlene e Edilene, amantes da lua crescente; e suas futuras companheiras de lua minguante: Bárbara e Bia. Com a sua chegada, voltaremos a ter força total para cobrirmos todas as etapas de trabalho.

– Trabalho? Que trabalho? O que querem que eu faça?

– Acalme-se, Bruna querida! Não trabalhará tantos dias assim, apenas nas noites de sua lua, a minguante, ajudando Bárbara e Bia a manter a vitalidade que todas nós necessitamos para aproveitarmos os prazeres deste belo mundo!

– Vitalidade? Como conseguem?

– Ora, bobinha. Com vidas! Achou que conseguíssemos com farinha, ovos e leite? – gargalhou. – Pessoas que nossos queridos boitatás hipnotizam com seus olhos de fogo para nos servirem todas as noites. Cada irmã permanece aqui por uma fase de lua, sugando a vitalidade dos corpos capturados por nossos boitatás, filtrando essas energias à poção que precisamos beber diariamente.

– Que horror! Já não matam só bebês, como dizem as histórias?

– Os bebês são nossos preferidos, pois têm muita vitalidade, mas hoje já não são suficientes para todas nós, por isso o Círculo da Lua ainda existe. Esses valiosos presentinhos dos boitatás mantêm nossas vidas e poderes por uma fase da lua, até que novas irmãs cheguem e nos substituam na tarefa. Assim, estamos livres para aproveitar nossas novas forças de vida. Veja! Lá vem seu belo boitatá, Thomas!

– Thomas... Não! – Uma das bruxas o trazia preso a uma corrente. O corpo trôpego, a sua pele esverdeada, manchada e descamando. O processo parecia não estar concluído, mas já não tinha cabelos e no lugar do nariz, dois pequenos orifícios. Apenas os grandes olhos verdes ainda lembravam o Thomas que conheci.

– Eu lamento tanto! – disse aos prantos, mas meu amigo já não tinha consciência. – Liberte-o! Eu não quero! Não participarei disso jamais! – gritava ao avançar sobre a bruxa que o segurava. Mas rapidamente fui envolvida e presa por um dos boitatás presentes, quando a bruxa Micaela acrescentou:

– Eu estava aqui apostando com a Bia se você daria ou não mais um showzinho. Pensei que já estivesse convencida do que poderia acontecer. Bia, querida, você ganhou. Faça o que combinamos com o papaizinho da rebelde – disse maliciosa, olhando-me com olhos vítreos.

– Não! Não, por favor! Meu pai não! – vi que a bruxa foi em direção à água, onde, dentro de uma pequena canoa, estava o meu pai amordaçado. – O que farão a ele? Deixe-o! Espere! – percebi a bruxa Bia falar em língua estranha, atraindo seu boitatá. – Não, isso não! Espere! Eu faço, eu faço o que quiserem, mas deixem-no em paz! – gritei aos prantos, em total desespero, sem a real noção do que aceitava com aquelas palavras. A bruxa Micaela ironizou:

– Agora sim! Venha, vamos acabar logo com isso – a bruxa colocou a mão dentro da grande fogueira que ficava no centro do estranho círculo de dança ritual. Aparentemente sem nenhuma dor, retirou de lá um frasco cheio de uma substância alaranjada. Pingou algumas gotas em sua mão queimada pelas chamas, o que fez com que novamente adquirisse aparência saudável. Aproximou o frasco de meus lábios e disse:

– Aqui está querida, o seu elixir para uma longa e intensa vida de prazeres.

– Primeiro libertem o meu pai! – respondi resoluta, virando o rosto, ainda presa pelo boitatá. – E Thomas também! – acrescentei, indecisa.

– Seu pai, tudo bem. Mas Thomas? – gargalhou Micaela, sarcástica. – Seu amigo não entra no acordo, será o boitatá a lhe servir enquanto o corpo aguentar as transformações diárias. E você ficará livre da polícia! Alguns inconvenientes podem acontecer quando todas as manhãs ele voltar à sua forma humana, mas o feitiço logo apagará da memória todos os horrores que ele tenha feito em seu nome, minha querida. Então ele voltará a ser o patético criador de tartarugas de sempre, até que o crepúsculo o atraia a Moçambique e a noite novamente o transforme em seu fiel servidor! Quanto ao seu pai, prometo que...

Mas o seu discurso foi interrompido. A maior serpente que eu já tinha visto chegou repentinamente pelo mar, deslizando veloz para junto da cobra gigante que me prendia. Reconheci os olhos alaranjados do primeiro boitatá que havia encontrado atrás da cabana do projeto Tamar, em Moçambique.

Os boitatás recuaram, até mesmo o que me mantinha presa juntou-se aos demais, demonstrando respeito ao recém-chegado.

– Miro? Ora, ora! Pensei que não o veria mais, criatura ingrata! Já escolhi seu substituto. Irei transformá-lo hoje, será o novo líder! – exclamou Micaela com a habitual ironia.

O boitatá parou em frente à bruxa, pronto para dar o bote. Trazia enrolado à cauda uma antiga tesoura que exibia como troféu.

– Como ousa trazer este objeto à reunião!? – falou a bruxa, irada. As demais pareciam horrorizadas e sem reação – Não ouse fazer isso!

Desafiando a ordem, o boitatá depositou em minhas mãos o objeto que exercia estranha repulsa em todas as bruxas. Só pude ouvir o grito de Micaela:

– Não! Não pegue! Largue isso!

Recordando a história de papai, eu realmente não estava disposta a me livrar do objeto. Agarrando-o com toda força, parti em direção à bruxa. Iria golpeá-la, mas fui impedida pelo mesmo boitatá que, instantes antes, havia me ajudado.

– Tola! Mesmo estando imprestável, ele não permitirá que me ameace! Mas ainda assim é um traidor, Miro. Sua família pagará caro por isso!

Os olhos do boitatá tornaram-se incandescentes. Talvez a menção da família tenha influenciado a decisão de se libertar de sua escravizadora. O bote foi inevitável, derrubando a bruxa e o frasco com a substância, que se partiu no chão. Mas, pressentindo que não conseguiria mais dominar a criatura, a bruxa foi mais ágil. Utilizando a língua que eu não entendia, conseguiu apagar os olhos de fogo da serpente, transformando-o novamente no velho pescador.

Livre do feitiço, o corpo de seu Miro entrou em processo rápido de deterioração. Agonizando, o pescador ainda teve força para aconselhar:

– Vá embora agora, menina!

Mas a bruxa tentou um último recurso:

– Você ainda pode salvar seu amigo! Bruna, largue a tesoura! Deixe-a com Thomas e na próxima lua ele estará de volta, livre do feitiço!

Porém, seu Miro advertiu:

– Enquanto tiver a tesoura e elas não tiverem aquele líquido maldito, não podem fazer nada contra você. Pense, Bruna, é você que elas querem, a bruxa que nasceu na ilha da magia. Pegue seu pai, elas também não poderão atacá-lo.

Corri até meu pai e o soltei, enquanto ainda pensava no que fazer.

– Deixará seu amigo conosco, querida? – insistiu a bruxa. – Basta colocar a ponta da tesoura nos orifícios da mordida e seu amigo estará salvo. Escolha, Bruna! Junte-se a nós e salve seu amigo, que irá embora com seu pai.

De mãos dadas com papai, apavorado com o que viu, percebi que ele também queria fugir o quanto antes. Mas hesitei novamente ao encontrar o olhar vago de Thomas.

Ao ver minha indecisão, seu Miro tomou a iniciativa. Cambaleando em direção à fogueira, não deu ouvidos às ameaças de Micaela.

– Não ouse poluir nossa chama, ser impuro!

A BRUXA E O BOITATÁ 211

Resoluto, seu Miro atirou-se voluntariamente às chamas, dizendo:
— Saia desta ilha, Bruna, e não retorne nunca mais! Está livre dessa bruxa, pelo menos... — seu Miro já não aguentava mais falar — ... pelo menos... por mais dez anos.

Quando as chamas se extinguiram, as bruxas e os boitatás haviam desaparecido.

Meu pai cambaleava, mas me ajudou a levantar Thomas, que parecia ter sua transformação interrompida. A sua pele parecia ter perdido as escamas, eu chorava sem acreditar nessa boa sorte.

Saímos do local o quanto antes, eu, meu pai e Thomas, nossa fadiga e terror sendo so únicos resquícios daquele pesadelo.

Deixei a ilha na mesma noite.

Papai já roncava na poltrona ao meu lado, Thomas havia sentado duas fileiras atrás. Sua pele parecia apenas muito queimada de sol, descascando por toda a parte.

Depois de uma espera angustiante enquanto o avião taxiava, o piloto anunciou:

— Tripulação, decolagem autorizada. Nosso tempo de voo até São Paulo será de cinquenta minutos.

Já no ar, junto com uma bebida e um pacotinho de amendoins, a aeromoça me entregou um bilhete. Não pude conter o calafrio que me subiu ao lê-lo:

BOA VIAGEM! VEJO-TE AOS 33... BRUNA QUERIDA!

RENAN DUARTE

BRASIL FANTÁSTICO
O RAPAZ MISTERIOSO

Editora Draco

Permita-me contar de forma sucinta, porém não leviana, as minhas últimas horas nesta terra. Morri chegando na velhice. Vivi como pude e surpreendi-me como nunca na despedida. Se podes me ouvir agora, certamente tu também já não estás entre os vivos, embora o que conto não é segredo dos mortais. Sempre os mortais... Os dias eram quentes naquele ano e a casa estava melhor do que nunca. Dávamos uma grande festa. Era aniversário da minha menina, que deixara, aos poucos, e de forma graciosa, a infância. Eu, um abastado senhor da extração de látex, regia com mãos de ferro e disciplina todo aquele vilarejo pobre. Todos dependiam de mim, comiam das minhas sobras e eu pouco sabia a respeito das últimas histórias que rondavam o lugar.

Convidei os amigos da família para uma festa dentro da casa e, no pátio externo, preparei algo satisfatório para os moradores da região. Apesar do frescor que o rio próximo sugeria, o calor permanecia insuportável. Fiz, como de costume, os ritos cerimoniais de recepção para todos aqueles importantes de dentro da casa, e me dirigi para fora para discursar, como sempre.

Subi no palanque. Cumprimentei falsamente, com sorriso forçado, todos os mais velhos. Na verdade, a festa no pátio era mais animada do que na casa. Havia muita música e comidas diversas preparadas pelas donas locais. Eu preferia não me misturar, mas o banquete era pago do meu bolso. Foi quando me deparei com uma figura extremamente interessante, dançando entre as filhas morenas. Sorria como um recém-convertido, perdoado de todos os seus pecados, e dançava feito lírio solto pelo ar. As roupas, a pele, tudo brilhava. E ele estava impecável. Pensei ser algum filho dos meus amigos bêbados e nobres que aproveitava a presença das meninas inocentes.

Finalizado o meu discurso, a minha afirmação de poder sobre todos, voltei para dentro, abracei minha menina, beijei minha esposa, comemoramos e bebemos. Quase no final, quando poucas pessoas ainda estavam no salão, encontro o rapaz sorrindo e convencendo a todos. Não percebi quando foi que entrou, ou se de fato estava prestando companhia a alguém. Mesmo debaixo de um teto respeitável como o meu, usava seu belo chapéu. Não me incomodei. Deixei que o chapéu expusesse sua beleza. O rapaz tinha um encanto que outros não tinham, e todos no lugar já estavam envolvidos, como uma música, um canto. Tudo que dizia parecia provocar extremo interesse. Talvez por isto mesmo não me importei com ele, nem quis investigar quem eram seus conhecidos e amigos. A presença do rapaz me parecia agradável. Alguns poucos homens são dotados dessa habilidade de se fazer presente e agradável ao mesmo tempo.

Levemente, meus queridos convidados já estavam embalados pela levada, feito pequenas embarcações flutuando em rio calmo. E quando menos esperei, já apertava aquelas mãos.

– Permite-me uma dança com sua filha? – pediu cautelosamente.

– A música que toca aqui dentro não é pra dança – eu disse, secamente.

– Por isso mesmo peço permissão, senhor – ele sorriu com um sorriso largo. Nunca vi dentes tão brancos, feito marfim. Aprendi desde cedo, até por ser eu mesmo alguém suspeitável – e talvez por isso eu esteja agora neste limbo –, que sorrisos tão belos raramente são gratuitos e sempre escondem algo de maquiavélico. Suspeitei.

– Bebamos primeiro, rapaz. Vejamos do que você é feito.

Caminhamos até o bar, sentamos tranquilamente e ele continuava a sorrir. Notei aqueles olhos brilhantes e vivos, aquosos demais. Tive a sensação de estar diante de um homem úmido. Tais tipos são escorregadios, sempre corados, sempre saudáveis. Rosados como carne de peixe fresco. Certo perfume que me lembrava o cheiro de um rio. Enchi dois copos, ele sequer os tocou. Falamos muito e depressa – na verdade, eu falei –, ele concordava com tudo e parecia ser versado em todos os assuntos. Sorridente, ajeitando as roupas alinhadas, retirando e encaixando novamente o chapéu na cabeça. Quando questionado sobre suas origens, disse que era filho daquele que navega e sempre esteve nos rios. Julguei ser da família do dono daquelas embarcações que cruzavam o povo de um canto ao outro. Não era família rica como a minha, mas gozavam de algum prestígio social. A cada bebida e a cada novo tópico da conversa, ele tornava-se mais interessante. "Um bom rapaz", eu pensava, e me esquecia completamente de fazer as perguntas certas sobre sua origem. Parecia sabido e inteligente, realmente difícil encontrar pessoas assim por aquelas bandas. As primeiras suspeitas que sustentei, como sustento ao conhecer todos os homens, dissiparam-se feito névoa de margem ao chegar a manhã. Estava tudo bem agora, confiei. E confesso, eu estava animado e sem qualquer motivo aparente para desconfiança. Era apenas um rapaz digno de frequentar a minha casa, beber da minha bebida e ouvir da minha conversa.

Contou-me onde aprendera a dançar: sempre esteve entre os ribeirinhos, sem preconceitos. "Adorava o gosto das morenas", dizia como um despudorado. Brinquei que também já provei algumas, mas gostava mesmo era da minha dona. Ironia pura. Risadas fluídas saíam da garganta. Cheguei a pensar: homens como ele estavam em falta, e por pouco, eu disse por pouco, eu não o convidei para visitar a casa mais vezes. Mas convenhamos, se eu tivesse feito o convite, não faria muita diferença, certo?

Enquanto conversávamos, notei um silêncio curioso e total do lado de fora, mas deixei escapar. A bebida já tomava minha consciência. De fato, não me lembro de quando o som da festa deixou o lugar; não me lembro quando lá fora, no pátio, tudo ficou tão quieto. Incomodou-me, comentei a respeito. Eu disse que aquele povo era instável. Perguntou-me a respeito deles e, se alguma vez na vida, parei para ouvi-los. Gargalhei como uma besta. Ele demonstrou incompreensão. Havia lendas e sabedorias profundas que qualquer força de outro mundo confiou a ninguém mais, a nenhum outro homem que não fosse tão simples como um pobre pescador, um extrator de látex, um plantador de batatas, argumentou. E aquele povo tinha, no sangue e nas rugas, histórias extraordinárias. O rapaz expôs sua teoria e quase o julguei como um defensor das classes mais baixas, dos trabalhadores das minhas terras e dos ribeirinhos.

Tinha bons argumentos, mas meus preconceitos estavam entre mim e aquela ideia, no meu ponto de vista torpe.

A princípio, aquilo pareceu estranho e idiota, pois o que tinha aquele povo de interessante a não ser a mão de obra barata? Entretanto, de uma forma sobrenatural, inexplicável, a fala daquele sujeito me fez abrir os ouvidos atentamente. Há homens nesta terra que têm o dom de se fazer escutar, mesmo quando não têm nada a dizer. Todavia, o rapaz simpático, extremamente simpático, tinha algo a dizer, e não era um simples homem, afinal. Claro, descobri minutos depois. Venci meu orgulho pelas palavras envolventes do rapaz e me dispus a ouvir. Que sabedoria, que lendas eram essas? Ele, reservando-se o direito de transmitir um segredo antigo, guardado por muitas gerações, revestiu a voz com tom aguado e grave, como forte rio que corre, e tratou de me contar.

O povo andava ressabiado, sem saber o fim nem o começo, pois algo de sinistro e tenebroso corria pelas margens do rio, logo, pelas casas de alguns. As mães não tiveram descanso, trataram de ajeitar as romarias, rezas e procissões para todos os santos possíveis. Os pais, com sua bravura curtida no álcool da pinga, afiaram as foices e desentupiram os canos de suas carabinas. O rapaz gesticulava e me contava, o povo estava preparado, e quem visse de longe, pensaria ser uma guerra. Uma guerra não, uma cruzada com pés descalços e calças de sacas de arroz, pois havia muita fé, medo e ódio na vontade daquela gente. Tentei desacreditar o discurso. "Tudo bobagem, o povo é assim mesmo", eu disse. Também sugeri que, por ele ser um moço de fora, não estava acostumado aos hábitos locais. Mas não, interrompeu-me, conhecia bem aquela estirpe, habitava os rios, habitava a vida daquele lugar. E quem conhece o rio, conhece o povo. Novamente me convenceu. Logo eu, que nunca, e nunca mesmo, dava o braço a torcer. Estava agora completamente rendido aos discursos do rapaz. Disse-me assim:

"Aconteceu que uma moça virgem, enamorada de um rapaz da vila, apareceu grávida, e obviamente, todos suspeitaram do rapaz. Entretanto, o dito libertino e abusado, que não respeita filha alheia, desaparecera. A moça alegava não se lembrar. A família, movida de íntimo senso de honra banhado em raiva e furor, juntou os homens da casa e fez uma empreitada à procura do sujeito. Com muito custo, acharam-no enquanto se lavavam no rio: um boto empurrava e brincava com algo que parecia ser um corpo. Trataram de puxar o defunto podre, fétido, degenerado e com as entranhas abertas e as tripas expostas. Assustaram-se ainda mais ao ver que se tratava do rapaz fugido. Voltaram para a vila com o corpo. Sem explicações, fizeram o enterro, a missa e tornou-se regra não falar sobre o caso. Uma vida perdida de vinte e sete anos. Todos lamentavam.

Nas conversas noturnas e escondidas, lembraram-se do boto. Alguém sugeriu chistosamente que o boto comeu as entranhas do rapaz e deixou um filho na barriga da moça. Riram todos. Não percebiam que é dizendo e recontando que se dá vida às lendas. Traz do mundo imaginário aquilo que antes parecia impossível apenas com o encantamento da palavra popular, saindo da boca de quem acredita. Todos os mistérios inexplicáveis e mitos assustadores começaram assim, com um conto, um reconto, uma roda de povo, que dizendo, trouxeram à existência, arrancando de debaixo das superfícies da realidade tudo que não era, e que agora, por assim dizerem ser, tornou-se fato.

E continuaram a contar, metade boato, metade lenda. Alguns dizem que naquele momento fez-se carne o mito do boto, especificamente na barriga da moça. Ninguém viu a cria do animal, ninguém soube. Apenas corriam os falatórios que a mãe fedia a pescado e gordura. O cheiro ficava mais forte à medida que fortalecia na boca do povo que ela daria a luz um menino com nadadeiras, filho do boto, filho das águas. Quando o menino nasceu, disseram que se parecia com um animal aquático do demônio. Com nadadeiras no lugar dos braços, couro engordurado revestindo a pele e um choro ensurdecedor. Desesperados, jogaram-no de volta à água onde ele pertencia. Não se sabe ao certo, faz tempo.

Desde então, a cada vinte e sete anos, a idade do rapaz que fora morto, o homem boto reaparece, arrancando as vísceras daquele que tem direito sobre a virgem para deixar nela um filho, que dará continuidade ao seu legado. Assim permanece viva a lenda, assim o povo diz, assim tem carne o mito, pela boca dessa gente, pelo quarto ciclo de vinte e sete anos que se cumpre agora, ao virar a meia-noite. Aqueles que acreditam, prepararam suas armas e guardaram suas filhas."

O rapaz finalizou a história e, pela primeira vez, bebeu um gole e limpou o que parecia ser suor na sua testa. De fato, fiquei espantado. Assustou-me a maneira como contou e articulou as palavras. Esbocei um sorriso e intentei dizer que ele se tratava de um excelente contador de histórias e propagador das lendas. Fiz tal comentário para tentar disfarçar meu espanto. Não funcionou. Ele me fitou seriamente, agora com a pele extremamente oleosa. "Agora, meu senhor, não se trata mais de uma lenda. Como havia dito, pela boca do povo, por tanto dizerem, o mito fez-se vivo." As coisas já estavam trêmulas, eu havia bebido mais do que devia. Ele continuou: "Agora já virou a noite e entramos na madrugada. Neste instante, se inicia outro ciclo. Em algum lugar, alguma virgem, de uma família de respeito, deve ser sacrificada para que o mito permaneça vivo. Para que nunca mais os seres de um mundo impossível fiquem presos nos limbo da fantasia e possam, finalmente, tomar este mundo." Aquilo arrepiou a minha pele. Subitamente, o encanto que havia em torno do rapaz se fora, e as suas roupas estavam quase encharcadas. Lembro-me de ter dito que não fazia tanto calor para aquele exagero. Ele não respondeu de volta.

O rapaz se levantou e serviu-me mais alguns copos de bebida. Engoli rapidamente sem nem sentir o gosto. Algo nos olhos do rapaz havia mudado. Não havia mais o jeito amistoso e companheiro de travar uma boa discussão. Olhava-me nos olhos e falava sobre a lenda, várias vezes, sobre a verdade na boca do povo, sobre a sabedoria popular. Continuava a dizer sobre coisas que me gelavam os ossos. O que senti, pouco sei explicar, mas ouso tentar: uma presença que caía sobre os meus ombros, como se o ar se transformasse em água, e num misto de leveza e sufoco, eu prendia o ar e tentava compreender de onde vinha tudo aquilo. Examinei minha mente por um instante. Olhei ao redor, os convidados já tinham saído. Era eu e o rapaz e um profundo sentimento de desolação, afogamento.

Para mudar de assunto, levantei-me, recordei-me do silêncio e bem sabia que os ribeirinhos não iriam embora tão cedo. Cambaleando, bêbado e profundamente incomodado com a presença do rapaz, que não desviava seus olhos de profundezas de mim, fui até a janela.

— Sabe o que dizem? — perguntou antes que eu chegasse para

ver o pátio. Virei-me sem responder. Continuou: – Dizem que o menino boto, quando saía do rio, só procurava fazer amigos, pois as águas podem ser profundamente solitárias. Todos o rejeitavam. Então, ele aprendeu algo com os homens, sempre com eles, os mortais deste mundo infame. Aprendeu a mentir, aprendeu a fingir, a trajar-se de outro modo. Mudou a pele, os olhos, a fala. Tornou-se, mentirosamente, um galante rapaz. Ouviu atentamente, de longe, os conselhos dos pais aos filhos, dizendo que as festas da cidade são boas para conseguir amigos e mulheres. Passou a frequentar as festas. Mas o menino boto era ingênuo, e logo descobriu sobre sua lenda, que mais cedo ou mais tarde, abriria as entranhas de alguém e deixaria um filho em uma virgem. Ofendido, por vingança, tal como diziam, assim ele o fez. O mito estava completo. Selado, seria assim por mais três vidas. Indo a festas, encantando a todos e... Fazendo o que tem que ser feito.

Aquilo me afligiu. Quanto mais contava, mais eu detestava tudo.

– Por que insiste nessas bobagens? Já temos idade para deixar as crendices.

Ele sorriu.

– Não há crendices. Já disse e todos disseram comigo. Está vivo.

– Pare com essas bobagens! – ordenei, enfurecido. Tentei voltar para a janela e pegar um pouco de ar, sentir a brisa e tentar me livrar daquilo que me sufocava.

– Ah, senhor... Não entende? Detesto ter que fazer isso, mas é maior do que eu, é a minha essência.

– Do que diabos está falando? – perguntei, transtornado. – Acho que bebi demais e você também. Preciso ar fresco, vamos parar com esta conversa fiada.

– Olhe pela janela e então saberá.

Desviei o olhar sorrateiramente, pouco a pouco, até o pátio. Parecia um jardim de flores humanas em terra cinza. Do ventre de cada caído, brotavam abrolhos vermelhos. Eram suas vísceras, estômagos, tripas, tudo, abertas e jogadas pelo chão. Os cachorros brigavam pelos restos. Todos estavam mortos. O sangue fazia seu carpete carmesim.

Senti uma pontada no peito, o ar ficou denso e então, parecia fugir de meus pulmões – deixei o copo cair. As palavras não puderam chegar à minha boca. Apoiei-me de costas para a janela. No rosto do rapaz misterioso, estava o grande sorriso de um demônio. Quando finalmente consegui, disse:

– Você...

Ele se aproximou devagar.

– Hoje, o quarto homem boto veio até sua festa à procura de uma virgem, e encontrei a pessoa perfeita. Hoje, nobre senhor, eu vim para comer as suas vísceras e colocar uma semente na barriga de sua filha.

A pele do rapaz se rasgou, os dentes tornaram-se pontiagudos e os olhos saltaram para fora. Dos dedos fizeram-se longas garras e os braços alongaram-se como nadadeiras. Água jorrava daquele corpo deformado. O chapéu foi ao chão, revelando dois buracos na cabeça, por onde respirava. O nariz modelou o rosto de forma pontiaguda, exatamente como um boto. Mas este não era belo, era podre. O resto de pele e carne humana caía pelo chão e dava lugar à camada de gordura Havia veias por todos os lados e fedor... Senti outra pontada no peito.

Tentei fugir, correr dali, mas as pernas não se moviam com rapidez. Recostei-me novamente na janela. Não havia escapatória.

– Uma dança. Apenas uma dança com sua filha – a voz áspera com um bafo fétido me atordoou. Eu não conseguia dizer palavra.

A minha menina, minha doce menina, estava na sala, sorrindo. Enfeitiçou-a com seu encanto e sedução infernais. Pude ver em seus olhos que ela já não estava ali. Tentei agarrá-lo, em vão. Suas garras me atravessaram o ventre, jogou-me contra a parede e puxou com os dentes o que havia em meu interior. Eu mesmo vi a pior coisa que um homem poderia ver: as suas tripas sendo comidas enquanto se está vivo, enquanto sente o sangue e a respiração confundirem-se e tomarem as vias do teu corpo. Cada milésimo de segundo pareceu uma eternidade de sofrimento.

A última cena que vi completou a tortura: aquela monstruosidade das águas estendendo uma das mãos – ou nadadeiras, não sei – para minha garotinha inocente. Abraçando-o como se fosse um príncipe. Ele abriu sua longa boca e antes que a mordesse tudo ficou turvo, e logo em seguida, negro. Ouvi os gritos dela, desesperadores, como aqueles que nos acordam de um pesadelo. E então, não senti mais nada.

Acordei aqui.

Acabou, amigo. Esta é minha história. As minhas últimas horas na terra. Dizem que aqui é o lugar reservado a todos aqueles que morreram por razões que não são naturais ao mundo dos mortais. Esta foi a minha razão. Conta-me, companheiro. Tenho tempo. Aqui a noite não acaba, conta-me... O que é que te matou e te trouxe a este inferno?

ANTONIO LUIZ M. C. COSTA

BRASIL FANTÁSTICO

O PADRE, O DOUTOR E OS DIABOS QUE OS CARREGARAM

Por provisão de 7 de setembro de 1592, a conselho do senhor Secretário de Estado Fernão Moro, o imperador Dom Sebastião encarregou ao senhor Gabriel Soares de Sousa, barão do Paraguaçu, de explorar o rio chamado pelos indígenas Juciapê, em sua língua "o lugar onde a caça bebe água", e pelos portugueses Rio de Contas, pelas muitas pedrinhas azuis e redondas espalhadas por seu leito. Por necessitar Sua Senhoria de missionários e secretários, o senhor Patriarca Ecumênico Dom Antônio I confiou a este servo de Deus a missão de apoiá-lo em tão gloriosa empresa, com o fim de consolidar a aliança com os brasílicos e averiguar as notícias de diamantes e outras pedras preciosas junto às nascentes. Se fossem verdadeiras, isso seria de muito proveito para o comércio exterior com os holandeses e o Oriente, por meio do qual esperava o Imperador conseguir mais recursos para prosseguir a luta e retomar as terras de Portugal invadidas pela Santa Aliança organizada pelo Papa contra nossa pátria.

Partimos no dia seguinte ao da Festa dos Reis Magos e foram os primeiros dias mui venturosos. O clima estava temperado de bons, delicados e salutíferos ares, os céus muito puros e claros, principalmente de noite e os indígenas nos agasalhavam com muita caridade.

Em Itacaré, dissemos missa cantada com diácono e subdiácono, oficiada em canto d'órgão pelos índios com suas flautas. Dali fomos à aldeia de Ubaitaba, seis léguas desta, onde houve semelhantes recebimentos e festas, com muita consolação dos brasílicos e nossa. A entrada de Soares de Sousa seguiu rio acima, respeitando os usos e crenças dos gentios em reta obediência às instruções de Sua Majestade e de Sua Santidade e foi sempre bem recebida.

Em toda esta terra, como sabeis, há muitas e várias nações de diferentes línguas, porém uma é a principal que compreende alguns dez povos: estes vivem na costa do mar e em uma grande corda do sertão, porém são todos estes de uma só língua ainda que em algumas palavras discrepam e esta é a que entendem os portugueses; é fácil, e elegante, e suave, e copiosa, a dificuldade dela está em ter muitas composições; porém, dos portugueses, quase todos os que vieram do reino e estão cá de assento e comunicação com os brasílicos a souberam em breve tempo e os filhos dos portugueses cá nascidos a sabem melhor. Estes foram e são os amigos antigos dos portugueses, com cuja ajuda e armas conquistarão esta terra.

Destes há os que chamam tupinambá: estes habitam do Rio Real até junto dos Ilhéus. Estes entre si eram contrários, os da Bahia com os do Camamu e Tinharé, antes de serem pelos portugueses pacificados. Este gentio não tem conhecimento algum de seu Criador, nem de cousa do Céu, nem se há pena nem glória depois desta vida e, portanto, não tem adoração nenhuma nem cerimônias, ou culto divino, mas sabem que têm alma e que esta não morre e depois da morte vão a um campo onde há muitas figueiras ao longo de um formoso rio, e todas juntas não fazem outra cousa senão bailar. E têm grande medo do demônio, ao qual chamam Curupira, Taguaíba, Macaxera, Anhanga. Não o adoram, nem a alguma outra criatura, nem têm ídolos de alguma sorte, somente dizem alguns antigos que em alguns caminhos têm certos postos, onde lhe oferecem algumas cousas pelo medo que têm deles, e por não morrerem. Algumas vezes lhe aparecem os diabos, ainda que raramente.

Grande foi nosso assombro ao chegarmos, três ou quatro léguas depois da missão de Jitaúna, à taba de Jaçapucaia, onde os indígenas falavam dos ditos demônios sem temor e davam a entender que os viam amiúde para trocar fumo e aipim por penas e ervas e para ter comércio carnal em sinal de aliança e amizade com essas criaturas, chamadas ali de caaporas, mas mui semelhantes ao que nos contava o gentio do litoral dos curupiras e anhangas.

Receei encontrar-me em meio a adoradores de Satanás e turvou-se-me o ânimo pois suas descrições dos encontros com os caaporas me recordaram as passagens do *Malleus Maleficarum* nas quais Jacobus Sprenger e Henricus Institoris descrevem as uniões com íncubos e súcubos e os conclaves nos quais o diabo aparece às feiticeiras em corpo fingido de homem e lhes cobra fidelidade em troca de vida longa e prosperidade, bem como o tratado *De idolatriae cultu* de São Bernardino de Siena quando trata das bacanais chamadas tregendas, nas quais bruxos e bruxas se unem a dríades e lares em nome de Diana ou Herodíade.

Bem sabia que essas e outras obras foram desautorizadas por Sua Santidade Fernando I como fraudes e erros papistas dos quais a Igreja do Império de Portugal, Brasil e Algarves se libertou pela mão forte de Sua Majestade e por seus sábios conselhos e que essa ordenação foi confirmada por seu esclarecido sucessor, o antigo Prior do Crato. São, porém, tão estranhos os descobrimentos destas últimas décadas, alguns dos quais confirmaram a verdade de relatos outrora tidos como mentirosos, tais como os de Marco Polo, que não pude deixar de pensar que poderia haver grãos de verdade por trás da loucura da Inquisição. Confessei minhas dúvidas ao doutor Sanches, médico e naturalista da expedição e ele caçoou de mim:

— Contém teus arrazoados apressados e esperemos por mais evidências antes de julgar o que não compreendemos. Olha que se te tornas papista eu te denuncio ao Patriarca!

Ele me fez ver como as superstições inculcadas na infância ainda me perturbavam, a ponto de precisar do conselho de um leigo, judeu ainda por cima, para recuperar o bom senso. A ameaça, pura zombaria, pois era antiga a nossa amizade, poderia ter sido séria. Sanches frequentava o rabino-mor Judá Abravanel e o pajé-guaçu Guyraró, protonotários do Patriarca e seus braços direito e esquerdo. Não me enviariam à fogueira, como havia de acontecer a um clérigo acusado de sebastianismo em terras papistas, mas seria o fim de minha carreira.

Sanches era de opinião que o caapora era um povo brasílico diferente do tupinambá em língua, feições e costumes, do qual a corte ainda não tinha notícia, salvo pelos vagos rumores ouvidos no litoral. Nesse caso, nos caberiam os primeiros passos para convertê-los à civilização e à pacífica vassalagem a Sua Majestade. Expusemos nossas cogitações ao senhor barão, que nos autorizou a ir ao encalço dessa nação misteriosa enquanto seguia para as cabeceiras do rio. Poderia nos deixar alguns homens armados, mas preferimos confiar na proteção e hospitalidade do povo de Jaçapucaia para não alarmar os caaporas.

O próximo encontro com os caaporas seria na lua cheia, dentro de três dias. Enquanto a entrada de Soares de Sousa seguia seu rumo, Sanches e eu nos hospedávamos na casa do principal e matávamos a curiosidade dos brasílicos sobre os costumes portugueses, a corte de Salvador e o mundo d'além-mar. Notei que alguns dos curumins e cunhantains tinham orelhas pontudas e olhos mui grandes e negros, anomalia cuja origem, só bem depois, compreendi.

Chegou a noite marcada – era um sábado –, fiz minhas orações e saímos da taba ao final da tarde, acompanhando alguns homens e outras tantas mulheres, que levavam às costas baquités cheios de fumo, aipim e cabaças de cauim.

Levaram-nos de canoa à margem direita do Juciapê, onde a terra é mais montuosa e mais densa a mata, pela qual nos embrenhamos. Os tupinambás caminhavam rápido, fazendo pouco barulho e sem trocar palavra. No meio do caminho havia um ribeiro com um tronco torto a servir de ponte. Os indígenas a atravessaram com a maior facilidade e Sanches os seguiu, mas hesitei. Mandaram um jovem me ajudar, o qual voltou e estendeu-me a mão. Só assim pude atravessar.

Após pouco mais de uma milha de caminhada, chegamos a um claro entre árvores no qual cresciam muitos cogumelos. Sanches e eu sentamo-nos num tronco caído enquanto os brasílicos se acocoravam, e seguiram-se algumas ave-marias de espera silenciosa, à parte os sons de grilos e cigarras e o esvoaçar de um que outro morcego, quando ouvimos o pio da ave matitaperê – soa como "saci, saci!" – e o guia, filho do principal, o arremedou. Seguiu-se um som como o de um pau batendo em árvores e o guia tomou de uma vara para imitar o ritmo.

Quase salta meu coração pela boca ao surgir uma imponente criatura à imagem e semelhança das gravuras de demônios que me assombraram a meninice. Ao luar, os olhos chamejavam no rosto escuro como o de um cão negro, as orelhas eram longas e pontudas como as de um gato, imponentes galhadas de veado-campeiro se projetavam de sua cabeça, arrastava uma cauda como de serpente e suas mãos, pés e postura tinham algo de bestial. Outros o seguiram, mui semelhantes, embora alguns tivessem cornos diferentes e pequenos. Alguns andavam sobre as mãos, como fazem os macacos, outros vinham eretos.

Fiz o sinal da cruz e levantei-me, pensando em tentar um exorcismo, mas Sanches me puxou com vigor e me obrigou a sentar de novo, com um sussurro áspero:

– Pelas barbas dos profetas, padre Cardim! Acalma-te e não nos ponhas em apuros! Não sei que diabos sejam eles, mas não são os teus malditos íncubos papistas. Não vês que os rabos são postiços? Se calhar, também são falsos os chifres.

Percebi então que, em verdade, as caudas eram flácidas e presas à cintura. Ainda assim, eu não podia parar de pensar numa falange de diabos recém-saídos do inferno.

Os brasílicos se ergueram para tocá-los e recebê-los segundo seu costume, a chorar em altas vozes, com grande abundância de lágrimas, e ali contaram em prosas trovadas quantas cousas têm acontecido desde que não se viram até aquela hora, e outras muitas que imaginam, e trabalhos que o hóspede padeceu pelo caminho, e tudo o mais que pode provocar a lástima e o choro. Depois de chorarem por um bom espaço de tempo, limparam as lágrimas e ficaram tão serenos e alegres que parecia que nunca tinham chorado e os saudaram e deram seu ereiupe, e lhes ofereceram os pacotes de fumo e os aipins.

Os recém-chegados responderam na língua tupinambá, que falavam em versos cantados com vozes mui agudas e sibilantes, entrecortadas por sons como de assobios de aves e sons de animais, com os quais expressavam sentimentos e estados de espírito. Agradeciam os presentes do povo de Jaçapucaia e ofereceram por sua vez as belas penas e folhas, frutos e raízes medicinais que traziam do coração da mata e louvaram a formosura dos homens e mulheres indígenas e lhes perguntaram sobre uns tais caitaiuçu, quer dizer, macacos de cara pálida e peluda como a do caitaia, o macaco-galego, porém grandes.

Chamai-me de tolo, se vos aprouver, pois demorei a perceber que falavam de nós, portugueses, e que os de Jaçapucaia tentavam explicar-lhes que éramos teiqueara, hóspedes. Um deles se aproximou para me ver melhor e me puxou as barbas, como para ver se eram verdadeiras. Percebi então como eram miúdos e só me pareciam grandes pelo meu temor e pelo talhe esguio. E que os chifrinhos, estes pequenos e de veado-mateiro, não lhe cresciam da testa, eram um enfeite de cabeça como as penas que usam os indígenas em dias de festa.

Não satisfeito com a inspeção da barba, o caapora quis me arrancar a batina. Assustado, tentei impedi-lo, mas era muito mais forte do que fazia supor o tamanho e a magreza e fez o pano em pedaços com as unhas afiadas. E então me segurou pelos pulsos e dizendo algo como "tapupê, caí, tapupê..." me levou a mão às suas vergonhas e arrulhou, enquanto me tocava. Percebi então que era fêmea e estava tomada pelo desejo da carne. Os caaporas, como os indígenas, andam nus sem nenhuma cobertura, mas a quem os vê pela primeira vez é difícil distinguir-lhes os sexos, pois são semelhantes na magreza e estatura e os pelos púbicos são tão abundantes que escondem as genitálias, quando não são machos em plena excitação.

Hesitei, mas minha carne não compartilhava das dúvidas de minh'alma, Sanches ainda menos e os indígenas de ambos os sexos, de forma nenhuma. Aquilo estava a se tornar uma bacanal e algo no cheiro e nos modos daquela fêmea me turvou os sentidos, mesmo escassa de carnes e dona de olhos que metiam susto de tão grandes e luminosos. Confesso humildemente que já doutras vezes me rendera à luxúria, mas jamais uma filha de Eva me alvoroçou tanto. Quis tomá-la como um animal no cio, mas ela me deitou ao solo e copulou *mulier equitans*.

Encontrava-me eu atordoado por três *effusiones seminis* intercaladas por goles de cauim, quando rebentou entre caaporas e tupinambás uma altercação que não compreendi. Golpearam-se uns aos outros com os punhos, os caaporas disparando vitupérios em sua língua obscura, mesclados de gritos de guaribas em fúria e respondidos em língua tupinambá. Então responderam a alguma voz de comando e puseram-se em retirada, roncando e batendo dentes como taiaçus. Levantava-me para tomar tento, quando três ou quatro deles caíram de inopinado da mata e me arrebataram. Num piscar de olhos, me içaram para a copa de uma árvore, amarraram-me com a mesma ciência com que as aranhas amarram as moscas nas suas teias e carregaram-me aos saltos pela mata, revezando-se entre eles ou elas.

O terror e o espanto de me ver atado e atirado nu e às escuras de árvore em árvore, depois de volta ao solo e então para outra copa, barrancos acima e abaixo, forçado pela corda metida na boca a engolir o vômito enquanto ouvia ulular demônios, me fez pensar que morrera naquela clareira sem confissão nem arrependimento e que depois de cometer o último dos pecados com o mais ardiloso dos súcubos, os diabos carregavam minh'alma para os quintos dos infernos. Tentei me recordar do Padre Nosso sem o conseguir e me apavorei ainda mais, por ver nisso o sinal para abandonar toda esperança a não ser, talvez, a de que a misericórdia divina me poupasse de sufocar nas chamas negras dos lagos de breu sulfuroso dos sermões de Santo Anselmo e me permitisse padecer para sempre como os condenados ao segundo círculo do Inferno de Dante, torcidos e agitados por uma tormenta infinita, arrastados em rodopio pelos abismos e sendo lançados contra rochedos e paredões ao capricho dos ventos, sofrendo tal castigo por terem, como eu, se deixado levar em vida pelas paixões.

Qual não foi meu pasmo ao sentir que o tormento eterno se acabou e meus raptores sossegaram e me pousaram noutra clareira, sem demasiada rispidez e sem ostentar espetos ou caldeirões de fogo. E que também as trevas chegavam ao fim e se ouvia o alarido dos primeiros pássaros da manhã e os sinais do início da alvorada se viam nos céus. As criaturas faziam muita bulha com a sorte de cacarejo que tinham a modo de risada e a fêmea com que me unira, agora sem os cornos e o rabo, desembaraçou-me das amarras com a mesma sobrenatural ligeireza que tiveram seus companheiros para prender-me.

Pus-me de joelhos a agradecer a Deus a vida devolvida após tal provação, sem dúvida uma advertência sobre o que me aguardava na eternidade se não me emendasse, mas a criatura, indiferente à minha devoção, dizia "tapupê, xeremimbab, tapupê", arrulhava e mostrava que queria repetir os folguedos da véspera. Recusei-me com veemência e as companheiras delas me deitaram ao chão, seguraram meus braços e pernas e uma delas me esfregou uma poção no membro viril. Senti então um fogo tomá-lo e erguê-lo contra minha vontade.

A fêmea então me montou e deleitou-se até fartar. Seguiram-se seis outras e me encheram de dor, medo e humilhação indescritíveis. Quando se fartaram, largaram-me no chão como um trapo sujo, exposto ao sol da manhã e à curiosidade dos machos e dos filhotes que me vinham apalpar o corpo e puxar os cabelos a ver como eu era feito e depois trepavam de novo às árvores. Esgotado e tomado de tremores, encolhi-me com a cara entre as pernas à sombra de um jacarandá, desejando que a terra se abrisse para esconder minha vergonha. Chorei e rezei a Nossa Senhora para que pusesse fim a meus tormentos, ainda que fosse pela morte.

Estava eu ainda nessa posição quando senti uma mão no ombro. Mão de homem, não daquelas criaturas infernais. Era o doutor Sanches, de cócoras à minha frente, nu como eu.

– Como estás, padre Cardim? Elas te maltrataram? Estás ferido?

Suspirei.

– Enxovalharam-me o quanto puderam, doutor Sanches. Não me fizeram ao corpo nada que um médico tenha que curar, mas o que me fizeram à alma, só no outro mundo poderá ter consolação, que se Deus quiser, não há de tardar...

– Ora, ânimo! Não deixes teu espírito se abater, pois precisarás dele para sair destes perigos – tomou-me pela mão e fez-me levantar e caminhar. Os caaporas, ocupados com seus lazeres e afazeres, nos ignoravam ou olhavam sem interesse.

– Queres fugir? Nus e desarmados nessa mata sem fim? Pensei que não crias em milagres.

– Não mesmo e, ainda que soubéssemos o caminho e estivéssemos aparelhados, duvido que pudéssemos escapar sem permissão dos caaporas. A selva é sua morada e são mais lestos e vigorosos que nós, apesar da aparência mirrada. Temos de convencê-los a nos alforriar e nos ajudar a voltar.

– Alforriar? Acaso somos escravos? – A ideia me horrorizou.

– Hum... Pensa num desses negros que os nossos caçam ou compram na costa da Guiné ou de Angola. Ou melhor, como uma dessas negrinhas vendidas nos mercados de Salvador e que, com a desculpa de tê-las para os serviços caseiros, os amos forçam a satisfazer seus apetites. *Mutatis mutandis*, nossa posição é semelhante. Poderia ser pior, vê bem: imagina se nos fizessem trabalhar no eito e nos acorrentassem para dormir na senzala em vez de nos fazer servir como mucamas na comodidade da casa grande. Agradeçamos ao Senhor sermos nós portugueses nas mãos de caaporas fêmeas e não negros nas mãos de homens portugueses!

– Que comparação odiosa! Acaso as ouviste nos chamar escravos?

– Bem... receio que não façamos jus a essa honra. Nossas senhoras não nos chamam *xeremiauçub*, "meu escravo", e sim *xeremimbab*, "meu animal de estimação". Não sei se percebeste, mas a briga começou porque as caaporas insistiram em pedir os *mimbaba*, prometeram trazer muitos presentes, os tupinambás insistiram em que éramos hóspedes e os caaporas pensaram que eles estavam zombando deles. Receio que temos de convencê-los primeiro a nos ver como gente. Ninguém saiu muito ferido, creio que farão as pazes se...

– Mas eles não são gente! São artes do demônio!

– Ainda com isso, padre? Esquece os livros papistas e abre os olhos do espírito. São criaturas do Senhor. Têm fisionomias e modos estranhos, mas são de carne e osso, parem suas crias e se chamamos de alma a substância dos pensamentos e afetos, tens que conceder que a possuem. Se a têm imortal é outra questão, mas tampouco estou certo disso quanto a nós...

– Mísero saduceu!

– Esta questão não vem ao caso, padre...

– Como podes pensar que estas monstruosidades descendem de Adão e Eva?

– Se buscares nos arquivos da faculdade de medicina, verás que rebentos mais estranhos já nasceram de mulheres, mas penso noutra cousa. O grande Maimônides, no Guia dos Perplexos, menciona a possibilidade de Adão ter tido pai e mãe e ser só o progenitor e profeta de uma linhagem escolhida pelo Senhor. O Gênesis diz primeiro que o Senhor criou o homem à sua imagem e semelhança, homem e mulher os criou no sexto dia. Depois de descansar e santificar o sábado, no segundo capítulo, plantou o jardim do Éden, críou Adão e dele tirou uma costela para criar Eva. E se os caaporas descendem de homens e mulheres pré-adamitas?

Desejei ter em mãos minha *Vulgata*, mas segundo lembrava e pude depois confirmar, o doutor não se enganava. Ainda assim, recusei o arrazoado e argumentei com gestos exaltados, como se fôssemos alunos togados nas tribunas de um curso de dialética da Universidade de Coimbra a debater uma *quaestio disputata* sob o escrutínio de mestres e colegas, em vez de estarmos em trajes de Adão a divertir uma plateia de demônios trepados em árvores.

– Absurdo! Se Deus criou outra raça de homens além da nossa, como os livros sagrados não a mencionariam?

– Talvez não os tenhas lido com o devido cuidado. Como Caim conheceu mulher e gerou Enoque ao abandonar sua família e fugir para a terra de Nod? Quem eram os *bene ha'Elohim*, os "filhos do Senhor", que viram que as *banot ha'Adam*, "filhas de Adão", eram belas e com elas se casaram e tiveram os *nephilim* renomados dos tempos antigos, que em outras passagens se menciona terem sobrevivido ao Dilúvio? E os peludos *se'irim* e a *lilith* do livro de Isaías, chamados na sua Bíblia onocentauros e lâmia? Não seria que por qualquer razão extinguiram-se no Velho Mundo, mas vivem ainda no Novo? E por falar em Lilith... – deteve-se.

– Sim?

– Ora, deixa lá. Se não aceitas o que está escrito com todas as letras em livros sagrados ao teu próprio rito, que dirás de tradições que só dizem respeito ao meu?

– Diz, mesmo assim. Quero saber o que te vai pelo espírito.

– Ouve, então, sem protestares. Num antigo livro chamado *O Alfabeto de Sira* se conta como um rabino de Babilônia chamado Ben Sira usou um amuleto com os nomes de três anjos para salvar da maldição de Lilith o filho de Nabucodonosor e explicou ao rei sua origem. Como não era bom Adão estar só, o Senhor criou uma mulher da terra, como criara o próprio Adão e chamou-lhe Lilith, mas ela logo começou a disputar e disse, "Não ficarei por baixo", e ele respondeu: "Não deitarei embaixo de ti, mas só por cima. A ti convém a posição inferior, enquanto eu sou o superior". Lilith retrucou, "Somos iguais, pois fomos ambos criados da terra", e fugiu. Adão queixou-se: "Soberano do universo, a mulher que me destes fugiu". O Senhor enviou os três anjos para trazê-la de volta, mas ela recusou, jurando que perseguiria os filhos de Adão, mas pouparia os protegidos por esses anjos. E o Senhor criou outra mulher para Adão, desta vez a partir de sua costela, para que lhe fosse submissa. Como tu deves ter notado, estas damas preferem a posição que Marcial chama *equus hectoreus...*

– Não vejo como esse conto ridículo se encaixa em tuas especulações sobre pré-adamitas!

– Não a levo ao pé da letra, mas como uma lenda por trás da qual pode haver um fundo de verdade. A lenda de Lilith pode ser uma alusão às fêmeas pré-adamitas e à razão pela qual os homens deveriam desprezá-las e preferir as filhas de Adão... Menciono isso porque talvez nos ajude a entendê-las, o que é o primeiro passo para fazê-las nos entender.

Meditei por momentos em seus estranhos argumentos em busca de resposta e então me ocorreu uma falha no seu raciocínio.

– Não podes negar, porém, que o Gênesis ensina que o pecado original foi cometido por Adão e Eva, não por supostos pré-adamitas. Se eles existissem, seriam seres puros e perfeitos à imagem e semelhança de Deus, sem culpa ou pecado, não esses monstros lascivos!

– Ah, eu me perguntava quando te darias conta. Pois como seriam homens e mulheres sem culpa ou pecado? Como se portavam Adão e Eva antes de se lhes abrirem os olhos para o bem e o mal? Diz a Torá que o Senhor lhes ordenou frutificarem e multiplicarem-se e encher toda a terra e que o homem se apegasse à mulher e fossem ambos uma carne. E que estavam nus e não se envergonhavam. Ora, é o que vejo nessas importunas e curiosas criaturas: nada sabem do bem ou do mal, não sentem vergonha alguma. Façam o que fizerem, não pecam, pois nada sabem do pecado: é o seu jeito de obedecer ao Senhor. Não viste como essas senhoras se distraíram conosco sem que lhes causasse qualquer pejo o olhar de seus filhos e maridos, se assim lhes podemos chamar, nem seus atos causassem a eles escândalo? Nem os brasílicos, cujos costumes são tão lassos, admitiriam tais maneiras.

– Soa-me a blasfêmia supor que seria propósito de Deus que os homens e mulheres se portassem assim, como... como...

– Como as bestas que também o Senhor criou? Mas concedo-te a razão neste particular.

– Então, o que pretendes sustentar?

– Ora, que talvez tenham sido os ancestrais deles que falharam ao serem postos à prova e acatarem a ordem de não comer do fruto da árvore no meio do jardim. E que nossos pais cumpriram os secretos desígnios do Senhor e mereceram o favor divino ao se atreverem a desobedecer e serem por isso expulsos do Éden. Sem isso, não haveria história nem honra. A serpente não mentiu: eles se tornaram como deuses. Meu povo bem sabe que sem culpa não há moral, sem vergonha não há sabedoria e sem pecado não há grandeza.

Suspirei, desorientado.

– Pareces-me tão hábil nas artes dialéticas quanto a serpente do Éden e certamente me superas. Mas que Deus pudesse recorrer a ardis tão tortuosos me soa a blasfêmia e heresia, por claros e sutis que sejam teus silogismos.

– Que seja heresia, concedo. Contudo, Sua Santidade Fernando I promulgou na constituição apostólica *Libertate cogitandi* que a dissidência da opinião predominante na Igreja Ecumênica não é crime nem pecado e há de ser tolerada enquanto não pregar o desacato às leis e às autoridades. Que seja blasfêmia, peço-te que reflitas: que há de mais tortuoso que a doutrina cristã segundo a qual o Senhor não só precisou tornar-se homem para sacrificar-se a si mesmo, como necessitou da suprema perfídia de Judas para cumprir o que estava escrito?

Abri a boca, mas esqueci-me do que pretendia responder ao ver uma caapora – não a que me violentara, mas outra fêmea, a julgar por sinais sutis que eu começava a reconhecer – trazia comida ao doutor Sanches.

– Mbiú, caí, mbiú – "comida, macaco, comida", oferecia-lhe uma cuia de frutas com uma voz muito aguda, seguida de estalos de lábios.

– Nda caí ruã ixé! Abá ixé! – "não sou macaco, sou homem", protestou Sanches, a cruzar os braços.

– Ca'i endé! – "és macaco", insistiu ela. – Xerimimbaba endé! – e rosnou como jaguatirica.

– Abarembiú é taú, abáramo guitecobo! "Que eu coma comida de homem, pois sou homem!", respondeu ele, apontando para um claro entre árvores onde caaporas coziam um caldo amarelo de farinha e ervas num caldeirão de barro e no outro coziam bolos de farinha enrolados em folhas de pacova, que recheavam com um cozido de cogumelos e raízes.

A fêmea cedeu à sua insistência. Foi ter com o grupo, pediu-lhes uma cuia grande de caldo e outra cheia dos bolos que chamam de pamunhã e as trouxe ao doutor.

– Auiecatu, eú nde rembiú, abá! – "Está bem. Come tua comida, homem", respondeu.

Sanches aceitou as cuias com uma reverência e respondeu "cuecatu", obrigado. E então ela saiu saltitando num pé só e cantarolando:

– Abá ixé eí-aúb xeremimbaba opiápe! – "O meu bichinho pensa que é gente", e os caaporas cacarejaram ruidosamente, como se a ideia se lhes afigurasse deveras cômica.

– Ao parecer, teus pré-adamitas não são mais dados à tua dialética que à moral – comentei.

– Tem paciência – respondeu, agachando-se para comer, à maneira dos brasílicos. – É preciso acostumá-los pouco a pouco com a ideia de que devem nos ver como pessoas. E olha, aí vem tua iara, quer dizer, tua senhora...

Arrepiei-me ao reconhecer minha algoz, que trazia outra cuia de frutas, como quem vem alimentar um macaco. E decidi tentar o procedimento recomendado pelo doutor.

– Abarembiú é taú... – "Que eu coma comida de homem...", adverti às pressas, antes que ela dissesse algo. Ela se enfureceu e virou a cuia na minha cara.

– Emonãnamo, eú nda mbaé ruã, caí! – "Então não coma nada, macaco". Virou-se e correu de quatro, à maneira dos ditos, enquanto toda a grei cacarejava com gosto.

– Lembra-me de fazer-te praticar dialética pré-adamita – disse Sanches, quando ela se afastou. – Deves esforçar-te, pois tua dama tem pavio assaz curto. Aceita uma pamunhã?

Com o passar dos dias e com ajuda das observações do doutor, conheci melhor os caaporas e seus usos. Têm pele mais escura, de cor que varia entre a dos brasílicos e a dos negros da Guiné. O cabelo pode ser preto, castanho ou ruivo e usam-no longo e revolto, a cair pelos ombros. Têm pouco pelo no corpo, salvo nas partes pudendas: é como se a barba lhes crescesse nelas em vez de tê-la na cara. O talhe é esguio e a estatura dos adultos varia de seis a sete palmos, mas têm a força de homens feitos. As orelhas longas e pontudas e os olhos oblíquos, mui grandes e negros, sem parte branca que se veja, deixaram suas marcas em alguns filhos e filhas das cunhãs de Jaçapucaia, como pudemos inferir. Os adultos têm odores naturais próprios, que quando estão excitados se avivam a ponto de turvar os sentidos. É mais fácil distinguir os sexos pelo cheiro que pelo aspecto. Entre eles, não há sexo frágil, pois ambos têm igual vigor e robustez. As fêmeas têm as ancas ligeiramente mais largas e mamilos maiores, mas pouco se distinguem dos machos no volume dos peitos, mesmo quando estão amamentando, cousa que fazem com tanto prazer que dão de mamar a cachorros e filhotes de animais domésticos como se fossem filhos. As fêmeas têm nomes aludindo a plantas, flores e frutos, enquanto os machos têm nomes de aves e bichos. Falavam entre si uma língua mui difícil, cheia de silvos, estalos de língua e sons guturais difíceis de imitar e usavam a língua tupinambá quando queriam que nós os entendêssemos. Creio que poderiam aprender qualquer outra, tão fácil é para eles arremedar todo som que ouçam. *Verbi gratia*, o ruído que eu julgara ser de paus batendo em troncos é feito com a voz.

Mãos e pés têm forma entre a dos homens e a dos macacos e são muito hábeis tanto em preparar e usar seus instrumentos e tecer redes e cordas quanto em trepar e correr. Usam facas e machadinhas de pedra, paus de cavar, cestas e cabaças e sabem acender fogo, que usam para cozer e fumar. Não sabem usar arco e flecha, mas têm zarabatanas e azagaias com as quais se defendem quando precisam e sabem empeçonhá-los. Vez por outra nós os vimos catar e comer insetos, caracóis, vermes e pitus, mas tiram a maior parte do sustento de frutas, raízes, folhas e cogumelos. Não os cultivam, mas conhecem todas as suas variedades e virtudes. Fazem muitos usos de uma erva semelhante à salsaparrilha que em língua tupinambá se chama japicanga e andam sempre com seus ramos ou raízes nas mãos. Também apreciam muito o fumo ou petyma dos brasílicos, mas em vez de fazer canudos de folha de palma cheios dessa erva seca e pôr-lhes fogo por uma parte e pôr a outra na boca, metem uma taquara fina num colmo de taquara mais grossa que enchem dessa erva misturada a outras e acendem para beber o fumo pela taquara fina. Quando o têm, reúnem-se a qualquer hora para partilhá-lo, passando de mão em mão essa peça que é privilégio dos caaporas de maior distinção. Creio que conseguir fumo, escasso em suas terras, é a principal razão para buscarem os brasílicos. Não há como falar dessas criaturas sem mencionar o *coitus*. Antes de comer, copulam. Quando se juntam por qualquer razão, copulam. Antes de dormir, copulam. Macho com fêmea, macho com macho, fêmea com fêmea, adultos com crias e com xerimimbaba – e não me refiro apenas a mim e ao doutor Sanches, mas também aos de quatro patas. Praticam o *suavium*, a *mutua pollutio*, o *cunnilingus* e o *fellatio*. Como as fêmeas preferem a posição superior, o *coitus more ferarum* é raro e, graças a Deus e à Virgem Santíssima, os machos não praticam o *concubitus in vase praepostero*. Entre si preferem *contactus et fricatio usque ad effusionem seminis sine penetratione corporis* e rara vez quiseram praticá-lo conosco.

Como é de se prever, as crias não conhecem pai, apenas a mãe e os adultos machos tratam todos os filhotes da mesma maneira tolerante e brincalhona. As fêmeas, principalmente as que estão prenhes ou amamentam crias, têm mais autoridade e são as que comem primeiro quando se divide comida. Quando um macho as contraria, as fêmeas se unem para puni-lo. Os mais respeitados dentre eles são os que têm maior favor das fêmeas, por melhor as servir e proteger a elas e suas crias.

Dia e noite são para eles o mesmo, pois qualquer hora lhes serve para repousar, copular, comer ou fazer o que lhes é grato ou necessário. Dormem pouco, nunca todos ao mesmo tempo, em redes de tucum penduradas entre as ramagens das árvores e protegidas da chuva por toldos de ramos e cipós trançados. Tais arranjos se confundem com as copas das árvores de tal maneira que é preciso procurá-los com muita atenção antes de vê-los.

Não usam roupas, nem se pintam como os brasílicos, mas usam estojos de palha trançada às costas para carregar suas cousas ou a comida que catam e nas ocasiões de gala usam adornos como chifres, caudas, penas, folhas e flores, como se quisessem imitar animais e plantas pela figura e não só pelas vozes. Também penduram ao pescoço instrumentos de uso e pedras coloridas, entre as quais creio que vi esmeraldas e pepitas de ouro. E o principal dos machos se encantou com o barrete vermelho do Sanches com o qual foi presenteado pela fêmea que trouxe o doutor, passando a usá-lo como seu maior galardão.

Gostam da companhia de animais, ainda que não os comam. Atraem aves com frutos e sementes que lhes sobram para ter o prazer de vê-las de perto e ouvi-las cantar, bem como saguis, quatis e acutis. Domesticam macacos, cachorros-do-mato, maracajás e até os porcos-monteses chamados taiaçus, que se divertem a fazer de montaria.

Andam eretos quando não têm pressa, querem ver mais longe ou levam algo nas mãos, mas nas ramagens ou no chão é de quatro que se movem com maior rapidez. Sanches me fez ver como se apoiam sobre as costas das mãos e deixam como que pegadas invertidas, razão pela qual muitos brasílicos que não os viram de perto dizem que eles têm os pés virados para trás. Também se os vê amiúde saltar num pé só, principalmente quando querem chamar a atenção. Caem n'água com tanta frequência quanto os brasílicos e nadam à maneira das rãs, mas com a ligeireza de lontras. Podem estar mais tempo sob a água, sem respirar, do que se poderia julgar possível e aquela que Sanches chamou de minha iara quase me afogou sem querer ao me puxar para o fundo de uma lagoa para copular n'água. Ao ver-me em apuros, mostrou a mesma aflição de crianças pequenas que matam algum animalzinho por crueldade brincalhona e impensada, conforme observou o doutor depois de ajudá-la a me socorrer.

O nome dela, em língua tupinambá, era Caambotyra, que quer dizer Flor-do-mato, enquanto aquela que se tinha por dona de Sanches se chamava Mbotymirim, que significa Florzinha. Aos poucos, fomos compreendendo que eram as principais do bando e tinham entre si uma rivalidade amistosa, da qual nós éramos joguetes. Alimentar-nos e domesticar-nos como xerimimbaua para que elas e suas amigas se divertissem conosco dava-lhes mais glória e crédito. Sendo o *concubitus* para elas um gesto de afeição tão singelo quanto é para nós um abraço, parecia-lhes natural partilhá-lo com qualquer criatura, mas por alguma razão elas nos achavam especialmente deleitosos. Não seria pelo tamanho de nossos membros viris, pois seus machos, apesar de miúdos de corpo como um menino de doze anos, os têm iguais ou maiores quando excitados. Na opinião do doutor, seria por ser nossa ereção mais duradoura, pois a de seus machos é mui breve. Que isso fosse compensado pela menor frequência com que as poderíamos satisfazer pouco lhes importava, pois nos procuravam uma ou duas vezes por dia e se nos falhava a *potentia ad concubitum*, suas mezinhas a providenciavam. Fora isso, elas não nos pediam trabalho algum, arranjaram-nos redes como as delas numa altura que podíamos alcançar e nos deixavam à vontade, confiantes em que não saberíamos fugir. Davam-nos comida quando a pedíamos e apesar de não comerem carne ou peixe, nos permitiam caçar, pescar e assar por nossa conta e algumas vezes tivemos sorte com nossas redes. Respondiam nossas perguntas sempre que as compreendiam e se divertiam com nossa curiosidade, mas quando pedíamos que nos fizessem voltar, só diziam *ã'ã*.

Pouco a pouco compreendemos que era vão o plano de Sanches de fazê-las ver que éramos homens. Troçavam ao nos ouvir insistir em que éramos da mesma espécie dos brasílicos a quem chamavam abá, mas estes eram para elas apenas outra espécie de *cay* que lhes era útil e não os reis da criação. Não que elas julgassem que essa coroa lhes pertencia de direito, era antes como se vissem todos os animais como seus iguais, numa república à maneira de Platão das quais eram, por assim dizer, as guardiãs e filósofas.

Sanches aventou que talvez conseguíssemos comovê-las por meio de seus machos, assim como às vezes se chega ao coração de um homem por meio de uma mulher que lhe seja querida ou, como ponderei, um cristão que pede a intercessão da Virgem Mãe de Deus junto a seu Filho. Procuramos o macho principal, chamado Saci, quando este reunia os amigos para fumar e lhe imploramos sua ajuda. Este então nos disse, em língua tupinambá:

– Gostávamos de vos levar, pois se os abás e cunhãs do rio continuarem zangados, não teremos mais fumo. Mas nossas irmãs (*orerendyra*, disse ele) dizem que fumemos outras ervas da mata e que gostam mais de brincar convosco que de fumar. Não as queremos contrariar.

Deixou-nos sem amparo nem esperança e saímos desalentados, a caminhar a esmo pelas imediações do arraial a ver se nos ocorria outra ideia. Mas quando descansávamos junto a uma solitária cachoeira, Saci surgiu inesperadamente de uma touceira de taquaras, cuidando para não fazer ruído e olhando para trás e para os lados, como para ter certeza de não ser visto. Satisfeito, aproximou-se de nós e segredou:

— Caitaiuçu — murmurou-nos ele, sorrateiro —, sei como fazer as irmãs vos deixar partir. É preciso que façais como eu disser e que nenhum irmão ou irmã saiba de nossa conversação. Se mais alguém souber, hão de dar-me uma sova, e nunca mais vos deixarão ir. E ainda me tiram minha cobertura de cabeça (*acangaoba*, disse ele, referindo-se ao gorro do Sanches).

Apressamo-nos a concordar e ele nos explicou seu plano. Tínhamos de fingir que estávamos doentes por nos faltar nossa grei ou nossa terra e que morreríamos se não nos levassem de volta. Dizia ele que Caambotyra e Mbotymirim se compadeceriam e permitiriam que fôssemos levados de volta a Jaçapucaia sem tardança.

— Apostaríamos no bom coração delas — observou Sanches. — Que te parece, padre Cardim?

— Não sei, doutor Sanches. Não tenho outra solução, mas penso em como se portam os senhores de engenho, donos de negros. Quando um africano se põe doente de banzo, não os levam de volta à África, dão-lhe de açoites e se não se cura, deixam-nos morrer...

— Pois apostemos então que estas criaturas sejam mais humanas que nossos homens.

Assim fizemos. Saci nos deu algumas ervas que nos fariam parecer muito doentes por um dia sem nos matar e fomos às nossas redes cair enfermos. E Saci saiu a pular num pé só para anunciar nossa moléstia à sua grei e explicar às nossas iaras que sentíamos falta de nossos irmãos e irmãs e iríamos morrer se não os levassem de volta. Elas ficaram tão condoídas ao ver nosso estado que não paravam mais de chorar e pediram aos machos que as ajudassem a nos levar de volta naquele mesmo dia, antes que não houvesse mais tempo para nos salvar.

Tivemos de nos conformar em sermos carregados amarrados e amordaçados da mesma forma que nos tinham trazido, pois mesmo que não tivéssemos de parecer muito doentes, eles não teriam a paciência de acompanhar nossa caminhada lenta e inábil pela mata. Os tupinambás nos receberam com alívio, pois temiam que Soares de Sousa os punisse quando voltasse à taba e lhe contassem o que nos acontecera e nos trataram como reis até as canoas do barão passarem para nos recolher em seu retorno do sertão, dias depois.

Quando contamos a Sua Senhoria tudo que nos tinha sucedido em sua ausência, ele muito se riu, mas por fim nos deu crédito, apesar de nada termos nas mãos para provar nossa aventura, enquanto ele podia atestar os bons sucessos de sua entrada com uma bolsa de esmeraldas e diamantes brutos achados nas terras elevadas que descobriu às nascentes do rio de Contas e chamou de Chapada Diamantina. Jactou-se de que haveria muito mais de onde aquelas pedras vieram, que o que tinha em mãos bastaria para torná-lo um dos homens mais ricos do Brasil e que o Imperador havia de fazê-lo conde, vaticínios que vieram a se mostrar todos verdadeiros.

O doutor Sanches o desafiou, porém, dizendo-se disposto a apostar cem cruzados em que os resultados de sua tribulação o fariam ainda mais rico e venturoso do que o barão e isso antes de cinco anos. Ficamos assombrados e lhe perguntamos como podia ter trazido algo de valor do arraial dos caaporas, tendo voltado nu e amarrado, como eu. Respondeu que as cousas mais valiosas se traziam na cabeça e que estava certo de que um segredo que aprendera no nosso breve cativeiro o tornaria o médico mais próspero do Império. Pois ganhou a aposta: a erva usada pelas caaporas em nós mostrou-se muito mais eficaz e segura que a cantárida e o cardo--marítimo para curar a impotência e bastou-lhe para garantir fama e fortuna. Não foi seu único logro, pois voltou a ver os caaporas e trouxe descobertas que além de salvarem inúmeras vidas, foram de mais proveito para o comércio brasileiro e o Tesouro imperial que os diamantes da Chapada. Doutor Francisco Sanches tornou-se Físico-mor do Império e Marquês de Jaçapucaia, além de responder pelo Serviço de Proteção aos Caaporas.

Quanto a este servo de Deus, a provação não me rendeu um ceitil. Fez-me, porém, meditar com proveito sobre minha fé e minha vida. Não posso mais crer que foi para me punir que a Divina Providência me entregou aos caaporas, nem que tenha sido para evangelizá-los. Não sei se o doutor tem razão sobre os pré-adamitas, embora sua opinião seja hoje debatida na Universidade e até na Igreja Ecumênica, mas quanto mais se sabe deles mais se vê que nada há que lhes sirva nas lições de Cristo, Moisés, Sumé, Maomé,

Críxena, Buda, Confúcio ou Odudua. E nunca pude crer que tão estranha aflição pudesse ter sido em vão.

Convenci-me de que tinha um propósito e era ensinar-me de maneira relativamente suave quão horrível é ser um cativo e mais ainda uma cativa nas mãos de caçadores de negros da África e dos senhores aos quais os vendem, por meio desses caaporas incapazes de pecado e maldade verdadeiros. Muitas vezes eu fora servido por escravos e escravas, em família, na congregação ou em casa de amigos da Igreja que me agasalharem em minhas peregrinações por estas terras sem ter consciência de quanto tormento havia nisso e pensando apenas no bem de levar-lhes a religião, quando a verdade é que isso é mero pretexto para fazê-los trabalhar e padecer para nossa comodidade.

Dediquei-me desde a volta do arraial dos caaporas a denunciar a crueldade do cativeiro e a servidão e condená-las à luz das verdadeiras doutrinas dos profetas. Preguei quase que no deserto por muitos anos, mas com a proteção, que nunca me faltou, de Deus, da amizade e afinidade moral do doutor Sanches e da mesma *Libertate cogitandi* na qual ele mesmo antes se escudara de minhas impertinências. Pouco a pouco minha mensagem começou a ter eco em vozes mais jovens, de indígenas, judeus, mouros e por fim dos próprios cristãos.

Neste junho de 1629, tantas dores me acossam e tanto me faltam as forças que receio ser este o último testemunho que poderei prestar de meu próprio punho, mas com a satisfação de ver um professor da Universidade de Salvador como o filósofo Uriel da Costa prefaciar a nova edição do meu opúsculo *Contra Servitudinem*, ter entre meus discípulos um jovem teólogo tão inspirado quanto o padre Antônio Vieira e receber o apoio do próprio pajé-guaçu Araquém Tabajara. Se Deus quiser, a servidão há de ser extinta ainda neste século. Posso morrer em paz com minha fé e minha consciência, certo de que não vivi em vão e de que cabem no coração de um homem valores mais altos do que na bolsa de um barão e até na cabeça de um sábio.

QUEM EXPLOROU AS MATAS

Clinton Davisson
Formado em jornalismo pela UFJF, tem pós-graduação em Cultura Africana e Indígena pela FEMASS. Além de jornalista, é músico, roteirista e cartunista. Em 1999, lançou o romance *Fáfia – A Copa do Mundo de 2022* juntando ficção científica e futebol com boas doses de humor. Em 2000, escreveu a novela *Hegemonia*, que venceria o Prêmio Nautilus da revista Scifi News Contos. Desde 2011 é presidente do Clube de Leitores de Ficção Científica do Brasil (CLFC).

Grazielle de Marco
É formada em Jornalismo, pela Universidade Federal Fluminense (UFF). Sua paixão pela leitura a levou a cursar Introdução à Ficção Científica e Introdução à História em Quadrinhos na faculdade. Em 2005 morou em Portugal, onde teve a oportunidade de estudar e vivenciar a cultura local. Desde sua formação, em 2006, trabalha com jornalismo nas áreas de ciência e educação.

Maria Georgina de Souza
Formada em pedagogia e pós-graduada em Psicopedagogia e Orientação Educacional pela FAFIMA – Faculdade de Filosofia Ciências e Letras de Macaé. Orientadora Pedagógica e coordenadora do Programa de Leitura da Rede de Ensino de Macaé desde 1995. Contadora de Histórias do grupo Historiarte. Lançou em 2003 o livro infantil: "Mãe Binóculo Biônico Ambulante". Formadora de Professores de Sala de Leitura e Bibliotecas.

Christopher Kastensmidt
É autor da série *A Bandeira do Elefante e da Arara* (ABandeira.org), que concorreu ao Prêmio Nebula em 2011. Suas obras ficcionais já foram publicadas em onze países. Palestrou em eventos desde a Jornada Nacional de Literatura até a Convenção Mundial de Ficção Científica. Designer de games por profissão, foi Diretor Criativo da Ubisoft Brasil. Idealizou o Concurso Hydra e foi um dos fundadores da Odisseia de Literatura Fantástica, duas iniciativas para promover a literatura fantástica brasileira. Atualmente, leciona na UniRitter, PUCRS e Feevale.

Andréia Kennen
Técnica em Contabilidade, Formada em Letras pela UNIDERP e pós-graduada em Educação a Distância pelo SENAC. Trabalha até hoje na área Contábil, a qual ingressou há dez anos. Sua paixão pela literatura despertou ainda nas séries iniciais do ensino fundamental, e desde então, passou a conviver em dois mundos distintos: o real e o paralelo mundo da imaginação. Publicou em *Meu amor é um mito* (2012).

João Rogaciano
É engenheiro eletrotécnico, nasceu no ano de 1966, em Alverca do Ribatejo, Portugal. Adora ler e tem um gosto especial pela escrita. Desde 2006, vem apresentando textos a concursos literários e a jogos florais, em Portugal e no Brasil, tendo sido premiado em alguns desses certames. Possui contos em diversas antologias.
BLOG entrelivroserascunhos.blogspot.pt

A. Z. Cordenonsi
Gaúcho, é formado em Computação pela UFSM, com Mestrado e Doutorado na mesma área. Além de escritor, é professor universitário, pai e marido, não necessariamente nesta ordem. Autor de contos de fantasia e terror espalhados por antologias, lançou o romance infanto-juvenil *Duncan Garibaldi e a Ordem dos Bandeirantes* (2012), o primeiro livro de uma série.

Allan Cutrim
O mais novo do grupo, tem 18 anos e mora em São Paulo, onde cursa computação gráfica pela SAGA. Além de escritor é professor de Inglês no CNA. Já trabalhou no grupo de dança e teatro Ophídia. Graças aos seus amigos professores, escritores e aspirantes, finalmente está publicando este que é seu conto de estreia. Possui outros projetos para o futuro.

Mickael Meneghetti
Formado em psicologia pela Universidade de Franca, tem pós-graduação em Psicologia Hospitalar pelo Hospital das Clínicas da Faculdade de Medicina da USP. Atualmente faz formação em Psicologia Junguiana e mestrado pela USP na área de neuropsicologia. Dirigiu e escreveu o roteiro do longa metragem *A Paciência*. É autor do conto *Um vampiro no divã* que se transformou em *Lorenzo*, um romance sobre um vampiro na sociedade atual. Publicou outro romance, *A Lenda dos Noturnos*.

Maria Helena Bandeira
Carioca, formada em jornalismo pela PUC/RJ, artista plástica e escritora. Menção especial do Prêmio Guararapes (União Brasileira de Escritores), Conto Brasileiro do Mês na Isaac Asimov Magazine, primeiro lugar no site português Simetria (mini-contos), indicada para o Argos 2002. Selecionada para a antologia portuguesa Antoloblogue, a argentina Grageas e concurso FC do B – panoramas 2006/2007 e 2008/2009. Publicou em diversas antologias, sites de ficção e na primeira *Space Opera* (2011).

Marcelo Jacinto Ribeiro

Natural de Campinas/São Paulo, formado em processamento de dados e ciência da computação, atuando sempre na área de tecnologia e informática. Autor de contos sobre temáticas variadas como fantasia (*Choque de civilizações* e *Um cara legal*), ficção científica (*Você vai seguir seu caminho?*, *Ninguém durma*, *Eu quero é me divertir*) e terror (*O preço*), autor do conto *Seu momento de glória* na antologia *Space Opera*, finalista do concurso Argos 2012 do CLFC.

Vivian Ferreira

Formada em Comunicação Social com especialização em Publicidade e Propaganda. Já atuou como Contadora de Histórias da Associação Viva e Deixe Viver. Cursou a Oficina de Criação Literária: Escrevendo Histórias para Crianças, na PUC-RS e a Letras no Jardim em Florianópolis. Tem poesias na *Antologia Poética Mogi 450 Anos*, o Prêmio Toc 140 Poesia no Twitter 2010 e 2011 e a *Antologia Prosa e Versos II*, através do Projeto Somar. Paulistana, vive em Florianópolis onde escreve poesias, crônicas e contos.
BLOG blogdavirvinhas.blogspot.com.br

Renan Duarte

Nascido em 1989, na cidade de Ipatinga, mudou-se para estudar Letras na Universidade Federal de Juiz de Fora. Apaixonado por literatura, cinema e quadrinhos. Praticamente aprendeu a ler com as HQs. Os contos de Jorge Luis Borges têm sido seus companheiros de cabeceira. Acredita na literatura como fonte enriquecedora da experiência.

Antonio Luiz M. C. Costa

Sempre gostou de literatura, fantasia e ficção científica em especial, mas formou-se em engenharia de produção e filosofia, fez pós-graduação em economia e trabalhou como analista de investimentos antes de reencontrar sua vocação na escrita, no jornalismo e na ficção. Hoje escreve sobre a realidade na revista CartaCapital e sobre a imaginação em outras partes. Publicou sua primeira antologia *Eclipse ao pôr do sol e outros contos fantásticos* (2010) e o romance *Crônicas de Atlântida – O tabuleiro dos deuses* (2011), além de diversos contos.

DIZEM QUE ESTE LIVRO FOI IMPRESSO NA RENOVAGRAF EM JUNHO DE 2013.